어메이징

어메이징

발행일	2021년 10월 27일

지은이	한다니엘		
삽화가	권나예		
펴낸이	손형국		
펴낸곳	(주)북랩		
편집인	선일영	편집	정두철, 윤성아, 배진용, 김현아, 박준
디자인	이현수, 한수희, 김윤주, 허지혜, 안유경	제작	박기성, 황동현, 구성우, 권태련
마케팅	김회란, 박진관		
출판등록	2004. 12. 1(제2012-000051호)		
주소	서울특별시 금천구 가산디지털 1로 168, 우림라이온스밸리 B동 B113~114호, C동 B101호		
홈페이지	www.book.co.kr		
전화번호	(02)2026-5777	팩스	(02)2026-5747

ISBN	979-11-6836-008-2 03810 (종이책)	979-11-6836-009-9 05810 (전자책)	

(주)북랩 성공출판의 파트너

북랩 홈페이지와 패밀리 사이트에서 다양한 출판 솔루션을 만나 보세요!

홈페이지 book.co.kr • **블로그** blog.naver.com/essaybook • **출판문의** book@book.co.kr

작가 연락처 문의 ▶ ask.book.co.kr

작가 연락처는 개인정보이므로 북랩에서 알려드릴 수 없습니다.

어
메
이
징

5가지 미스테리

한다니엘 장편소설

Amazing

북랩 book Lab

‘계시록 연구팀’이 천사들의 도움으로 발견한
충격적인 미스터리 사건을 세상에 공개한다

우리 인간들은 미래를 꿈꾸며 살고 있다. 사람들은 미래를 어떻게 예측하고 있을까?

대부분은 역사의 흐름을 분석하고 미래를 예측하는가 하면 주로 미래학자들의 이야기에 의존하고 있다.

21세기로부터 세상 종말에 이르기까지 장차 일어날 일을 정확하게 예언한 책은 바로 요한계시록이다.

이 소설에는 계시록에서 알려 준 대로 현재로부터 종말에 이를 때까지 일어날 만한 사건 중에서 충격적이고 놀라운 미스터리 실화를 소개하고 있다.

이 소설은 일종의 미스터리 소설에 속한다. 독자 여러분에게 다섯 가지 미스터리를 공개하고자 한다.

미스터리 1: 한국에 실제로 천국에서 온 미카엘 천사장을 위시하여 2만 명 이상의 천사들이 와 있다. 정말일까? 그리고 한국에서 영적인 미카엘의 말을 타고 외국에 여행한 사람이 있다는데 맞는 말인가?

미스터리 2: 4미터 되는 거인이 실제로 땅속 4,000미터 아래에 살고 있다. 한국인이 지구 땅속 세계에 다녀왔다. 거인들이 10년 이내에 지구상에 등장한다는데 정말일까?

미스터리 3: 지구상에 실제로 외계인이 많이 와 있다. 또 외계인과 지구인과의 전쟁이 일어난다면 어떤 양상일까?

미스터리 4: 세계 3차 대전인 아마겟돈 전쟁은 맨 먼저 독일에서 일어난다. 장차 땅속 거인과 지구인들 사이에 생기는 아마겟돈 전쟁은 어떤 전쟁일까?

미스터리 5: 심판하시는 주 예수 그리스도가 백두산에 재림하신다. 소설에서 말하는 믿는 자와 믿지 않는 자에 대한 심판 내용이 맞을까? 세상 종말은 어떻게 되나?

얼른 읽어 보아도 하나같이 어려운 주제들이다. 저자는 어떻게 하여 이 어려운 미스터리를 소설로 썼을까?

저자는 사람이 아닌 천사의 도움으로 줄거리와 글을 받았다. 참으로 신기한 일이다. 한국에는 현재 2만 명 이상의 천사가 실제로 와 있다. 보통의 천사가 아니고 미카엘, 가브리엘, 라파엘 세 천사장 등 신분이 높은 천사들을 만나 대화를 나누었다.

수많은 소설은 저자가 보통 믿거나 말거나 나름대로 기록한 가상적인 창작 소설이 대부분이다. 그러나 이 소설은 천사에게 확실한 내용을 받은지라 아무런 거짓 없이 기록한 실증적인 소설일 수 있다.

읽는 사람에 따라 '흥미진진하다', '무섭고 놀랍다', '두렵고 경이롭다' 등 여러 반응이 있을 수 있다. 그렇지만 세상 심판과 지구 종말 시나리오에 이르러서는 내 삶의 의미를 다져 보고 나 자신을 깊이 돌아보는 지혜로운 사람들이 많아지기를 기대해 본다.

등장하는 인물은 데이비드와 피터 등 다섯 명이지만 여러분이 원하시면 소설 속의 천사나 등장인물을 실제로 만날 수도 있다는 점에서 다른 소설과는 차별성이 있다.

이 소설은 성경 속에서 찾은 미스터리 내용이므로 읽다 보면 의문점이나 질문이 생길 수 있다. 저자에게 연락하면 친절하게 상담해 드린다.

이 소설이 나오기까지 기도해 주시고 응원해 주신 여러분에게 깊이 감사드린다. 또한 표지 그림과 삽화를 그려 준 권나예 양에게 감사드린다.

아무쪼록 주님이 재림하실 때 선택을 받아 천국에 들어가 주님과 함께 영원토록 사는 큰 축복을 누리시기를 기원드린다. 이 소설을 통해 모든 영광 주님께 돌려 드린다.

2021년 10월

저자 한다니엘

천국에서 온
미카엘 천사장의 출현

꿈을 꾸었다. 공중을 나는 꿈이었다. 발로 공중을 차면 위로 솟고 두 팔을 허우적거리며 앞으로 나아갔다. 지상의 불빛들이 반딧불처럼 빛나는 밤에 데이비드는 자신에게 날개가 있으면 좋겠다는 생각을 했다.

✦ 어깻죽지에 깃털이 난 사람이 있다

데이비드에게는 비밀이 한 가지 있었다. 초등학교 5학년 때였다. 그의 오른쪽 어깻죽지 중앙에 무엇인가 걸리는 것이 있었다. 종기가 났나 싶어 어머니에게 보여 드렸다.
"엄마 무엇이 났어요?"

"그래, 손으로 만지니까 조금 딱딱한 것이 걸려."

"엄마, 그럼 종기가 난 것이 아니네요?"

"종기가 난 것 같지는 않으니 며칠 더 두고 보자."

데이비드는 우측 어깻죽지가 간지럽기도 하고 아프기도 했지만 견딜 수 없는 정도는 아니어서 그닥 신경 쓰고 있지는 않았다.

"데이비드, 이상한데. 이건 말이야, 종기도 아니고 새들에게 나는 깃털 같다."

"내 등에 깃털이 나요?"

"그래. 신기한 일이다. 하얀 깃털이 나고 있어."

"그럼 어떻게 해. 엄마, 깃털이 자라면 날개가 나오겠네."

"그래. 깃털이 자라면 날개가 되겠지. 이 일은 아무에게도 말하지 말고 비밀로 해 두자. 알겠지?"

"그래요. 엄마. 비밀!" 하며 손가락으로 입을 막았다.

형들과 함께 공중목욕탕에 갈 때면 데이비드는 깃털 때문에 마음에 걸려 목욕탕 구석에 숨어서 혼자서 몸을 씻곤 하였다. 그러다가 어느 날엔가 동네 공중목욕탕에서 둘째 형을 만났다.

둘째 형이 데이비드를 부르며 "데이비드야, 내가 등을 밀어 줄게."라고 말했다.

데이비드는 깜짝 놀랐다.

"형, 괜찮아. 나 혼자 수건으로 때를 밀 수 있어."

데이비드가 다른 곳으로 피해도 여전히 형이 따라오면서 "아니야, 오늘은 내가 꼭 네 등을 씻어 줄게. 이리와."라고 했다.

데이비드, 결국 형에게 붙잡히게 되었다.

형이 수건에 비누를 묻히고 등을 씻어 주려 하다가 "아니, 이건 뭐냐, 무엇이 등에 나 있다. 이거 봐, 깃털 같은 것이 나 있다!"라고 말하자 주변에 있던 사람들 몇 사람이 몰려와서 우측 어깻죽지에 나 있는 깃털을 보면서 신기하다는 말을 한 마디씩 거들었다.

데이비드는 창피하다는 생각으로 얼른 씻고는 곧바로 달려 집으로 돌아왔다. 그 후부터 데이비드는 목욕탕에 가는 것을 피했다.

데이비드가 중학교 2학년생이 되었을 때였을까. 대학에 다니는 둘째 형이 데이비드를 부르더니 오늘 자기와 함께 목욕탕에 가자고 했다.

"형, 난 싫은데 혼자 가지 그래."

"아니야, 나 혼자 가면 심심하고 또 네가 목욕탕에 가는 걸 요사이 본 적이 없는데 같이 가자."

데이비드가 싫다고 해도 둘째 형은 데이비드를 끌다시피 하여 목욕탕에 데리고 갔다. 데이비드가 탕 안에 들어갔다가 나와서 혼자서 씻고 있는데 작은형이 오더니 "오늘 내가 등을 밀어 줄게." 하며 다가왔다.

"데이비드야. 너 말이지, 이 깃털 그대로 두면 안 되지. 이 깃털이 계속 자라면 어떻게 하려고 하니? 사람들에게 놀림감이 될 거야."

"아니야, 형, 이 깃털은 하나님께서 주신 거니까 그대로 놓아둬."

"아니야, 이대로 두면 안 돼. 오늘 이 깃털을 뽑아 버리자."

두 사람이 실랑이를 하고 있는 동안에 몇 사람이 데이비드에게 몰려와서 보고는 "정말로 등에 깃털이 났다."라고 말하며 신기하다고 하였다.

사람들이 몰려오자 둘째 형은 용기가 났는지 "데이비드야, 내가 깃털을 뽑을 테니까 아프더라도 조금 참아라."라고 말했다.

둘째 형은 기어코 데이비드 등에 난 깃털을 뽑으며 일을 저지르고 말았다. 데이비드가 "아얏. 형, 아파!" 비명을 질러도 아무 소용이 없었다.

결국 둘째 형이 데이비드의 우측 날갯죽지에 있는 깃털을 뽑고 말았다. 데이비드의 등에서는 피가 났다. 매우 선명한 피였다. 깃털 한쪽 면은 피가 묻어 있었으며 다소 딱딱한 상태였다.

그 후 데이비드의 등 오른쪽이 허전하고 통증을 느낄 때가 많았으며 어깨에 힘이 빠진 느낌을 가질 때도 있었다.

형이 뽑은 깃털은 길이가 6센티미터 정도 되고 폭은 5~6밀리미터나 되었다. 데이비드는 이 깃털을 종이에 싸서 소중하게 간직하였다.

데이비드 나이가 60세 되었을 때에 요한과 다른 친구들이 있는 자리에서 자랑삼아 옛날에 작은형이 뽑은 깃털을 보여 주었다.

요한이 데이비드에게 "만약 그 당시 이 깃털을 뽑지 않았으면 어떻게 되었을까?"라고 물었다. 그러자 데이비드는 깃털에 대하여 하나님의 음성을 들은 적이 있다고 말해 주었다.

하나님께서 "깃털을 뽑지 않았으면 그 깃털이 계속 자랐을 것이고 천사와 같이 등에 두 개의 커다란 날개가 생겼을 것이다. 등에 두 날개가 달렸다면 삼손과 같이 매우 힘센 사람이 되었을 것이야."라고 말씀하셨다고 한다.

어느 날 데이비드는 피터에게 "나에게 두 개의 날개가 있었다면, 내가 천사처럼 하늘을 날 수 있을 텐데. 너무 아쉬워."라고 말했다.

그러자 피터가 "아니야, 내 생각은 달라요. 모난 돌이 정을 맞는다잖아요. 등에 두 날개가 났다면, 세상 사람들이 날개 달린 사람을 보려고 몰려올 것이고 어쩌면 괴한들에게 납치되어 서커스단에 팔려 갈 수도 있었을 거야."라고 말해 주면서 도리어 하나님께 감사해야 한다고 위로해 주었다.

데이비드는 자기의 깃털을 볼 때마다 그의 곁에 있는 천사를 보며 부러울 때가 많다. 천사들은 날개가 있으므로 공중을 마음껏 날 수 있기 때문이다.

✦ 미카엘 천사장의 모습이 동영상에 찍혔다

튀니지는 북아프리카 지중해 연안에 있는 나라다. 2010년까지도 튀니지는 강력한 독재 철권정치 국가였다. 2011년 1월에 벤 알리 대통령 일가의 부정부패를 규탄하는 시위가 확산되었으며 시민들의 구호는 정권 퇴진과 대통령 하야로 이어졌다.

튀니지의 시위는 이웃 나라로 번졌으며 아랍 사람들로 하여금 민주화의 눈을 뜨게 한 계기가 되었다.

한편 1981년 사다트가 암살되자, 당시 정부의 부통령이었던 호스니 무바라크가 이집트 대통령이 되어 2011년까지 무려 30년간 장기집권을 하고 있었다.

무바라크의 장기집권의 폐해가 극에 다다르자 곧장 이집트에도 반정부 시위의 불이 붙었다. 결국 이집트 민주화 운동은 성공을 거두었으며 2011년 2월 11일 이집트 무바라크 대통령은 급기야 하야를 선포하게 된다.

2011년 2월 3일 동트는 새벽에 미국의 MSNBC 기자가 이집트 시위 장면을 동영상으로 찍고 있었다. 그가 찍은 동영상은 곧바로 미국에 있는 본사에 보내져, 아무런 편집이나 검토도 없이 긴급 뉴스 시간에 그대로 방영되었다.

뉴스 시간에 동영상은 당시 새벽에 이집트에서의 시위 현장을 생생하게 방영한 내용이었다. 뉴스 도중에 흰말을 타고 하늘로 올라가는 천사의 신기한 모습이 동영상에 나타나 세상을 놀라게 하였다.

그러니까 14분 17초 길이의 뉴스 영상 중에 10분 40초가 지날 때 갑자기 흰말을 탄 자가 당당한 모습으로 나타나더니 왼쪽에서 오른쪽으로 움직이다가 하늘로 올라가는 모습이 담긴 것이다.[1]

동영상은 전 세계로 빠르게 번져 나갔다. 이 동영상에 대하여 세계 각국에서 여러 가지 해석을 내놓고 있었으나, 설득력 있는 해석을 내놓는 사람이 없었으므로 네티즌들은 동영상의 이름을 '미스터리 말Mystery Horse'이라고 했다.

며칠 후에 MSNBC에서 '미스터리 말'을 다시 방영하면서 앵커와 기자, 두 사람이 대담한 내용이 소개되었다.

"이것 좀 봐요. 오, 세상에, 움직인다."

"여기 이 사람을 주목해 보아요. 누구지요?"

"저것 보아요. 사라진다. 사라져!"

"확실해요. 군중들은 이 말 탄 자를 못 보았을 거예요."

"와우, 세상에, 사라진다. 보이지요. 보이지요."

"요한계시록에 나오는 둘째 인 뗄 때 나오는 말 아닐까? 둘째 인 말이죠."

---

1) posttribnetwork, 「Mystery Horse Rider in Egypt?」, YouTube, 2011. 2. 5., http://www.youtube.com/watch?v=Gm0y8iSQPvw(이집트에 나타난 흰말 탄 미카엘 모습)

"둘째 인이 떨어진 겁니다. 완전히 둘째 인이 떨어졌어요."

이 동영상을 찍을 때가 새벽이라 화면이 약간 어두워서 말이 무슨 색인지 분별이 안 되었다. 앵커와 기자, 두 사람이 둘째 인이라 하였으나 둘째 인이 떨어졌다면 붉은 색의 말이어야 하는데 말의 색깔이 맞지 않았다.

아무튼 동영상은 큰 반향을 일으켰다. 동영상 속의 존재가 혹시 유령이 아닐까, 카메라 조작은 아닐까, 종말을 알리는 신호는 아닐까, 갖가지 추측이 쏟아졌다.

종로의 국민은행 안에서 데이비드를 기다리며 피터는 유튜브에서 미스터리 말에 대한 동영상을 보게 되었다.

"데이비드, 이 동영상 볼래요? 너무 신기한 동영상이야. 아무래도 미카엘 천사장 모습 같은데 말이야."

"그래, 어디 한번 볼까?"

데이비드는 동영상을 보자마자 미소를 지으며 말했다. "맞아, 미카엘 천사장이 맞아. 어떻게 동영상에 나타났지?"

"그러게 말이오. 은행 앞에 미카엘이 와 있잖아. 미카엘에게 직접 물어보면 어떨까?"

"그럼 내가 미카엘에게 직접 물어보고 올게. 기다려."

데이비드 곁에는 늘 미카엘 천사장이 있다. 은행 앞에 커다란 말과 함께 대기하고 있는 미카엘에게 가서 물어보기로 했다.

"미카엘, 2월 3일 새벽에 이집트 시위 때 간 일이 있었나요?"

"네, 제가 직접 이집트 시위 현장에 갔었어요."라고 영어로 대답했다. 천사들은 모두가 영어를 사용하고 있었다.

"그럼 동영상에서 흰말을 타고 올라가는 자는 미카엘이 맞아요?"

"네, 제가 맞아요."

데이비드는 만면에 웃음을 띠며 다시 은행 안으로 들어와 피터에게 알려 주었다.

"동영상에 흰말을 타고 올라간 자는 미카엘 자신이 맞다고 그러네."

"정말이네. 미카엘 천사장이야. 할렐루야!"

피터는 다시 동영상을 클릭하면서 말했다.

"데이비드 님, 이것 좀 봐요. 동영상을 자세하게 보니 흰말에 커다란 날개가 달려 있어. 힘차게 날갯짓을 하며 올라갔어. 정말 신기하지 않아?"

"그래 맞아. 날개 달린 말은 천사들이 타는 말이야. 미카엘뿐만 아니라 모든 천사는 날개 달린 말을 타고 다녀요."

"데이비드 님, 그런데 어떻게 영적인 존재인 천사와 날개 달린 말이 동영상에 찍혔는지 궁금하네. 과학적으로 보면 영적인 존재는 카메라에 찍히지 않을 텐데 말이야. 그렇다면 기자가 혹시 레이저 카메라로 찍은 것은 아닐까?"

"그래. 레이저 카메라로 천사나 귀신이나 마귀를 찍었을 수도 있겠지."

"정말인가? 레이저 카메라로 데이비드 주위에 있는 천사를 찍으면 천사의 모습을 찍을 수 있겠네?"

"아마 그럴 거야."

"데이비드 님, 언제 레이저 카메라로 천사를 찍어 볼까."

"그래, 좋은 의견이야."

피터는 잠시 동영상 생각에 사로잡혀 있었다.

"그런데 동영상에 왜 다른 천사가 아니고 하필이면 미카엘 천사장 모습이 찍혔을까? 궁금하네."

"나는 그동안 고민이 많았어. 현재 내 주위에 군대장관 미카엘 천사장을 비롯해 수많은 천사들이 와 있어. 내 눈에는 보이지만 사람들은 천사를 보질 못하지. 안타까운 일이지. 나는 매일 하나님께 미카엘의 모습을 사람들에게 보여 달라고 기도했지. 이번의 동영상은 나의 간절한 기도에 대한 하나님의 응답이 아닐까?"

"아, 그렇구먼. 데이비드 님의 기도가 통해서 하나님께서 의도적으로 미카엘이 말 타고 가는 모습이 동영상에 찍히도록 하셨구먼. 감사한 일이네."

며칠 후, 데이비드와 요한과 피터가 모여서 좀 더 세심히 동영상을 관찰했다.

피터가 이 '흰말 탄 자의 동영상'을 자신이 만든 블로그에 올려놓자, 동영상을 본 사람들이 이구동성으로 미카엘 천사장이 이집트 시위 현장에 왜 갔었느냐고 피터에게 물었다.

다음 날 미국 LA에 사는 바울 목사가 이 동영상에 의문점을 갖게 되었다고 이메일로 같은 질문을 질의해 왔다. 데이비드와 피터는 즉시 답을 해 주었다.

> 질문 1: 미카엘 천사장이 흰말을 타고 왜 이집트 시위 현장에 갔을까요?
>
> 대답: 이집트의 과격한 시위를 진정시키고, 무바라크를 물러나게 하여 평화적 정권 교체를 하도록 조정하라고 하나님께서 미카엘에게 명령을 하셨기 때문입니다.
>
> 질문 2: 미카엘 천사장의 모습이 사진에 찍히는 것은 도무지 불가능한데 하나님이 왜 허락하셨을까요?
>
> 대답: 하나님께서 계시록 6장 2절에 예언한 대로 흰말을 탄 미카엘 천사장을 지구상에 보낸 사실을 세상 사람들에게 알리고, 또 2011년에 큰 환난이 시작된다는 사실을 알릴 필요가 있어서입니다.

✧ 미카엘 천사장의 말을 타고 여행하다

데이비드는 매일 미카엘이 커다란 흰말을 타고 하늘로 올라가는 모습을 생각하며 하나님께 기도했다.

"하나님 아버지, 제가 미카엘의 말을 한번 탈 수 없을까요? 미카엘은 미국이든 영국이든 어느 나라든지 몇 분 내에 날아가지 않습니까? 저도 그 말을 타고 외국에 가고 싶어요. 허락해 주세요."

데이비드가 미카엘의 흰말을 타고 싶다고 말하자 피터는 피식 웃었다. 피터는 "몸을 가진 사람이 영적인 말을 타고 다른 나라로 날아간다고? 꿈같은 소리로군."이라고 중얼거렸다.

그런데도 데이비드는 꿈을 버리지 않았다.

"데이비드 님, 요사이도 미카엘 천사장의 말을 타고 외국에 날아가게 해 달라고 기도하고 있어?"

"그럼, 우리 하나님은 천지를 말씀으로 창조하신 분인데 무얼 못 하시겠어? 내 기도를 하나님께서 꼭 들어주시리라 믿고 있어."

"역시 데이비드 님은 천진스러운 면이 있네. 나보다 믿음이 대단해. 난 그런 무모한 기도는 하지 않거든."

"어렸을 때 하나님께서 나에게 말 한 마리를 주셨어. 보통 사람들의 눈에는 안 보이지만 내 눈에는 그 말이 보이거든. 그 흰말은 항상 내 곁에 따라다니고 있지."

"아니 정말인가? 영적인 말을 데리고 다닌다고? 정말?"
"그렇다니까. 믿어지지 않겠지만 사실이야."

그로부터 몇 달이 지난 6월 중순이었다. 미카엘 천사장이 데이비드에게 다가오더니 유창한 영어로 말한다.

"주인님, 매일 하늘의 말을 타게 해 달라고 기도하셨지요? 하나님께서 허락하셨어요."

"정말이야?"

"그럼요. 오늘 주인님의 영적인 말을 한번 타 보시지요?"

"아니, 내 말이 조금 작은데 탈 수 있을까?"

"멀리는 못 갈 것 같으니까 여기에서 의정부까지만 주인님의 말을 타고 가 보시지요."

"그래 미카엘 말대로 한번 타 보자."

드디어 데이비드가 기도한 대로 자기의 영적인 말을 타 보기로 했다. 데이비드의 말은 사람이 타고 다니는 말 정도의 크기였다. 다른 천사의 말들은 길이가 5미터 정도 되었다. 7.5미터나 되는 거대한 말은 미카엘의 말이었다.

"미카엘, 내 말이 영적인 말인데 과연 탈 수 있을까?"

"네, 제가 있으니까 걱정하지 말고 앉아 보세요."

투명한 말의 등에 앉는다는 사실에 의아했지만 데이비드는 일단 앉아 보는 것도 나쁘지는 않겠다는 생각이 들었다.

꿈같은 이상한 일이 벌어지고 있었다. 분명히 내 말은 영적인 말인데 등에 앉아 보니까 단단함이 느껴졌다. 데이비드의 말은 작은 말이라 그런지 데이비드를 태우고 일어나는 모습이 조금은 힘에 부쳐 보였다.

사람들의 눈에 띄지 않는 초저녁을 택하여 상계동에서 의정부까지 가기로 했다. 데이비드를 태운 말은 조금 힘들어했지만 공중으로 떠오르더니 두 날개를 치며 움직였다. 데이비드의 작은 말은 의정부에 미치지 못하고 결국 수락산에서 주저앉았다. 커다란 말을 탄 미카엘이 데이비드에게 다가오더니, 이번에는 자기의 말을 타란다.

"그래, 그것이 좋겠다. 미카엘의 말을 타 볼까."

미카엘의 커다란 말이 땅에 엎드려 앉았는데 말 등의 폭이 무려 거의 1미터나 됐다. 말 중앙에 두 날갯죽지가 약간 솟아 올라 있으므로 바로 뒤에 앉았다. 이어서 데이비드의 등 뒤에 미카엘이 앉으며 데이비드를 두 팔로 안았다.

미카엘의 말이 가볍게 일어서더니 곧바로 하늘로 높이 떠올랐다. 기분 좋은 비상이었다.

"주인님, 높이 올라가면 어지럽죠. 그러니 아래를 보시지 말고 머리를 위로 향하고 있으세요."

"그래, 알았어."

말 등에 앉으면 불안할 줄 알았다. 그러나 아늑함이 느껴졌다. 빠른 속도에도 불안이 느껴지지 않았다. 불과 일 분도 되지 않았는데 상계동 집 가까운 산에 도착하였다. 아쉽지만 데이비드는 말에서 내려왔다.

"미카엘, 나중에 나를 외국으로 데려다줄 수 있겠지?"

"그럼요. 하나님께서 그렇게 하라고 허락하셨어요."

하나님께서 나의 기도를 들어주시다니. 게다가 미카엘의 말을 타고 바다 건너 다른 대륙으로 가게 되다니, 가슴이 벅차올랐다. 새들의 지저귐이란 것이 이런 것일까. 휘파람이 절로 나왔다. 집으로 가는 발걸음이 깃털처럼 가벼웠다.

이튿날 곧바로 피터에게 전화를 걸었다.

"피터, 드디어 내가 말이지 어젯밤에 내 영적인 말을 타고 하늘을 날아 보았어."

"정말이야? 영적인 말을 탔다고? 환상으로 탄 게 아니라 몸으로 탔다고?"

"그럼 내 말은 힘이 없어서 그런지 멀리 날아가지 못하고 도중에 주저앉았어. 그래서 미카엘의 큰 말을 타봤지. 힘이 좋고 바람의 속도로 날았어. 승마감이 뭐라 말할 수 없을 정도로 아늑했어."

"아니, 영적인 미카엘의 말을 탔다는 말이네. 축하해. 결국 하나님께서 자네의 기도에 응답을 해 준 것이네. 정말로 축하해."

그다음 날 요한과 피터는 종로에 있는 하나교회 로비에서 함께 만났다.

"요한, 데이비드가 그러지 않던가. 자기에게는 영적인 말이 있다고."

"그래, 전에 들은 적이 있어."

"그런데 데이비드가 그 말을 타고 하늘을 날았다는데, 알고 있어?"

"아니 금시초문인데. 와우, 정말로 데이비드는 하나님께 복받은 사람이 맞네. 날마다 영적인 말을 타고 싶다고 하더니 소원 성취했구먼. 그렇지만 피터, 데이비드 몸이 유체 이탈하여 영적인 몸으로 영적인 말을 탄 것은 아닐까? 어떻게 생각해?"

"내 생각인데, 데이비드 몸이 유체 이탈하여 영적인 몸으로 영적인 말을 탄 것이 아니고, 육적인 몸으로 영적인 말을 탄 것으로 알고 있어."

"그래? 그럼 데이비드는 투명한 영적인 말을 육신의 몸으로 탔다는 말인데 그런 놀라운 일이 세상에 또 있을까 싶네. 신비에 속한다니까."

이어서 피터가 대답했다.

"맞아. 설명할 수 없으니 신비지. 신비는 설명의 영역이 아니라 침묵의 영역일지도 모르네. 사람이 영적인 말을 타는 것은 도저히 언어로 설명할 수 없는 신비의 세계야."

두 사람이 신비를 이야기하고 있는 동안에 데이비드가 교회로 들어왔다. 요한은 데이비드에게 물었다.

"데이비드 님, 미카엘의 말을 타 보았다면서? 정말이야?"

"나도 처음에는 영적인 말을 탈 수 있을까 싶었지. 그런데 말 등에 앉으니까 단단함이 느껴지더라고."

"아무튼 육적인 몸을 가지고 영적인 천사의 말을 탔다는 말 인가?"

"그렇다니까. 난 거짓말엔 젬병일세."

피터와 요한은 데이비드와 10여 년 이상 함께 사귄, 막역한 친구다. 데이비드는 기도하는 사람이고, 또 하나님 앞에서 거 짓이 없는 친구임을 누구보다도 잘 안다.

피터가 데이비드와 요한에게 말하였다.

"그럼 데이비드 님이 육적인 몸으로 영적인 천사의 말을 타 고 하늘을 날아 이동하였으니까 일종의 공간 이동을 한 것이 라 인정해야겠네."

요한도 피터의 공간 이동이란 말을 듣고 고개를 끄덕였다.

몇 주가 지났을까. 미카엘 천사장이 데이비드에게 좋은 소식 을 전해 주었다.

"주인님, 내일 밤에 미국에 갈 거니까 준비해 주세요."

"미카엘, 그럼 미카엘 말을 함께 타고 미국에 간다는 말 이야?"

"그렇지요. 제 말에 타기만 하면 몇 분 안 걸려서 미국에 금 방 갑니다."

"아, 나는 지금까지 미국에 한 번도 가 본 일이 없는데 잘되 었다. 기대해도 되겠지?"

다음 날이 금요일인데 데이비드는 하루 종일 긴장하며 떠날 시간을 기다렸다. 금요일에 데이비드가 저녁밥을 먹고 잠시 쉬고 있다가 밤 10시경이 되자 미카엘이 떠나자고 한다. 데이비드는 아내가 잠든 것을 확인한 후에 조용하게 집을 빠져나왔다.

데이비드와 미카엘은 동네에서 걸어 나와 뒷산으로 올라갔다. 미카엘이 자기의 말을 땅에 앉게 한 후, 데이비드에게 말했다.

"주인님, 편안하게 타세요."

"그래, 내가 앉아 볼게."

데이비드가 말 등으로 올라탔더니 등이 단단하여서 침대에 앉은 것처럼 편안했다. 미카엘이 데이비드의 등 뒤에 앉아 양손으로 데이비드를 끌어안았다. 미카엘의 거대한 말이 힘 있게 일어서더니 곧바로 날아오르기 시작하였다.

지상의 밤은 아름다웠다. 수많은 불빛들을 뒤로하고 말은 바람처럼 달렸다. 지상의 빛들이 점점 작아지다가 가뭇없이 사라져 갔다. 이것은 과연 꿈일까. 아니, 분명 꿈이 아니었다. 생생하고, 분명하고, 또렷했다.

"주인님, 아래를 보시지 말고 위를 보면서 잠시만 기다리세요. 금방 미국에 도착합니다."

"미국에 가는 데 얼마나 걸리나?"

"2분 정도 가면 될 겁니다."

"그렇게 빨리 갈 수 있다고?"

"네, 그렇습니다."

데이비드와 미카엘이 탄 말은 구름층을 지나 더 높이 날아올랐으며 매우 찬 공기가 스쳐 지나갔다. 데이비드가 탄 말은 아무런 진동도 없었다. 편안하고 아늑해 보였다. 두 개의 커다란 날개가 쉴 새 없이 위아래로 날갯짓을 하며 오직 나는 일 하나에 집중하고 있는 듯했다.

잠시 후에 미카엘의 말이 귓가에 들려왔다.

"주인님, 다 왔습니다. 여기가 LA입니다."

"정말, 여기가 미국이란 말이야?"

"네, 맞아요. 내리세요."

데이비드를 태운 말이 서서히 땅으로 내려와 3미터 높이에 있을 때, 20미터 전방에 노부부가 산책하고 있었다. 갑자기 미카엘이 데이비드에게 "주인님 얼른 내리세요. 사람들이 있어요." 하며 데이비드를 미는 바람에 데이비드는 땅으로 그냥 떨어졌다.

데이비드에게 노부부가 5미터 전방에서 가까이 오며 "How are you!"라고 인사하면서 오른손을 들었다. 데이비드도 얼른 오른손을 들어 보이며 "How are you!"라고 화답했다. 노부부는 처음에 놀랐는지 지나가면서도 계속하여 데이비드를 쳐다보았다. 그러나 데이비드가 인사를 하자 안심한 듯하였다.

아마 노인들은 서로 이야기하며 지나가다가 공중에서 사

람이 갑자기 나타났기 때문에 당황하였을 것이다. 두 노인은 미카엘이나 미카엘의 흰말은 보지 못하고 사람만 보았을 것이다.

데이비드는 약간 절룩거리며 공원 주위를 걸었다. 생전 처음 온 곳이라 많이 생소했으나 곁에 천사들이 동행하고 있었으므로 천사들과 함께 이곳저곳을 구경하며 다녔다.

시내 구경을 다 한 후, 미카엘이 데이비드를 말에 태우고는 그랜드캐니언으로 데리고 갔다.

"주인님, 여기가 세계적으로 유명한 그랜드캐니언입니다. 경관이 좋은 곳입니다."

미카엘이 데이비드를 태운 채로 그랜드캐니언 골짜기를 낮게 비행하듯 날며 이곳저곳을 보여 주었다.

"와우, 너무 멋있어. 저 깊은 골짜기와 절벽들 좀 봐. 장관이다."

데이비드는 수백 킬로미터 이어진 그랜드캐니언의 큰 규모에 놀라고 아름다운 모습에 감탄을 연발하였다.

그렇게 미국 여행을 끝내고 미카엘과 데이비드를 태운 말은 다시 서울로 돌아왔으며 그때 서울 시간은 새벽 4시였다. 데이비드는 집으로 들어가 아무 일도 없는 것처럼 잠자고 있는 아내 옆에 누워 잠을 청하였다.

다음 날 데이비드는 요한과 피터를 불러내어 하나교회에서 다시 만났으며 미국에 다녀온 이야기를 하였다.

"내가 말이지 어제 밤사이에 어디에 다녀왔는지 알아? 비행기를 타지 않고 미국에 다녀왔지."

요한이 정색을 하며 물었다.

"아니 비행기도 타지 않고 미국에 다녀왔다니. 정말이야? 그럼 미카엘의 영적인 말을 타고 다녀왔다는 말이네."

피터도 놀라며 물었다.

"정말 밤중에 미국에 다녀왔다니 사실인가? 정말인 거야?"

"그럼, 나는 이번에 미국에 처음 갔는데 너무 좋았어. 내가 어디를 구경한 줄 알아? 미국에서 유명한 그랜드캐니언을 갔었어."

피터가 다시 물었다.

"그럼 미카엘의 말을 타고 미국까지 가는 데 얼마나 걸렸나?"

"너무 빨랐어. 서울에서 미국까지 가는 데 불과 2분 정도였어."

요한이 신기해하며 말하였다.

"야, 미국에 비행기도 타지 않고 2분 내에 간다면 그야말로 신기록이다! 신기록!"

"아마도 이런 이야기를 들으면 사람들이 데이비드 님을 보고 기인이라 부를 거야."

"내가 기인에 속한다니. 그럴 수 있겠다."

피터는 집에 돌아가 데이비드가 천사의 말을 타고 공간 이동한 예가 있는가 하고 성경에서 찾아보았다. 피터는 며칠 동안 성경을 뒤지며 공간 이동하는 예 두 가지를 찾았다.

세 사람이 다시 하나교회에 모였다.

"그렇지 않아도 내가 성경에 공간 이동한 예가 있는지 알아보았지. 그러한 예가 있었어. 말해 볼까?"

"그래, 소개 좀 해요."

요한이 궁금하여 물어보았다.

"성경에 보니까 아무 말도 타지 않고 공간 이동하는 경우는 예수 그리스도 외에는 매우 드문 일이야. 주님이 물 위를 걷기도 하는 일은 공간 이동에 속한 일이지."

요한이 "맞아, 나도 의문이 생기는 대목이었어. 주 예수께서 어떻게 물 위를 걸으셨을까, 여러 번 생각해 보았지. 어떻게 걸으셨지?"라고 질문을 했다.

그러자 피터가 "그건 말이야. 육을 가진 주 예수께서 직접 물 위를 걸은 것이 아니라 미카엘 천사장이 도와주어서 물 위를 걸었을 거야."라고 대답하였다.

곁에 있던 데이비드가 거들었다.

"그래, 나도 같은 생각이야. 주님은 육을 가진 분이라 물 위에 뜰 수가 없어요. 사람 눈에 미카엘이 안 보이니까 아마 미카엘이 안아서 걷도록 했을 거라는 생각이 들어."

"그럼 예수님 말고 또 공간 이동한 사람이 있나?"

"그런 사람이 있어. 빌립 집사가 제대로 공간 이동을 한 사람이야."

"빌립이 어떻게 공간 이동을 했지?"

"난 잘 몰라 데이비드가 알면 설명해 줘요."

"그건 말이야. 내가 미카엘 말을 타고 미국에 다녀온 방법과 유사해. 그러니까 빌립이 미카엘의 말 등에 앉고 미카엘이 등 뒤에서 안은 다음, 에티오피아 사람 내시가 있는 곳까지 날개 달린 말이 하늘을 날며 달려간 거야. 눈 깜짝할 사이에 이동한 거지."

요한이 다시 물었다.

"그럼 예루살렘에서 내시가 있는 가사까지 꽤 멀 텐데 얼마나 떨어진 거리인가?"

피터가 대답했다.

"내가 알기로는 예루살렘에서 가사까지는 직선거리로 96킬로미터 정도 되지."

그로부터 일주일 후였다. 데이비드는 또다시 미카엘의 영적인 말을 함께 타고 이번에는 캐나다로 가기로 했다.

"주인님, 이번에는 캐나다로 가려고 해요. 괜찮지요?"

"그거야 좋지. 캐나다에 꼭 가고 싶었는데 너무 신난다. 그럼 내일 저녁에 가는 거지?"

"네, 그런데 다른 사람에게 어디 간다는 이야기를 하지 않았으면 좋겠어요. 이렇게 다니는 것도 하늘의 비밀이거든요."

"맞아. 말하지 않을게."

금요일 저녁이었다. 아내가 잠든 것을 확인한 데이비드는 미카엘과 함께 뒷산으로 함께 올라갔다. 그리고는 데이비드가 미카엘의 말에 타자 미카엘도 데이비드 뒤에 바짝 앉았다.

"주인님, 오늘은 캐나다로 갈 건데요. 먼저 나이아가라 폭포를 보고 로키산 구경을 갈 겁니다."

데이비드

"그래, 나는 캐나다에 처음 가는 거니까 미카엘이 잘 안내해요."

"네, 자 이제 출발합니다."

데이비드가 잠시 눈을 감고 "하나님 아버지 감사합니다. 오늘 미카엘과 캐나다 여행을 하게 하시니 감사드립니다. 할렐루야! 예수 그리스도의 이름으로 기도합니다. 아멘."이라고 잠시 기도를 하였다. 몇 분 후, 미카엘의 목소리가 들려왔다.

"주인님, 나이아가라 폭포에 왔어요. 보세요."

"와, 나이아가라 폭포다. 멋있다. 할렐루야!"

데이비드가 눈을 뜨는 순간 장대하게 펼쳐진 폭포에 놀라게 되었다. 높이와 너비에서 나이아가라 폭포는 여느 폭포에 비할 바가 아니었다. 게다가 쏟아지는 물의 양도 상상을 초월했다.

"미카엘, 물방울에 내 옷이 젖는다. 조금 위로 올라가."

"네."

멀리서 유람선 두 대가 폭포를 보려고 가까이 오고 있었다.

"주인님, 이제 로키산 쪽으로 갈까요?"

"그래요."

나이아가라 폭포를 한 바퀴 돈 다음 소용돌이가 있는 곳을 지나 로키산으로 향하였다. 1분 정도 갔을까 싶더니 미카엘의 말이 숲이 있는 쪽으로 내려왔다.

"주인님, 저기 오른쪽을 보세요. 곰이 보이지요? 가까이 가지 마세요. 위험합니다."

"그래, 내가 야생 곰은 처음 봤어. 큰 녀석이구나."

데이비드와 미카엘 일행은 다시 말을 타고 로키산 쪽으로 더 깊이 들어갔다. 수없이 많은 호수가 지나가는 것이 보였다.

"주인님, 여기가 캐나다에서 널리 알려진 에메랄드 호수입니다."

"와, 호수 색깔이 온통 에메랄드 색으로 물들어 있구나. 너무나도 아름다운 호수로구나."

정말로 에메랄드 호수에 와서 근처에 있는 나무숲도 보고 멀리 눈 덮인 산도 보니 이러한 아름다운 곳에서 살고 싶다는 생각도 들었다.

여름이지만 캐나다에는 아직 눈이 덮여 있는 산도 있었다. 눈 덮인 산을 지나 불과 몇 분 후에 일행은 서울로 돌아왔다.

그 후 데이비드는 미카엘의 영적인 말을 타고 러시아, 영국, 프랑스, 독일, 이탈리아, 스위스, 호주, 브라질 등 여러 나라에 여행을 다녀왔다. 물론 한국에서도 제주도, 순천, 해남, 지리산 등 여러 곳을 다녀왔다.

세상 종말이 가까워지자 2010년부터 하나님께서 군대장관 미카엘 천사장을 위시하여 많은 천사들을 한국에 보내셨다. 현재 2만 3,000명의 천사들이 한국에 와서 재림 준비 사역과 함께 영적 전쟁을 하고 있다.

성경 어느 곳을 읽어 보아도 이렇게 2만 명 이상의 천사가 지구상에 나타난 일이 있었던가? 출애굽 때에 천사들이 얼마나 동원되었을까? 당시에 모세와 동행했던 미카엘 천사장에게 물었더니 출애굽 때에 모세의 인도로 애급에서 가나안 땅으로 가는 동안 약 1만 명의 천사들이 동원되었다고 한다.

그렇다면 현재 한국에 2만 3,000명의 천사가 와 있는 일은 인류 역사상 가장 많은 천사들이 동원된 일이다. 이러한 일은 하나님께서 대한민국과 한국교회에 주의 재림을 준비시키고 있다는 증거이기도 하다.

✦ 천사와 함께 백두산에 등반하다

바다와 달리 산은 어떤 신성한 기운을 품는다. 산의 신성한 기운을 받고자 성자들이 산을 수도처로 삼았는지도 모른다.

백두산은 아담을 창조했던 땅이요, 온 세계를 품고 있는 어머니 같은 땅이다. 우리의 조상 노아는 백두산에서 홍수를 대비하는 방주를 만들었고 또 노아는 배달나라를 세웠다. 단군이신 욕단은 백두산 정기를 받아 고조선을 세웠고 찬란한 족적을 남겼으며 우리 역사상 가장 넓은 국토를 차지하였다.

2011년 3월 1일 12시경 데이비드와 피터, 요한이 종로1가 죽집에서 만나 점심을 나누었다. 죽을 주문한 후에 시간 여유가 생겨 셋이서 대화를 나누었다.

피터가 요한에게 물었다.

"장로님, 오늘이 무슨 날인지 아세요?"

"오늘이 삼일절인데 모르는 사람이 있나요?"

데이비드가 웃으면서 말했다.

"또 오늘은 예수 그리스도와 관련이 있는 날인데 모르시겠지?"

피터가 설명해 주었다.

"제가 알려 드릴게요. 예수 그리스도가 부활하신 날이 바로 3월 1일이오."

요한이 놀라며 물었다.

"아니, 정말이오? 부활절은 여러 교회에서 4월에 지키는데요. 정말 주님이 무덤에서 부활하신 날이 3월 1일 맞아요?"

"예수 그리스도께서 3월 1일 새벽 3시 40분에 성경대로 사망 권세를 깨뜨리시고 부활하셨어."

"3월 1일이 부활절인 것을 어떻게 알았어요?"

"데이비드 님 곁에 있는 가브리엘 천사장에게 물어서 알아냈어요. 가브리엘은 주께서 부활하신 날 무덤 안에서 부활을 목격했으니까요."

"할렐루야! 그럼 부활절을 매년 3월 1일에 지켜야겠네."

데이비드가 말하였다.

"그건 그렇고. 내가 피터 목사님에게 부탁할 말이 있어요. 하나님께서 백두산 등반을 하라고 말씀하셨어요. 중국을 거쳐서 백두산에 여행할 수 있게 항공편 예약을 해 주면 좋겠어요."

"그래요? 하나님의 명령이라면 백두산 여행을 해야지요. 내가 알아볼게요."

며칠 후에 피터가 백두산 여행 정보를 알아보니까 코리아 여행사에서 서른 명의 여행 희망자를 모집하여 인원이 차면 출발하는 패키지여행 계획이 있었다. 피터가 예약을 하려고 했더니 데이비드가 바쁜 일이 있다고 하므로 미루다가 5월 중순에야 여행사에 백두산 여행 예약 신청을 하게 되었다.

백두산 성지 여행을 희망하는 사람을 모았더니 데이비드와 피터, 요한을 포함하여 아홉 명이 신청을 하였고, 백두산 성지 탐방 일정은 2011년 9월 28일부터 10월 2일까지 4박 5일 일정이었다.

창조의 신께서 대한민국에 사는 데이비드에게 백두산에 오르라고 명령하셨다. 하나님께서 왜 백두산으로 데이비드를 불렀을까? 백두산 등반 때에 무슨 일이 일어났을까?

9월 28일 아침 9시 40분에 출발하는 아시아나 항공을 탑승하고 맨 처음 간 곳은 중국 대련 국제공항이었다. 우리 일행은 관광버스를 타고 단동과 환인과 통화를 거쳐서 9월 30일에는 백두산 서파로 가는 산문에 도착하였다. 여기에서 서파행 셔틀버스를 타고 서파 입구에 도착하였을 때 눈이 흩날리고 있었다.

셔틀버스 안에 앉아 있을 때, 안내 방송이 있었다.

현재 눈이 내리고 있어서 백두산으로 올라가는 길이 미끄럽습니다. 잠시 운행을 중단하겠습니다. 눈이 더 내릴지 아니면 눈이 그칠지를 기다려 봐야 하므로 앞으로 한 시간 후에 출발하려고 합니다. 승객님들께 근처에 있는 금강대협곡을 다녀오시기를 권합니다.

데이비드와 피터, 요한은 백두산 계곡으로 들어갔더니 금방 '금강대협곡'이라는 안내 간판이 있어서 골짜기 안으로 들어갔다. 협곡은 나무가 우거져 있는 V 자 계곡이라 마치 그랜드 캐니언 협곡을 연상하게 하였다.

계곡을 걸으면서 피터가 데이비드에게 물었다.

"지금 눈이 내려서 백두산으로 올라갈 수 없다면 무언가 말이 되지 않는데요. 하나님께서 데이비드 님에게 백두산으로 올라오라고 말씀하셨기 때문에 오늘 백두산으로 가는 길을 꼭 열어 주시지 않겠어요?"

"걱정하지 말아요. 올라갈 수 있을 거요."

이번에는 요한이 물었다.

"데이비드 님, 아니 기도 안 했어요? 기후를 조정하는 우리엘 천사장에게 부탁하여 눈을 그치게 해 달라고 하면 안 될까?"

"지금 말해 볼게요."

"아직 우리엘에게 말하지 않았구먼. 얼른 우리엘에게 부탁해요."

"조금만 기다려요. 우리엘에게 말할게요."

피터가 물었다.

"전에 말이오. 백두산 천지 안에 공룡이 산다고 말했는데 지금도 공룡이 살고 있을까?"

"그럼."

"아니, 무슨 말이오. 백두산 천지에 사는 괴물이 공룡이라는 말인가?" 요한이 놀라서 물었다.

"그래요. 내 곁에 있는 천사들이 가서 탐색을 했었고 나에게 영상으로 보여 줘서 나도 본 일이 있어요."

"그럼 백두산 천지의 공룡이 어떻게 생겼는데?"

"세계적으로 살아 있는 공룡은 백두산 천지의 공룡이 유일해요. 머리에 사슴처럼 뿔이 나 있고 얼굴은 사람 모양이고 서서 걷기도 하고 물속에서 헤엄도 잘 쳐요. 아이큐는 100이 넘고."

"와, 대박이다. 몇 년 전에 중국 관광객이 찍은 괴물이라는 사진을 본 일이 있는데 머리에 뿔이 났더라고."

요한이 물었다.

"현재 백두산 천지 안에 공룡이 몇 마리나 있나요?"

"서른 마리 이상이나 돼요."

"그렇다면 중국이나 북한에서 백두산 천지를 탐사해 보아야 하지 않을까요?"

"탐사할 필요가 있어요. 그러나 조심해야 해요. 천사들이 알려 준 바에 의하면 오래 전에 백두산 천지에 들어가 보트 놀이를 한 사람들이 있었는데 공룡들이 배를 뒤엎어 버리고 사람을 잡아먹었다고 해요."

"무서운 녀석들이군."

협곡으로 다니다 보니 너무 경관이 좋아서 세 사람은 여러 차례 멈추어서 사진을 찍었다. 돌아갈 약속 시간이 되어 세 사람은 급히 버스 정류장으로 가서 셔틀버스에 올라탔다. 안내 방송에서는 날씨가 좋아져서 백두산으로 올라갈 수 있다고 한다. 일행들은 박수를 치며 좋아하였다.

달리는 셔틀버스 안에서 피터가 창밖을 쳐다보다가 놀라운 일을 보게 되었다.

"데이비드 님, 저걸 좀 보세요. 아니, 글쎄, 눈이 쌓인 도로가 물기가 있고 눈이 녹았네요."

"맞아요. 우리엘 천사장이 차가운 도로를 뜨겁게 하여 눈을 녹였고 버스가 잘 달릴 수 있게 만들어 놓았어요."

"할렐루야! 하나님 아버지, 감사합니다."

셔틀버스가 정상 가까운 곳에 있는 마지막 정류장에 도착하였다. 버스에서 내리자마자 차가운 기운이 확 몰려들었다. 정류장에서 가이드가 하는 말이 백두산 정상은 영하 13도라고 말했다. 우리 일행이 휴게소 안으로 들어가자 방한복을 빌려 입으라고 한다. 그리고 정상까지 계단이 1,000개 이상이나 있으니까 조심하면서 백두산 정상에 올라갔다가 오라고 주위 상황을 예고해 주었다.

우리 일행 아홉 명은 모여서 기도한 후 출발하려고 하였다. 그때였다. 일행 중에 김정렬 목사의 사모가 "아이고, 아파." 하며 바닥에 주저앉았다. 이영애 사모는 양손으로 턱을 만지며 신음하였다. 김 목사는 사모가 치주질환을 앓고 있었는데 찬 곳에 오면 이렇게 통증이 와서 힘들어한다고 말했다.

우리 일행은 하는 수 없이 김 목사 부부는 남기고 나머지 7명만 출발하기로 하였다. 우리가 휴게소에서 나와 출발하여 20미터 정도 갔을 때였다.

백두산 천지

데이비드가 일행을 모이라고 하더니 말하였다.

"여러분에게 할 말이 있어요. 마리아엘 천사의 말을 전합니다. 우리가 저기 계단을 따라 올라가면 정상에 있는 천지를 볼 수 있어요. 그러나 마리아엘 천사의 말은 오늘 우리가 그곳에 가면 안 된다고 합니다. 우리 중에 김사라 전도사가 심장 마비로 죽을 것이고 김 전도사님의 단짝 친구인 주리엘 전도사님도 충격을 받아 그날 함께 죽을 것이라고 합니다. 안타깝지만 우리가 백두산 정상 가까이 왔으니까 여기에서 함께 기도하고 가면 어떨까요?"

이 말을 듣자 에스더 목사는 웃으면서 말하였다.

"우리가 데이비드 님의 말씀대로 따라야지요."

이어서 피터가 말하였다.

"맞아요. 데이비드 님의 말씀대로 합시다. 저기 계단에서 조금 올라가면 평평한 곳이 있어요. 그쪽으로 가서 함께 찬송을 하고 기도하기로 해요."

우리 일행 7명은 계단이 있는 곳에서 30미터 정도 올라가서 평평한 곳에서 둥글게 서로 마주 섰다.

피터가 말하였다.

"우리 모두가 찬송을 부르며 하나님께 영광 돌리기로 해요. 찬송 40장 「주 하나님 지으신 모든 세계」를 합창합니다."

피터 목사가 선창하며 부르자 데이비드와 나머지 성도들, 그리고 그곳에 모인 천사들 2,000명 이상이 함께 찬송을 부르기 시작하였다.

주 하나님 지으신 모든 세계 내 마음속에 그리어 볼 때

하늘의 별 울려 퍼지는 뇌성 주님의 권능 우주에 찼네

주님의 높고 위대하심을 내 영혼이 찬양하네

주님의 높고 위대하심을 내 영혼이 찬양하네

2절, 3절, 4절을 부르고 다시 찬송 40장을 반복하여 불렀다. 찬송을 부르는 동안 성령의 불이 뜨겁게 임하였으며 모두가 큰 감동을 받았다. 이어서 통성으로 기도하면서 하나님께 찬양하고 영광을 돌려 드렸다.

그 사이에 데이비드는 하늘을 응시하며 하나님과 대면하여 대화를 나누고 있었다. 그러나 피터와 나머지 일행 어느 누구도 데이비드가 하나님과 대화를 나누었는지에 대하여 알아차리지 못 하였다.

백두산 기온이 영하 13도 정도인지라 너무 추워서 일행은 다시 휴게소 안으로 들어가서 커피를 마시며 몸을 녹였다. 또 휴게소에서 쉬고 있던 김 목사 부부에게로 가서 사모님의 건강이 어떠한가를 물었더니 조금은 안정이 되었으나 아직도 아프다고 한다. 데이비드가 왼손으로 이영애 사모의 턱을 만져 주며 안수해 주었다.

40분 정도 지나자 백두산 천지를 보고 온 사람들이 모여들면서 백두산 등정을 한 감격을 말하느라 떠들썩하였다. 우리 일행은 이들을 부러워하면서 아쉬움을 달래야만 하였다.

이렇게 하여 우리는 다시 셔틀버스를 타고 하산하였고 대기하고 있는 관광버스를 타고 환인으로 돌아왔으며 근처에서 저녁 식사를 한 다음 우리가 머물고 있는 호텔로 돌아왔다.

데이비드는 우리 일행을 피터와 함께 있는 방으로 부르고 따뜻한 녹차를 나누며 이야기를 하자고 모이라고 한다. 먼저 서로가 오늘 백두산에 다녀온 이야기를 하였다.

요한이 말을 시작하였다.

"오늘 날씨가 나빠서 백두산에 오르지도 못하고 서파로 가는 산문에서 그냥 돌아올 뻔했는데 극적으로 우리엘 천사장의 도움으로 도로에 쌓인 눈을 녹여 준 것은 하나님의 은혜요."

그러자 모두가 박수를 치며 동감을 표하였다.

주리엘 전도사가 데이비드에게 물었다.

"우리가 백두산에 온 것은 하나님께서 데이비드 님을 백두산에 오라고 명령하셨기 때문에 우리가 따라온 것인데요. 여기까지 와서 데이비드 님이 하나님도 만나지 못하고 돌아간다면 어쩌지요?"

"맞아요. 실은 제가 여러분에게 미처 말씀을 못해 드렸네요. 아까 우리가 백두산에서 찬양하고 기도할 때에, 실은 같은 시간에 저는 하나님을 만나서 대화를 나누었어요."

요한이 놀라며 말하였다.

"아니, 백두산에서 데이비드 님이 우리와 함께 있었는데 하나님을 언제 만났지요?"

"네. 이제 고백할게요. 여러분이 백두산 올라가는 계단에서 찬송 40장을 부르고 계시는 동안에 동시에 나는 하나님을 만나서 대화를 나누었지요."

"네? 정말입니까? 우리는 전혀 몰랐는데요."

이때 피터가 물었다.

"찬송하는 동안에 하나님을 만나셨다니 놀라운 일입니다. 무슨 말씀을 들었지요?"

"하나님께서 나에게 열세 가지 매우 중요한 말씀을 하셨어요."

"아, 그러면 어떤 내용인지 우리에게 공개할 수 있을까요?"

"하나님께서 공개하지 말라고 말씀하셨지만 그중에서 다섯 가지만 알려 줄게요. 첫째는 2011년 9월 30일 오늘 계시록 6장 2절의 첫째 인이 떼어졌다는 것이고, 두 번째는 2011년 9월 30일 바로 오늘 큰 환난이 시작된다고 말씀하셨어요. 세 번째는 2020년에 중국에서 무서운 전염병이 생겨 온 세계에 퍼지고 많은 사람이 죽게 될 것이라는 말씀을 하셨어요. 네 번째는 백두산 화산이 폭발하여 북한과 중국을 심판하신다고 말씀하셨고, 그리고 다섯 번째는 두 증인을 한국 사람으로 세울 것이라고 말씀하셨어요."

"와, 너무도 엄청난 말씀을 하셨어요. 우리는 그동안 큰 환난이 2011년 1월에 시작되었다고 알고 있었는데 큰 환난의 시작은 오늘부터이고 2011년 9월 30일이군요. 이 일을 널리 전해야겠어요."

이어서 김정렬 목사가 말하였다.

"데이비드 님, 저는 그동안 두 증인에 대하여 관심이 많았거든요. 어떤 사람들은 두 증인은 모세와 엘리야라고 말하고 있어요. 그래서 두 증인이 이스라엘 사람들이 아닐까, 하고 생각해 왔거든요. 두 증인이 한국 사람이라고 하니 놀라운 일이고요. 그런데 한국에는 자칭 두 증인이라고 하는 사람들이 많아요. 두 증인을 앞으로 누가 세울까요?"

"그래요. 두 증인은 하나님께서 미카엘을 통해 세우십니다. 현재 미카엘 천사장이 두 증인의 명단을 가지고 있어요."

"혹시 데이비드 님이 미카엘이 가지고 있는 두 증인 명단을 본 적이 있어요?"

"네. 알지만 하나님께서 말하지 말라고 하셨지요."

요한이 물었다.

"데이비드 님, 과학자들이 백두산 화산이 폭발할 것이라고 말하고 있는데 언제 폭발한다는 말씀이 있었어요?"

"백두산 화산 폭발의 시기도 말씀하셨으나 하늘의 비밀이라 알려 줄 수 없어요."

"야! 백두산 화산이 폭발한다니 한반도에 엄청난 재난이 쏟아지겠군요."

"맞아요. 지금 내 귀에는 매우 두려운 하나님의 음성이 쟁쟁해요."

데이비드로부터 하나님께서 주신 말씀을 듣자 함께 대화를 나누었던 일행은 모두가 놀라움과 감동의 마음을 간직한 채로 각자의 방으로 돌아갔다.

이렇게 하여 우리 일행은 성지 백두산 탐방을 마치고 무사하게 인천공항에 도착하였다.

열흘 후, 피터와 요한의 제안으로 안양예술공원에서 점심을 나누기로 하였다.

이날 모인 사람은 데이비드와 피터, 요한, 그리고 에스더와 주리엘, 다섯 사람이었다. 일행은 봉평메밀국숫집에서 간단하게 점심을 나눈 후에 등산로를 따라 산책을 하였다.

에스더는 안양 근처에 사는지라 산책 코스를 잘 알고 있었다. 일행이 대화를 나누며 평평한 길을 따라 약 30분 정도 올라갔을 때, 에스더가 말하였다

"자 이쪽으로 오세요. 여기 긴 의자에서 잠깐 쉬었다 가요."

요한이 마냥 즐거운 표정으로 말하였다.

"데이비드 님 여기 앉으세요."

데이비드가 웃으면서 말하였다.

"우리가 높은 백두산에 올라갔다가 왔는데 이렇게 낮은 곳을 걸으니 무언가 느낌이 다르네요. 여기도 좋은 곳이네요."

피터가 말하였다.

"데이비드 님, 우리 앞에 미카엘 천사장이 서 있겠지요?"

"네. 맞아요. 우리 앞에 20미터 거리에 있어요."

"궁금해서 그래요. 미카엘의 생김새를 좀 소개해 주실래요? 저는 미카엘 천사장을 눈으로 볼 수 없으니까요."

"그렇게 하지요. 미카엘의 키는 8미터이고 손바닥 크기는 바둑판만하고 얼굴 모습은 로버트 테일러Robert Taylor 얼굴을 닮았어요."

주리엘이 말했다.

"미카엘 얼굴이 그 미남 배우 로버트 테일러를 닮았군요. 놀라워요. 데이비드 님, 누구한테 들었는데요. 미카엘이 독수리 모습이라고 했어요."

"맞아요. 미카엘은 사람 모습을 하다가 독수리 모습으로도 보여요. 그리고 소나 사자의 모습으로도 보여요."

"아니 무슨 말인가요? 얼른 이해가 안 되네요."

"하하하, 미카엘의 얼굴은 네 가지 모습으로 보여요. 2초마다 사자, 사람, 소, 그리고 독수리 모습으로 연속적으로 계속 변해요."

에스더가 놀라는 표정으로 말하였다.

"그럼 미카엘은 네 종류의 얼굴 모습을 가지고 있네요? 그렇다면 네 가지 생물 모습이라. 어디서 듣던 말인데요."

피터가 웃으면서 말했다.

"이제 생각이 났네요. 계시록 4장 6절에 보면 '네 생물'이라고 나오는데요. 네 생물이 바로 미카엘 천사장이군요."

요한이 말하였다.

"와, 미카엘은 참으로 신기한 존재로군요."

'네 생물'의 모습

"맞아요."

"미카엘에게 무슨 질문을 하면 답을 해 주나요?"

"그렇지요. 될 수 있으면 성경 내용을 질문하면 좋아요."

에스더가 질문하였다.

"그럼 제가 먼저 질문할게요. 미카엘은 하나님의 군대장관 맞죠?"

"네, 그래요."

"방금 데이비드 님이 대답했는데요. 미카엘이 대답을 한 것 맞아요? 어떻게 금방 대답을 하지요?"

"그것은 에스더 님이 질문할 때 미카엘이 듣고 있다가 금방 나에게 말해 주니까 제가 또 그 말을 듣고 통역한 것이지요. 사실 천사의 대답이 빠르니까 거의 동시통역이지요."

"미카엘에게 질문이 있어요. 현재 한국에 부하 천사를 2만 명이나 데리고 오셨는데요. 무슨 일 때문에 그렇게 많은 천사들이 왔나요?"

"미카엘이 좋은 질문이라고 하네요. 미카엘과 부하 천사들이 용과의 전쟁을 하기 위함이고, 또 하나는 계시록 19장에 보면 '하늘에 있는 군대들'이라고 나오는데 바로 2만 명의 군사 천사들을 뜻해요. 계시록 19장에서 하나님께서 미카엘에게 지구상에 있는 아담 혈통을 갖지 않는 인간 짐승들을 모두 없애라고 말씀하셨기 때문에 많은 천사들이 필요하지요."

"아, 네. 그렇군요."

이번에는 요한이 물었다.

"미카엘이 천국에서 왔을 텐데요. 어떤 사람은 천국이 마음에 있다고 하는데 천국이 어디에 있지요? 물어봐 주세요."

"네. 미카엘이 말해 줍니다. 천국은 매우 멀리 떨어진 큰 별에 있다고 해요."

이때 피터가 물었다.

"아주 먼 곳에서 왔다. 그러지 말고요. 제가 직접 미카엘에게 물어봅니다. 우리 은하계가 있고 그 안에 태양계가 있어요. 천국은 우리 태양계가 속해 있는 은하계 안에 있나요?"

"아니라고 하는데요."

"그럼 천국은 우리 은하계에 있지 않다면 어디에 있지요?"

"우리 은하계에서 가장 가까운 다른 은하계에 있어요."

이번에는 주리엘이 물었다.

"재미있어요. 저도 물어볼게요. 계시록 1장 13절에 '인자와 같은 이'라고 나옵니다. 여기 '인자와 같은 이'는 머리털이 양털처럼 흰색이고 예리한 칼을 가졌다고 했는데요. 이런 분은 예수 그리스도가 맞나요?"

"아닙니다. 인자 같은 이는 예수 그리스도가 아니고 미카엘입니다. 왜냐하면 주님은 머리털이 갈색이고 칼을 갖고 있지 않고 가슴에 금띠도 없어요. 그러나 미카엘 천사장은 머리털이 흰색이고 예리한 칼 두 개를 갖고 있고 가슴에 금띠가 있기 때문이지요."

"맞는 말씀이네요. 국내외를 막론하고 대부분의 학자들은 '인자 같은 이'는 예수 그리스도라고 믿고 있어요."

이번에는 피터가 물었다.

"제가 요사이 사도행전을 읽고 있어요. 사도행전 7장 53절에 '천사가 전한 율법'이라고 나오거든요. 율법이라면 모세오경—창세기, 출애굽기, 레위기, 민수기, 신명기—인데요. 천사가 모세에게 창세기나 출애굽기를 알려 주어서 기록했다는 말이겠지요. 그러면 모세에게 창세기 내용을 알려 준 천사는 누구이지요?"

"좋은 질문이오. 미카엘 천사장 자신이 알려 주었다고 하네요."

"그렇다면 미카엘이 모세를 만나서 창세기 1장 1절 '태초에 하나님이 천지를 창조하셨다'라고 알려 주어서 기록했다는 말이군요."

"네. 맞아요."

주리엘이 물었다.

"저는 요한계시록에 관심이 많아요. 계시록 1장 1절에 보면 예수 그리스도가 천사를 시켜서 장차 일어날 일을 요한에게 일러 주었다고 했는데요. 여기에 나오는 천사 이름을 아시나요?"

"네. 미카엘이 말합니다. 계시록 내용을 일러준 천사는 가브리엘 천사장이라고 해요."

가브리엘

"그럼 여기에 가브리엘도 와 있나요?"

"네. 여기 제 뒤에 서 있어요. 천국과 지구를 통틀어서 가브리엘처럼 예쁜 얼굴은 없을 거에요. 영화배우 엘리자베스 테일러Elizabeth Rosemond Taylor보다 더 예쁘니까요."

"데이비드 님은 좋으시겠어요. 그렇게 예쁜 천사와 함께 다니니까요."

"네. 저는 하나님의 사랑을 흠뻑 받고 있어요."

이어서 에스더가 말하였다.

"피터님, 성경에도 천사를 직접 만나서 대화를 나눈 사람들이 많이 있었어요. 아브라함이 세 천사를 만났고, 소돔과 고모라를 멸망시킬 때 두 천사가 롯에게 나타났고, 기드온에게도 나타났었지요."

"맞아요. 우리가 이렇게 천사를 만나고 대화를 나누고 하는 일은 우리가 하나님께 선택받은 사람이라는 생각이 드네요."

이때 요한이 말하였다.

"이야기를 들어 보니까 너무 진지합니다. 오늘 이곳에서 이야기를 나누다 보면 시간 가는 줄 모르겠어요. 우리가 정기적으로 모여서 성경 토론도 하고 공부하는 시간을 가지면 어떨까요."

에스더와 주리엘도 찬성하였다.

"좋아요. 좋은 의견입니다."

일행은 에스더의 인도로 공원 안에 있는 전망대 꼭대기에 올라갔다. 울창한 숲에서 풍겨 나오는 신선한 공기를 마시며 나라를 위하여 합심하여 기도했다.

산에서 내려오다가 카페에 들어가서 커피를 마시며 이야기를 더 나누었다. 우리는 매주 목요일에 에스더교회에서 정기적인 모임을 갖기로 뜻을 모았다. 모임 이름은 '계시록 연구팀'으로 정하였다.

앞으로 계시록 연구팀에서 다룰 주제에 대하여 서로 말하였는데 합의된 내용은 다음과 같다.

땅속에 산다는 거인의 존재, 외계인 짐승 및 황충의 정체, 아마겟돈의 전쟁 발발 원인과 전개 과정, 더 세컨드 커밍The Second Coming의 실제 모습, 낙원심판과 살아 있는 자들의 심판, 및 지구 종말 등이었다.

땅속 거인이 곧
지구에 출현한다

새로운 것을 찾고 미지의 것에 도전하는 특성, 그것이 인간의 본능인지도 모른다. 유럽에서 극동 아시아, 러시아를 향하던 뱃길이 미지의 세계로 열렸을 때 사람들은 북미 대륙으로 갔다. 그들의 행보는 끊임없었다. 다시 남미 대륙으로, 남미 대륙의 끝에서 다시 태평양의 섬으로.

그들의 후손, 청교도들도 메이플라워호를 타고 길을 떠났다. 사투 끝에 미국 땅을 밟았고, 콜럼버스는 신대륙을 발견했다. '지금, 여기' 없는 것을 꿈꾸고, 그릴 수 있는 생각, 상상력의 나래를 펼칠 수 있는 주체는 하나님의 형상대로 지음받은 인간들만이 가진 특성이다. 눈에 보이는 미지의 땅을 그릴 수 있는 상상력이 생각에만 그치지 않을 때 탐험은 시작된다.

탐험은 미지의 두려움 속에 자신을 던지는 일종의 모험이다. 모험은 용기를 필요로 한다. 용기는 불확실성 속에 자기 자신을 던지는 행위다.

용기를 가지고 탐험하는 사람들 중에 지구 땅속을 깊이 들어가서 놀라운 세계를 발견한 사람들도 있다.

지구 땅속 깊은 곳에 들어가 탐험한 사람들은 도대체 누가 있는가? 지구 땅속 세계에 들어가면 무엇을 발견할 수 있을까? 만약 지구 땅속에 들어가는 여행을 천사와 함께 동행한다면 멋진 여행이 될 것이다.

✧ 버뮤다 삼각지의 미스터리 해결하다

데이비드와 함께 피터와 요한, 에스더와 주리엘이 오랜만에 에스더교회에서 함께 만났다. 한국에 온 천사들이 요한계시록에 등장하는 짐승이 버뮤다 삼각지 미스터리와 관련이 있어 보인다고 하므로 오늘은 그 이야기를 나누기로 하였다.

버뮤다 삼각지Bermuda Triangle는 미국 남부에 위치한 플로리다 해협과 버뮤다섬, 푸에르토리코(혹은 아조레스 제도)를 잇는 삼각형 범위 안의 해역을 가리킨다.

2015년 10월 초강력 허리케인의 영향으로 33명을 태운 미국 국적의 화물선이 버뮤다 삼각지 지역에서 사라진 사건 등 지난 500년간 이 지역에서 일어난 선박과 항공기 실종 사고는 수십 건에 이르지만 그 원인이 명확히 밝혀지지 않아 아직도 미스터리 실종 사건으로 알려져 왔다.

'마의 삼각지'라고 불릴 정도로 세계의 불가사의 중 하나로 꼽히는 이 해역은 지금도 선박이나 비행기들이 운행을 꺼려하는 지역이 되고 있다.

피터 목사가 먼저 기도한 후 말문을 열었다.

"참으로 오늘은 좋은 날입니다. 우리는 버뮤다 삼각지라는 곳으로 상상의 여행을 가기로 해요. 우리에게는 항상 천사들이 함께 하고 있으니까 우리가 이야기를 하다 보면 버뮤다 삼각지라는 미스터리도 풀리지 않을까요?"

요한이 말하였다.

"피터님, 버뮤다 삼각지 미스터리는 이 세상 아무도 모르는 일인데 우리가 이야기하면 무언가 실마리가 풀릴까요?"

"버뮤다 삼각지에서 일어났던 실종 사건에 대하여 사람들은 아무도 모르지만 하나님께서 아실 것이고. 또 천사들은 알고 있어요. 여러 실종 사건을 살펴보면 어떤 공통점이 있어 보여요."

주리엘이 대답하였다.

"그동안 버뮤다 해역에서 많은 실종 사건이 있었으나 실종된 비행기나 선박에서 발견된 사람이 한 사람도 없다는 점은 너무나 기이한 일에 속해요."

에스더가 이어서 말하였다.

"맞아요. 공통점이라면 실종된 비행기나 배 안에 시신이 하나도 발견되지 않았다는 점에 있어요."

"두 분이 잘 보셨어요. 저도 한 말씀 드릴게요. 버뮤다 삼각지에서의 실종 사건의 공통점이 또 있어요. 그것은 실종되기 직전에 SOS 신호가 전혀 없었다는 점입니다. 말하자면 어떤 강제적인 힘에 의해서 갑작스럽게 사고가 발생했다는 겁니다."

피터의 말을 듣고 요한이 동감을 표하였다.

"그렇게 말씀하니까 맞는 것 같아요. 도와달라는 SOS를 보낼 겨를도 없이 사고를 당한 것이지요. 그러니까 강제적인 어떤 힘이 작용한 것으로 볼 수밖에 없죠."

"자. 이번에는 버뮤다 삼각지에서의 실종 사건의 원인에 대하여 이야기해 볼까요?"

주리엘이 자신의 견해를 말했다.

"실종 사건의 원인이 현재의 과학 기술로는 설명이 안 되죠. 저는 혹시 외계인의 소행은 아닌가 싶은데요."

"외계인이 갑자기 나타나 버뮤다 삼각지에 다니는 비행기나 배를 납치했다는 말인데요. 가능한 일일까요?"

이때 주리엘이 물었다.

"나는 이 세상에 외계인이 존재한다고 생각해요. 실제로 외계인이 있겠지요? 외계인이 있다면 성경에 어떤 근거가 있을까요?"

"만약 외계인이 존재하고 있다면 반드시 성경에 기록이 있어야 해요. 데이비드에게 물어볼까요? 실제로 성경에 외계인에 대한 기록이 있을까요?"

네 사람의 이야기를 듣고 있던 데이비드가 말하였다.

"내가 알기로는 이사야서 13장 5절에 외계인에 대한 기록이 있다고 봅니다."

"네. 데이비드 님, 고마워요. 이사야서 13장 5절을 찾아 읽어 볼까요. 주리엘 님이 읽어 주실까요?"

"네. 이사야 13장 5절 말씀입니다. '무리가 먼 나라에서, 하늘가에서 왔음이여 곧 여호와와 그 진노의 병기라 온 땅을 멸하려 함이로다'."

"데이비드 님, 이 말씀에서 하늘가에 있는 먼 나라에서 왔다면 외계인에 대한 예언이 맞습니까?"

"네, 맞아요. 외계인에 대한 말씀입니다."

이 말을 듣자 에스더가 말하였다.

"데이비드 님, 그럼 외계인이 존재한다는 말인데요. 하나님께서 외계인도 창조하신 것입니까?"

"네, 맞아요. 하나님께서 외계인을 창조하셨어요."

"제 생각에는 만약 외계인이 비행기나 배를 실종하게 만들었다면 그 해안가에 수시로 UFO가 출몰해야 하는데 그러한 기록이 없거든요. 그러니까 버뮤다 삼각지에서의 실종 사건은 외계인과 관련이 없어 보입니다."

에스더의 말이 끝나자 피터가 동감을 표하였다.

"네, 저도 에스더 님 의견에 동감합니다."

지금까지 여러 사람의 말을 듣고 있던 요한이 골똘하게 생각하더니 말문을 열었다.

"제가 한 가지 제안을 할까요? 우리가 토론만 할 것이 아니라 데이비드 님 곁에 있는 미카엘 천사장에게 물어보면 어떨까요? 천사라면 버뮤다 삼각지의 실종 사건에 대하여 무언가 알고 있을 겁니다."

이때 에스더가 말하였다.

"좋은 의견입니다. 미카엘에게 물어보기로 해요."

"데이비드 님, 버뮤다 삼각지의 실종 사건을 생기게 한 것은 누구의 소행이었나요? 미카엘에게 물어봐 주세요."

"네. 미카엘이 알고 있다고 합니다. 버뮤다 삼각지에서 실종 사고를 일으킨 것은 모두 지구 땅속에 사는 거인들의 소행이라고 합니다."

"아니 뭐라고요? 지구 땅속에 거인들이 살고 있다는 말입니까? 정말입니까?"

"맞아요. 엄청나게 몸집이 크고 키가 4미터 되는 거인들이 실제로 땅속에 살고 있어요."

"땅속 몇 미터 깊이에서 살고 있죠?"

"땅속 거인들이 지구 땅속의 약 4,000미터의 깊이에 살고 있다고 해요."

"그렇다고 치고 그런 땅속 거인들이 어떻게 버뮤다 삼각지에서 비행기를 추락시키고 배를 침몰시켰을까요?"

이때 요한이 물었다.

"혹시 거인들이 바닷속에서 어떤 강력한 힘으로 추락을 야기 시키지 않았을까요?"

"그럴 수도 있겠어요. 살아 있는 사람들이나 시신이 없어진 것을 보면 거인들이 직접 지구에 나타났을 것입니다."

데이비드가 말하였다.

"미카엘이 방금 말해 줍니다. 땅속 거인들이 버뮤다 삼각지 바다 바로 밑에서 나타나서 비행기를 추락시키고 배를 침몰시켰다고 합니다."

"그럼 거인들이 비행접시 같은 UFO를 타고 나타나서 그런 나쁜 짓을 한 것이 틀림없어 보여요."

"미카엘이 말합니다. 매우 빠른 UFO가 비행기에 가까이 접근하여 강력한 어떤 힘으로 비행기의 모든 전파를 차단시킨 다음 비행기를 끌어갔다고 해요. 그리고는 비행기 안에 있는 사람들을 모두 잡아갔다고 합니다."

"아니 그러면 땅속 거인들이 지구인들을 땅속으로 잡아갔다는 말이네요." 요한이 말하였다.

"맞아요."

데이비드의 설명을 듣자 피터가 말하였다.

"그럼 한 가지 숙제만 해결하면 되겠어요. 그러한 비행기나 배에 실종 사건이 왜 버뮤다 삼각지대에서만 일어날까요?"

"좋은 질문입니다. 버뮤다 삼각지의 바다 바로 아래에는 지구와 땅속 세계가 통해 있고, 또 바다 아래에 거인 나라의 군인들이 감시하는 UFO 비행접시가 상주하고 있다고 합니다. 버뮤다 삼각지 해역을 다니는 비행기나 배를 수시로 레이더로 감시하고 있어요. 그러다가 비행기를 추락시키고 배를 침몰시켰다고 합니다."

"그렇다면 지구 땅속에 사는 거인들이 앞으로 지구로 올라온다면 거인 짐승이 바다에서 올라온다는 말이 맞겠군요."

에스더가 밝은 표정으로 한마디 하였다.

"이제야 삼각지에서 생긴 실종 사건에 대한 진실을 알게 되었어요. 속이 시원합니다. 주님 감사합니다. 아멘."

"이렇게 아무도 모르는 하늘의 비밀을 알게 해 주신 하나님께 참으로 감사를 드립니다. 할렐루야."

"얼마 전에 인터넷에서 지구 땅속 세계에 다녀온 사람이 있다는 말을 들었어요. 지구 땅속에 살고 있는 사람들을 만났다는, 경험의 기록이 있으면 좋겠어요."

"저에게 지구 땅속에 다녀온 두 사람의 수기가 있는데 여러분이 읽어 보시겠어요?"

"네. 좋아요."

"그러면 제가 여러분에게 두 사람의 수기를 이메일로 보내

드릴게요. 여러분이 읽으시고 다음에 만날 때 그 수기를 중심으로 함께 이야기를 나누기로 하지요."

✦ 올랍 얀센이 배 타고 땅속 세계에 다녀왔다

그로부터 2주 후에 다섯 사람이 에스더 교회에 다시 모였다. 찬송 한 장을 부른 다음, 에스더의 기도가 끝난 후, 언제나 모임을 주재하는 피터가 운을 뗐다.

"지난번에 제가 보내 드린 이메일을 읽어 보셨지요? 먼저 지구 땅속 문명 세계에 다녀온 올랍 얀센의 수기에 대하여 이야기를 나누도록 하지요. 주리엘 님이 올랍 얀센이 어떤 사람인지 소개해 주시겠어요?"

"네, 올랍 얀센Olaf Janson, 1811~1906은 노르웨이 사람이었어요. 그는 어부였던 아버지, 옌스 얀센과 함께 1829년 4월에 스톡홀름을 떠나 북극해를 탐험했어요. 두 사람은 우연히 지구 내부로 통하는 북극의 열려진 커다란 구멍으로 들어가 5개월 만에 육지를 발견하였고 두 부자는 계속하여 지구 속 땅속으로 항해하여 들어갔어요. 1829년 8월부터 1831년 초까지 약 2년 반 동안 거인들이 사는 지구 속 문명 세계에서 살았다고 해요.

부자가 남극해로 나오다가 그의 아버지는 커다란 빙하와 싸우다가 사망하였고 올랍 얀센은 스코틀랜드 포경선 '알링턴 호'에 발견되어 구사일생으로 살아오게 되었어요.

그 후 그는 지구 속 문명 세계에 다녀왔다고 친척들에게 얘기를 했으나 받아 주지 않았고 급기야는 친척들이 올랍 얀센을 정신병원에 반강제로 입원시켰어요. 얼마나 억울한 일입니까? 그는 28년 동안이나 정신병원에서 생활을 하며 어려운 세월을 보내다가 병원에서 나왔으며 말년에 미국으로 이주하여 살다가 96세 나이로 세상을 떠났어요."

"주리엘 님이 올랍 얀센에 대하여 소개해 주셨는데요. 고마워요. 여러분이 이 수기에 대하여 느낀 점이 있다면, 말씀하시지요."

요한이 먼저 손을 들고 의견을 말하였다.

"올랍 얀센 수기는 걸리버 여행기를 읽는 것처럼 너무 흥미진진했어요. 땅속 거인의 신장이 3.5미터 이상이라 했으니까 보통 사람의 키보다 거의 두 배나 큰 사람들을 만난 것이지요. 그런 점에서 걸리버 여행기에 나오는 거인과는 차이가 있었어요."

"네, 잘 보셨어요. 걸리버 여행기에 나오는 거인은 키가 열 배 이상이나 컸었는데요. 땅속 거인은 지구인에 비하면 두 배 정도 크니까요. 또 다른 의견을 가진 분이 있을까요?"

"제가 말씀드릴게요. 지구 땅속 세계에서는 포도 한 알이 오렌지만 하고 사과는 사람 머리보다 크며 포도 한 송이 길이가 1미터 이상인 것을 보고 놀랐고요. 만약에 우리 지구인들이 지구 땅속에 가서 산다면 식량 문제는 해결될 것이라는 생각을 했어요.”

“역시 에스더 님은 거인들의 먹는 문제에 대하여 관심을 가지고 있었네요. 에스더 님 말대로 지구 땅속에 이민을 가면 먹고 사는 문제가 해소될 수도 있겠어요. 고마워요.”

“제가 관심을 갖는 것은 땅속 거인 세계에 태양과 유사한 ‘연기의 신’이라는 내부 태양이 있다고 했어요. 태양처럼 엄청나게 뜨거운 발광체는 아닌 것 같은데요. 너무 신기했어요. 그런 ‘연기의 신’은 하나님께서 만들어 준 것 아닐까요?”

“네, 주리엘 님의 질문은 데이비드에게 물어볼까요?”

“땅속 거인들의 세계에 있는 모든 것이 모두 다 하나님의 창조물 맞아요.”

“자, 이제는 올랍 얀센의 수기를 읽으면서 정말로 올랍 얀센 부자가 지하 거인 세계에 다녀온 것이 진실인지에 대해서 생각해 볼까요? 거짓된 수기는 아닌 것으로 보이는데요.”

요한이 먼저 입을 열었다.

“제 생각인데요. 얀센 부자가 순박한 어부이고 수기에 나타난 전체의 흐름이 너무 소박하고 순수해 보였어요.”

“네, 그렇겠지요. 또 다른 분 의견이 있을까요?”

“제 의견인데요. 올랍 얀센이 구사일생으로 살아나서 땅속 세계에 대하여 말했을 때, 친척들이 받아 주지 않고 도리어 정신병원에 집어넣었고, 그 후 28년이라는 긴 세월을 정신병원에서 고통받았다고 했습니다. 이 고통의 시간 28년은 달리 해석하자면 세상 사람들과 다른, 자신의 믿음이나 신념을 28년 동안이나 간직했다는 사실로도 볼 수 있을 것 같습니다."

"네, 에스더 님의 의견 고마워요. 지금까지 아무 말씀도 하지 않고 듣기만 하고 계신 데이비드에게 질문을 드릴게요. 천사들이 볼 때, 지구 지하 세계에 대한 올랍 얀센 이야기가 거짓은 아닐까요?"

"네, 내 곁에 있는 마리아엘 천사의 말로는 정말로 지하 세계가 있고 올랍 얀센의 수기에 거짓이 없다고 합니다."

이때 요한이 말했다.

"데이비드 님, 만약 정말로 지구 지하에 거인이 살고 있다면 이는 매우 심각한 일인데요. 혹시 여기 있는 천사들을 지구 땅속 세계에 한번 보내 보면 어떨까요?"

"아마 천사들이 단독으로 얼른 결정하지 못할 거고 하나님의 허락이 있어야 할 겁니다."

"데이비드 님, 제 생각에도 같은 의견인데요. 요한 님의 제안대로 천사들이 직접 가서 탐사를 했으면 좋겠어요." 에스더가 말하였다.

"이 일은 중대한 일이니까 조금 기다려 보세요. 제가 하나님께 기도해 볼게요."

"데이비드 님이 기도해 보시고 하나님의 허락을 받아 주시면 좋겠어요. 다음 시간에는 미국 리처드 버드Richard Evelyn Byrd 제독의 지하 세계에 다녀온 보고서를 검토하기로 해요. 버드 제독 보고서 요약은 에스더 님에게 부탁할게요."

✧ 버드 제독이 비행기로 땅속 세계 탐험하였다

다음 날 다섯 사람이 모이는 날에는 비가 세차게 내렸다. 기상청에서는 강력한 태풍이 제주도를 향해 오고 있고 이 태풍이 우리나라의 서해 도서를 향해 있고 호남 지방을 강타할 것이라고 예보하고 있었다.

데이비드와 피터를 위시하여 요한과 에스더 이렇게 네 사람이 다시 에스더 교회에 모였다. 피터가 물었다.

"데이비드 님, 오늘 뉴스를 보았지요? 강력한 태풍이 우리나라 호남 지방을 휩쓸고 가게 생겼어요. 그렇게 되면 호남평야에 엄청난 피해가 생길 텐데요. 무슨 대책이 없을까요?"

"나도 그 뉴스를 보고 하나님께 기도했어요. 하나님께서 기후를 조종하고 있는 우리엘 천사장에게 말하라고 했어요. 그래서 내가 우리엘 천사장에게 우리나라에 태풍 피해가 없도록 해 달라고 전했어요. 이 태풍의 진로가 우리나라를 비껴나가게 할 겁니다."

"할렐루야, 그럼 데이비드 님이 기도하면 태풍의 경로도 바뀔 수 있군요."

에스더가 이 이야기를 듣다가 손뼉을 치며 "할렐루야! 하나님께 영광!"이라고 외쳤다.

네 사람이 이야기를 하는 동안 주리엘이 어느 남자분과 함께 에스더 교회에 들어왔다.

이때 피터와 데이비드가 두 사람과 인사하였다.

"어서 오세요. 여호수아 장로님."

주리엘이 여호수아 교수를 소개하였다.

"소개할게요. 성함이 여호수아 장로님이신데요. S 대학 교수이시고 전공은 지구과학이에요. 은혜교회 장로님이십니다."

"저는 여호수아라 합니다. 반갑습니다. 주리엘 전도사님을 통해서 여기 모임에 대하여 잘 듣고 있었어요. 저도 천사를 눈으로 보고 있습니다. 그래서 천사 이야기를 하는 모임에 가고 싶었거든요. 여기 오기 전에 데이비드 님과 피터님을 미리 만났었고요."

"네, 주리엘 님 소개로 지난 주일에 피터님과 함께 여호수아 장로님을 만났어요. 며칠 전 하나님의 도장 가진 천사를 함께 만나서 전신 갑주도 입으셨고 이마에 하나님의 도장을 받았어요. 여호수아 님이 무엇보다 천사를 만나고 있고 대화도 하는 은사를 가진 분이라 너무 반가웠어요."

데이비드가 여호수아를 소개하자 피터가 말하였다.

"여호수아 님, 우리 모임에 오심을 주님의 이름으로 환영합니다. 저는 아직 천사가 눈에 보이지 않는데 여호수아 장로님은 데이비드 님을 만났을 때 키가 매우 큰 미카엘을 눈으로 보고 또 데이비드 님 곁에 있는 마리아엘 천사를 보고 인사도 했다고요. 대단하십니다."

여호수아 장로가 말하였다.

"네. 제가 작년에 우리 교회 안에서 천사를 처음 만났어요. 제가 교회에서 기도하고 있는데 제가 앉아 있는 의자 곁에 천사가 서 있었어요. 서양 사람의 파란 눈동자를 지닌 아름다운 젊은 여자 모습을 한 천사였는데 나에게 미소를 지으며 잠시 머물다가 사라졌어요. 그 후부터 천사를 만났으면 하고 기도를 했는데 데이비드 님을 만나니까 제가 기도한 대로 하나님께서 여러 명의 천사를 만나게 해 주셨어요. 주님 감사합니다."

피터가 말하였다.

"여호수아 님이 천사를 눈으로 보신다니 부럽습니다. 우리가 요사이 지구 지하 세계에 가서 거인들을 만났다는 올랍 얀센의 이야기를 하고 있는데요. 여호수아 장로님, 이렇게 지구 땅속 깊은 곳에 거인이 살고 있다는데 지구과학을 전공하신 입장에서 가능한 일이라 생각하십니까?"

"네. 지구 내부의 구조에 대하여 꽉 차 있느냐, 아니면 커다란 공동이라는 공간이 있느냐를 가지고 논쟁하고 있지요. 이

것을 지구 공동설이라고 하는데요. 저는 지구 내부에 큰 공간
이 있다는 지구 공동설을 지지하고 있어요."

이어서 여호수아가 말한 지구 공동설에 대한 설명의 요지는
이렇다.

많은 학자들은 실제로 지구뿐 아니라 달, 화성, 금성 등 모든
행성의 속이 비어 있다고 말한다. 아폴로 12, 14호를 탄 과학
자들은 이미 운석이 충돌할 때마다 달이 거대한 종처럼 울려
서 속이 비어 있다는 사실을 밝혀냈다.

실제로 1968년 11월 23일 인공위성 ESSA 7호가 찍은 북극
사진에는 이상하게도 구멍이 뻥 뚫려 있는 북극의 모습이 나
타나 있었다.

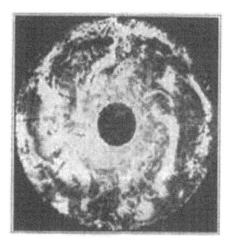

나사가 찍은 북극 공동

지하 세계로 통하는 입구가 쉽게 발견되지 않는 것은 특수한 에너지로 된 4차원 방호막에 가려져 있기 때문이라고 한다.

지구 공동설의 보다 구체적인 증거로는 새나 동물들이 겨울철에 오히려 북쪽을 향해 이동한다는 현상, 북극의 어느 한계를 지나면 날씨가 도리어 점차 따뜻해진다는 사실, 북극으로 갈수록 코끼리, 거북, 악어 등을 비롯한 열대동물이나 파충류가 살았던 흔적이 발견된다는 사실 등을 들 수 있다. 물론 지구 공동설에 반대하는 과학자들도 많다.

"여호수아 님, 지구 공동설에 대하여 알기 쉽게 설명해 주셔서 감사합니다. 우리가 지금 지구 지하 세계에 다녀온 두 가지 수기를 검토하고 있어요. 올랍 얀센의 수기와 미국의 버드 제독의 보고서를 읽어 보셨나요?"

"네, 오래전에 읽었지요."

"지난번에는 올랍 얀센 수기를 검토했었고 오늘은 버드 제독의 보고서에 대하여 이야기를 나누려고 합니다. 에스터 님이 지구 지하 세계에 비행기로 다녀온 버드 제독의 보고서를 요약한 줄거리를 소개해 주시겠어요?"

"네, 지구 땅속에 비행기를 타고 탐험 비행을 했던 리처드 버드 제독은 미국 해군 준장입니다. 버드 제독은 1947년 2월 19일에 북극 비행을 하다가 우연하게 커다란 공간으로 들어가면서 지하 세계를 발견했어요. 그곳에서 지하 거인들에게 붙잡혔으며, 최고 지도자인 마스터를 만나 하루 동안 머물다가 아무런 탈이 없이 본국으로 무사히 귀환했어요. 당일 아침 6시에 비행을 시작하였고 10시 5분에 1,000피트로 고도를 낮추고, 확인했어요.

10시반 경 도시를 포착했을 때 비행기의 왼쪽과 오른쪽 날개 쪽으로 이상한 종류의 두 비행체가 급속히 나란히 근접하였고, 어떤 거대한 보이지 않는 힘에 끌려 엘리베이터를 탄 듯 하강을 하여 착지했다고 해요. 그가 가 본 곳은 지구의 내부 세계Inner World인 아리아니Arianni라는 지역이었어요. 아리아니의 최고 지도자 마스터와의 대화는 유인물을 참고해 주시기 바랍니다."

"에스더 님, 수고하셨어요. 어떻습니까? 버드 제독 보고서는 신빙성이 있어 보입니까?"

여호수아가 대답하였다.

"제 생각에는 버드 제독이 당시 현직 정보국장이었으니까 믿을 만합니다. 또 그의 보고서를 미국 정보국에서 보관하였다가 공개한 것을 보면 허위 작성을 했거나 조작한 것은 아니라고 생각합니다."

요한이 동감을 표하였다.

"저도 버드 제독 보고서는 믿을 만하다는 생각을 하고 있어요. 왜냐하면 최근 미국의 국가안보국NSA 요원인 에드워드 스노든의 폭로에도 버드 제독의 보고서와 함께 지구 공동설도 들어 있다고 해요.”

요한의 대답을 듣자 에스더가 말하였다.

“버드 제독의 보고서는 올랍 얀센의 수기와 다른 점이 많아요. 버드 제독은 지하 세계를 자세하게 구경하지 못했고 마스터라는 최고 지도자와 만나서 그의 방을 구경한 것이 전부였으니까요.”

“그러나 버드 제독의 보고서에서 우리가 눈여겨볼 사항이 몇 가지 있어요. 우선 지하 세계 거인들이 버드 제독의 비행기를 어떻게 강제로 착륙시켰는지부터 검토해 볼까요?

첫째, 먼저 거인 비행기 두 대가 제독의 비행기를 바짝 따라붙었고, 둘째, 제독이 무선 장치를 동작하지 못하게 만들었고, 셋째, 강력한 에너지를 보내어 제독의 비행기 엔진을 정지시켰으며, 넷째, 제독의 비행기의 엔진이 동작하지 않았는데 비행기는 추락하지 않은 채 이동해 갔고, 다섯째, 거인의 비행기에서 조작하여 제독의 비행기를 착륙시켰어요. 여기까지 제가 분석해 보았는데 어떻게 생각하십니까?”

피터의 설명을 듣고 있던 에스더가 말하였다.

“피터님이 잘 분석해 주었어요. 만약 제독의 비행기 말고 버뮤다 삼각지 상공에 어떤 비행기가 지나가고 있을 경우 거인의 비행기가 빠른 속도로 나타나 똑같은 방법으로 비행기를 납치해 갈 수 있을 것으로 생각했어요.”

"맞아요. 저도 같은 생각을 하며 버드 제독의 보고서를 읽었어요. 같은 방법으로 버뮤다 해상을 지나가는 선박이 있을 경우에도 거인들이 끌고 갈 수 있겠어요."

지금까지 이야기를 듣고 있던 여호수아가 말하였다.

"만약 지하 세계의 거인들이 지구 밖으로 나와 지구인을 공격할 경우, 상대가 되지 않을 것 같군요. 그들의 접시형 비행기는 속도가 매우 빠를 것이고 지구인 비행기에 갑자기 접근하면 꼼짝 못 하고 당할 수밖에 없겠어요."

"그렇습니다. 지구인들이 힘을 합하여 대비해야 합니다. 이번에는 마스터가 버드 제독에게 준 메시지를 검토하기로 하지요. 마스터가 버드 제독에게 준 말 가운데 특별하게 느낀 점이 없었나요?"

"마스터가 한 말 중에 1945년 8월에 일본 히로시마와 나가사키에 떨어진 원자 폭탄의 위력을 알고 있었고 매우 놀라는 눈치였어요."

요한의 말을 듣자 여호수아가 말하였다.

"당시 원자폭탄이 투하되었을 때, 지구 내부 세계에서 이를 감지하였을 것으로 보입니다. 어쩌면 지상 세계의 과학 기술이 지하 세계의 과학 기술보다 앞선 것 하나가 있다면 핵에너지 기술이 아니었을까요?"

"저도 그렇게 생각합니다. 1945년과 그 후에, 지하 세계 거인들이 지상 세계에 나타나 접촉하려고 노력했으나 실패한 일도 있어요. 그리고 그 후에 지하의 거인들이 지상 세계로 올라오지 못한 이유가 어쩌면 핵무기나 핵에너지 기술을 개발하지 못한 것 때문으로 보입니다."

피터의 말을 듣자 에스더가 말하였다.

"저도 그러한 느낌을 받았어요."

"다음에는 마스터가 버드 제독에게 전하라고 말한 메시지에 대하여 이야기해 볼까요? 메시지 내용을 보면 무언가 위협하고 겁을 주는 내용이 담겨 있거든요."

여호수아가 메시지 내용을 읽어 주면서 설명하였다.

"마스터가 준 메시지를 보면 '이제 당신들 종에게 올 암흑시대들은 지구를 수의로 덮을 것이며'라는 말이 들어 있어요. 이 말은 언젠가는 지하 거인들이 지상 세계에 쳐들어 와서 많은 사람들을 살육하고 해치겠다는 말이거든요. 너무 위협적이고 무서운 말입니다."

"그렇습니다. 데이비드 님, 땅속의 거인들이 지구로 나와 쳐들어온다는 말이 성경에 예언이 되어 있나요?"

"네, 요한계시록에 예언되어 있어요. 계시록 13장 1절에 보면 '바다에서 나오는 짐승'이라고 기록이 되어 있는데요. 이 짐승은 바로 지구 지하 세계에 살고 있는 거인들을 가리킵니다."

"그럼, 왜 거인이라고 하지 않고 짐승이라고 표현했을까요?"

주리엘이 물었다.

"거인을 왜 짐승이라고 했는지 피터님이 설명해 주시지요."

"네, 계시록 13장에는 계시록 13장 1절의 짐승과 계시록 13장 11절의 짐승, 두 종류의 짐승이 나옵니다. 오늘은 계시록 13장 1절의 짐승만 설명해 드릴게요. 땅속 깊은 곳에 사는 거인들은 지구인들과 근본적으로 달라요. 지하의 거인들은 동물처럼 혼만 있고 하나님의 생기를 받지 않고 창조된 인간입니다. 그래서 동물처럼 혼만 있는 인간이기 때문에 하나님께서 짐승이라고 말씀한 것이지요."

요한이 두 사람의 이야기를 듣다가 생각난 듯이 질문을 하였다.

"가만 있자. 사람은 사람인데 혼만 있는 인간이라면 지난번에 우리가 공부한 내용인데요. 혹시 창세기 1장에서 하나님께서 아담보다 먼저 창조한 거인들도 혼만 있는 인간들 맞지요?"

"맞아요. 창세기 1장에서 창조한 인간들도 키가 4미터였고 그들도 혼만 있는 인간이라 일종의 짐승이지요."

"그럼 현재 지구 지하에 살고 있는 거인과 창세기 1장에서 창조한 인간들이 모두 키가 4미터 거인이라는 공통점이 있어요. 지구 지하에 살고 있는 거인과 창세기 1장에서 창조한 거인과는 어떤 관계가 있지요?"

"데이비드, 제가 설명해도 될까요?"

"그래요. 피터 목사님이 설명해 주세요."

"네. 제가 설명할 내용은 사실 하나님이나 당시 창조 당시에 목격한 미카엘 천사장 외에는 아무도 모르는 일입니다. 미카엘의 증언에 의하면 하나님께서 창세기 1장에 창조한 거인들을 지금으로부터 3억 5000만 년 전에 창조하셨고 무려 2억 년 동안이나 지구상에 살게 했어요. 그러다가 지금으로부터 1억 5000만 년 전에 하나님께서 지구에 화산 폭발과 큰 지진을 일으키게 하는 등 대지각 변동이 일어나게 했어요. 이때 땅덩어리가 하나였으나 몇 조각으로 깨어졌으며 땅덩어리가 엎어지기도 했는데 이때 땅속에 큰 공간이 생겨서 지구 땅속에 수많은 거인들이 큰 공간 안에 갇혀서 살게 된 것이라고 합니다. 그러니까 현재 지구 땅속에 사는 거인들은 1억 5000만 년 전 대지각 변동 때에 지구 땅속 깊은 곳에 갇히게 된 인간들의 후예라 보면 됩니다."

피터

피터의 이야기를 듣던 여호수아가 놀란 듯 말하였다.

"아, 그렇군요. 과학자들이 모르는 하늘의 비밀을 알려 주셔서 정말 감사드려요. 그러니까 현재 지구 땅속 깊은 곳에 살고 있는 거인들은 창세기 1장에서 창조한 거인들의 후예라는 것이지요. 할렐루야."

이때 에스더가 물었다.

"피터님, 무언가 헷갈리는데요. 성경을 보고 말씀 드릴게요. 창세기 2장 7절 '여호와 하나님이 땅의 흙으로 사람을 지으시고 생기를 그 코에 불어넣으시니 사람이 생령이 되니라'에서 만든 사람은 아담으로 알고 있는데요. 창세기 1장 27절에서 만든 거인은 무엇이고 2장 7절에서 만든 아담은 다른 인간인가요? 거인과 아담이 동일한 사람으로 보이는데요."

"네. 잘 물으셨어요. 하나님께서 창세기 1장 27절에서 사람을 한 번 창조하시고 창세기 2장 7절에서 두 번째로 아담을 창조하셨어요. 그리고 창세기 1장과 2장 사이에는 1억 5000만 년의 갭gap이 있어요."

"정말입니까? 사람의 창조를 두 번 했다는 말은 처음 들었어요. 그렇게 말하는 근거가 있나요?"

"설명해 볼게요. 창세기 1장 25~27절에서는 땅의 짐승을 먼저 창조하셨고 사람(거인)을 맨 나중에 창조하셨어요(물고기, 수중 생물과 새 창조 → 육축과 땅의 짐승 창조 → 맨 나중에 남자와 여자 같은 날 창조). 그러나 창세기 2장 7절에서 아담을 먼저 창조하신 후, 창세기 2장 19절에 보면 아담 창조 후에 각종 들짐승과 각종 새를 창조하셨어요. 맨 나중에 아담이 짐승들의 이름을 짓게 하셨지요. 주리엘 님이 창세기 2장 19절을 한번 읽어 주실까요?"

여호와 하나님이 흙으로 각종 들짐승과 공중의 각종 새를 지으시고 아담이 무엇이라고 부르나 보시려고 그것들을 그에게로 이끌어 가시니 아담이 각 생물을 부르는 것이 곧 그 이름이 되었더라(창세기 2장 19절)

에스더는 피터가 일러 준 창세기 1장과 2장(먼저 아담 창조 → 각종 들짐승과 각종 새 창조 → 맨 나중에 하와 창조)을 혼자서 찾아 읽어 보더니 "피터님, 맞아요. 하나님께서 창세기 1장 27절에서 생기를 안 받은 거인을 창조하시고 창세기 2장 7절에서 두 번째로 생기를 받은 아담을 창조하셨군요. 창세기 1장과 2장에 하나님께서 두 번의 사람을 창조한 것이 맞네요. 새로운 해석 감사합니다."라고 말하며 놀라워하였다.

✦ 한국인이 지구 땅속 세계에 직접 다녀왔다

오늘은 여호수아 장로를 환영하는 자리를 마련하였다. 서울역 근처 갈비탕집에서 점심을 함께하기로 하였으며, 이날 점심은 요한이 대접하기로 하였다.

주리엘이 물컵에 물을 따르고 숟가락을 놓을 때였다. 데이비드가 숟가락과 젓가락을 모두 달라고 하더니 양손으로 쥐고 있다가 약 5초 후에 나누어 주었다.

"여러분이 다 아시지만 여호수아 님은 잘 모르실 겁니다. 데이비드 님은 숟가락이나 젓가락에 묻어 있는 바이러스를 눈으로 보고 있어요. 데이비드 님의 손으로 잠깐 쥐고 있는 동안에 바이러스가 모두 죽어요."

피터의 말을 듣자 여호수아가 놀라며 말하였다.

"정말입니까? 데이비드 님은 나노 수준의 바이러스를 보고 있고 또 데이비드의 손은 바이러스를 죽이는 권능이 있군요. 신기한 일입니다."

"오늘 특별히 여호수아 님을 환영하는 자리를 마련했어요. 점심은 요한 님이 대접하시겠다니 감사드립니다. 우리가 모두 갈비탕을 시켰는데 괜찮으시죠? 음식이 나올 때까지 이야기를 나누지요. 여호수아 님이 하실 말씀이 있다고요?"

"네, 어젯밤 10시경에 저는 기도하고 있었습니다. 그때 하나님께서 저에게 특별한 환상을 보여 주셨죠. 데이비드 님이 매우 커다란 흰말을 타고 하늘로 올라가는 모습을 보았어요. 그 흰말은 날개가 달려 있는 말이었고 말 주위에 말을 타고 있는 천사 모습도 보였어요. 제가 바르게 본 것일까요?"

여호수아의 말을 듣자 데이비드가 웃으며 답하였다.

"그러니까 내가 커다란 흰말을 타고 하늘로 올라가는 모습을 환상으로 보았다는 말이지요? 이를 어쩌지요? 내가 영적인 말을 타고 다니는 것은 하늘의 비밀인데요. 그런데 내가 어젯밤에 먼 나라에 다녀온 사실을 알게 되었으니 여호수아 님은 대단한 은사를 가지셨어요."

"데이비드 님이 어젯밤에 공간 이동을 하여 외국에 다녀오셨다니 정말입니까? 데이비드 님이 비밀리에 다녀도 여호수아 님이 다 아신다는 말이네요."

에스더가 감격하며 말하였다.

"여호수아 님은 놀라운 은사를 받았어요."

우리 일행이 갈비탕을 맛있게 다 먹은 다음에도 대화는 계속되었다. 데이비드가 가장 먼저 숟가락을 놓더니 말을 꺼내었다.

"내가 여러분에게 희소식을 전할게요. 며칠 전에 제 곁에 있는 천사 여섯 명을 땅속 거인 세계에 보냈어요. 그중에 에스더 천사가 돌아와서 하는 말이 올랍 얀센이 보았던 대로 그의 수기가 맞는다고 말해 주었어요."

주리엘이 놀라면서 말하였다.

"정말 천사를 땅속 세계에 보내셨군요. 감사합니다. 제가 궁금한 것이 있어요. 거인들의 세계는 땅속 몇 미터 아래에 살고 있나요?"

"땅 아래 4,000~5,000미터 사이에 살고 있다고 해요."

"땅속에 사는 거인들의 인구는 얼마나 되나요?" 요한이 물었다.

"에스더 천사의 말로는 2~3억 명이 살고 있다고 해요."

"놀라운 일입니다. 그렇게 많은 거인 짐승이 지구 땅속 깊은 곳에 살고 있나요? 놀랄 만한 소식입니다."

다음에는 에스더가 질문하였다.

"지구 땅속에 태양과 같은 '연기의 신'은 어떻게 생긴 것인가요?"

"얀센이 본 그대로 타오르는 불빛은 아니지만 충분한 에너지를 발산하고 있다고 합니다."

여러 사람의 이야기를 듣고 있던 피터가 데이비드에게 말하였다.

"데이비드 님, 여기에 하늘에 있는 천사들 중에 가장 높은 미카엘 천사장도 와 있으니까 땅속 지하 세계에 사람을 보내어 마지막으로 탐색하면 어떨까요?"

"여섯 명의 천사가 다녀왔는데 또 사람을 보낼 필요가 있을까요?"

"아닙니다. 저는 천사들의 보고를 100퍼센트 믿고 있어요. 그러나 사람들의 심리는 묘해요. 사람이 직접 보았다면 몰라도 천사가 보았다고 한다면 잘 믿지 않는 경향이 있어서요."

"그럴까요? 여러분도 다 같은 생각인가요?"

여호수아가 말하였다.

"어쨌든 마지막으로 사람을 보내어 지구 땅속 세계에 거인들이 살고 있다는 확증을 가질 필요는 있다고 봅니다. 거인 짐승들이 정말로 지구로 올라오는 일이 생긴다면 큰 재앙이 되기 때문입니다."

에스더도 "저도 동감입니다. 지구 지하 세계에 사람을 보내면 좋겠어요."라고 말하였다.

데이비드는 "그렇다면 제가 하나님께 기도해 볼게요. 저에게 시간을 주세요. 사람을 지구 땅속에 보내는 일은 위험하니까 하나님께 답을 구해 보지요."라고 말하였다.

2주일 후 목요일에 데이비드와 피터, 여호수아, 요한과 주리엘이 에스더 교회에 도착하자 다들 찬송을 부르고 있었다. 방에 들어서자 에스더가 빵과 과일을 준비해 놓았다. 데이비드가 커피를 한잔 마신 후에 먼저 말문을 열었다.

"오늘 여러분에게 깜짝 선물을 준비했어요."

"데이비드 님, 먹는 것인가요?" 주리엘이 물었다.

"먹는 것은 아니고 드디어 지구 땅속에 사람을 보냈어요. 하나님의 허락을 받았어요."

"데이비드 님이 다녀왔지요?"

"아니요. 내가 아니고 하나님께서 여호수아 님을 보내라고 해서 며칠 전에 여호수아 장로님이 지하 거인 세계에 다녀왔어요. 여호수아 님의 보고를 들어 볼까요?"

"여호수아 님이 정말로 무서운 지하 세계에 다녀오셨다고요?"

여호수아가 대답하였다.

"네. 제가 비밀리에 다녀왔어요. 제가 지하 땅속 세계에 다녀온 일을 보고드릴게요. 출발 시간은 6월 5일 저녁 10시 10분경이었어요. 저는 데이비드 님과 상계역에서 만나기로 하고 그곳으로 갔어요. 두 사람은 상계동 야산으로 올라가 미카엘 천사장을 함께 만났어요. 데이비드가 미카엘의 흰말을 타라고 해서 말 등에 앉았더니 미카엘이 저를 등 뒤에서 안은 채로 말이 날개를 치며 하늘로 높이 날아올랐고 몇 분 동안 날아갔어요.

미카엘의 말이 이름 모를 넓은 바다 위에 멈추어 서더니 미카엘이 나에게 말했죠.

'여기가 버뮤다 바다입니다. 제가 여호수아 님을 가슴에 안고 바닷속으로 빠르게 들어갈 테니 눈 감고 계시면 됩니다.'라고 말하기에 저는 얼떨결에 '네.'라고 대답했어요. 그러자 미카엘이 나를 안고는 바닷속으로 매우 빠르게 뚫고 들어갔는데 불과 10초도 안 되어서 땅속에 도착한 것이 아닙니까? 그러니까 바닷 속으로 얼마나 빠르게 들어갔는지는 잘 몰라요.

바다 밑에 있는 지하 세계에 있는 땅에 도착해서 보니 내 옷이 전혀 바닷물에 젖지도 않았어요. 너무 빠르게 바닷속을 들어가니까 물이 옷에 젖을 틈도 없었던 것일까요. 아무튼 신비한 일이었습니다.

지하 세계가 넓은 지역이라 미카엘의 말을 타고 거인이 사는 곳으로 들어갔어요. 먼저 가 본 곳은 거의 1킬로미터나 뻗어 있는 지구인 사육장이었어요. 지하 거인들이 그동안 지구 바깥에서 잡아 온 지구인들을 철장으로 칸막이를 만들어 그 안에 넣어서 사육하고 있었어요. 철장 안에 있는 모든 지구인들은 벌거벗은 채로 갇혀 있었어요. 지구인들을 동물처럼 사육하고 있다니 너무나 큰 충격이었어요. 수용된 인원이 거의 800명 정도 되었습니다.

그 사육장 안에는 남녀가 함께 있었고, 어린아이들도 보였어요. 미카엘이 설명해 주기로는 거인들이 지구인들을 산 채로 잡아먹는다고 합니다. 이 얼마나 끔찍한 일입니까!

다음으로 야산이 있는 쪽으로 이동했는데 야산에 높이가 20~30미터 정도 되는 나무들로 울창하였습니다. 근처에서 검정색을 띤 대형 뱀을 보게 되었는데 길이가 30미터 이상 되고 몸통은 50센티미터 정도 된 것으로 몸서리치게 무서웠습니다.

내 곁으로 고양이 한 마리가 휙 지나갔는데 매우 큰 개와 같은 정도로 컸습니다. 멀리서 독수리가 나무에 앉아 있었으며 이 독수리의 날개 길이가 거의 8미터나 되어 보였으며, 코끼리가 지나갔는데 크기가 집채만 했어요.

혼자 걸어서 사람이 모인 곳으로 갔었는데 나를 잡아가면 어떻게 하나 싶어서 두려웠으나 거인들이 나를 보더니 별로 관심을 두지 않고 지나갔습니다. 아마 나를 난장이로 본 것인지는 모르지만 너무 다행이었습니다.

역시 그들의 신장은 4미터 정도 되었고 그들의 피부색은 흰색이기도 했고, 불그스름한 색을 띠기도 했습니다. 머리털은 금발이거나 검정색이었죠. 눈동자는 파랗고 얼굴 모양은 비교적 둥근형이었고, 머리에 둥그런 모자를 쓴 사람들이 많았습니다. 여자들은 긴 머리로 길렀으며 미인들이 매우 많았어요.

가까운 곳에 시장이 있어서 구경을 갔습니다. 시장에는 각종 음식과 과일, 채소, 육류, 생활용품 등으로 넘쳐났습니다. 귤 하나가 축구공만 하고 수박 한 덩이는 두 팔로 안아도 모자랄 만큼 컸으며, 시장에서 본 상어는 거의 길이가 5미터는 되어 보였습니다. 거인 두 사람이 기다란 장대를 끼워서 과일을 어깨에 메고 갔는데 자세하게 보니 그것은 포도 한 송이었습니다.

거인들이 사는 집으로 가 보려고 했는데 미카엘이 빨리 떠나자고 재촉해서 아무도 없는 산으로 가서 미카엘의 흰말을 타고 그곳을 얼른 빠져나왔습니다. 그리고 바닷가로 가서 다시 미카엘의 품에 안겨서 버뮤다 바다 위로 솟아올랐으며, 미카엘의 흰말을 타고 몇 분 내로 서울로 돌아왔습니다. 저는 지구 땅속의 거인 세계를 방문하고 하루 만에 돌아왔습니다. 아무 일도 없이 무사하게 돌아온 것만 해도 하나님의 크신 은혜였습니다."

여호수아

여호수아가 지구 땅속에 있는 거인 세계에 다녀온 이야기를 들은 후에 모인 사람들은 여호수아에게 박수를 보내며 화답하였다.

데이비드가 말문을 열었다.

"여호수아 님, 너무 수고가 많았어요. 여호수아 님이 지구과학을 전공하신 교수이시기 때문에 가시도록 했는데, 사실상 목숨을 걸고 간 것이지요. 그곳까지 다녀오신 용기와 믿음을 하나님께서 보시고 큰 상으로 갚아 주실 것입니다. 정말 감사해요."

데이비드의 말을 듣자 피터가 이어서 말하였다.

"여호수아 님, 정말 수고하셨어요. 이번 지구 땅속까지 가셨던 여행이야말로 하나님이 기뻐하실 것입니다. 마치 가나안 땅을 정복하려고 갔던 진짜 구약의 여호수아 같기도 합니다. 여호수아 님은 정말로 천국에 다녀온 만큼이나 매우 귀중한 경험을 하셨어요. 미카엘을 따라 미카엘의 영적인 말을 타고 다녔지요. 또 미지의 땅 지구 지하 세계를 다녀오다니 놀라운 체험을 하셨어요."

"네, 저도 꿈만 같아요. 그곳에서 거인들을 만날 때마다 가슴이 두근거리고 두려웠어요. 거인들은 생각보다 몸집도 컸고 키가 커서 겁이 났어요. 그러나 그들의 인상은 편안해 보였고 부드러웠지만 인상과는 달리 지구인들을 사육하여 잡아먹고 있어서 너무 몸서리치게 끔찍했고요."

요한이 한마디 하였다.

"세상에 사람을 생으로 잡아먹다니요. 지구 땅속에 그런 거인들이 살고 있다니 충격입니다. 미국이나 러시아에서 화성이나 목성 탐사를 하고 있으나 이제는 당장에라도 지구 땅속을 탐색할 필요가 있지 않을까요?"

"맞아요. 지구 내부 세계를 탐색할 필요성이 있어요. 그러나 과연 지구인들이 어떻게 지구 땅속에 들어가 탐색하느냐 하는 문제가 생겨요. 그들도 철통같이 방비하고 있을 테니까요."

피터의 말을 듣자 여호수아가 말하였다.

"지구 땅속 세계를 탐색하여 들어가는 방법은 얀센처럼 배를 타고 북극 방향으로 들어가거나, 버드 제독처럼 비행기로 가는 방법, 아니면, 저처럼 천사와 함께 들어가는 초자연적인 방법 세 가지가 있어요. 그러나 지하 세계에 들어간다고 해도

발각이 되면 거인들의 정부에서 아마 전쟁을 일으키려고 할
겁니다."

이번에는 에스더가 심각한 표정으로 말하였다.

"저는 여호수아 님의 지구 지하 세계의 여행은 큰 의미가 있
다고 생각합니다. 왜냐하면 지구 내부 세계로 들어가는 통로
중에 하나로 바로 버뮤다 삼각지를 통한 바닷길을 찾았다는
점에 있어요."

"맞아요. 미카엘과 여호수아 님이 버뮤다 삼각지 바닷길로
지하 거인 세계에 들어갔다가 나온 일은 역사상 처음이고 새
로운 길을 찾은 것이지요."

피터의 말을 듣자 요한이 물었다.

"그럼 만약 지구 땅속의 거인들이 지구 바깥으로 나온다면
버뮤다 삼각지 바다를 통해서 나올까요?"

"그렇지요. 지하 세계의 거인들의 과학 기술 수준이 매우 높
아서 그들의 둥그런 비행접시가 물속을 뚫고 나올 수 있을 정
도이니까요. 이러한 일은 이미 계시록 13장 1절에서 '바다에서
한 짐승이 나오는데 뿔이 열이요 머리가 일곱이라'라고 했거든
요. 그러니까 바다에서 짐승이 나온다는 말씀이 맞다고 증거
를 한 셈이지요."

"피터님, 그러면 계시록 13장 1절의 짐승은 지구 땅속에 사
는 거인들을 가리키는 말씀이라고 믿으면 되겠지요?"

"맞아요. 데이비드 님, 계시록 13장 1절의 거인 짐승이 바다

에서 나온다면 그들의 목적은 마스터가 버드 제독에게 보낸 메시지대로 지구인들을 죽이고 보복하고 지구를 정복하기 위해서인가요?"

"네. 그렇게 지구 정복의 꿈을 가지고 있어요. 그리고 지구 지하 세계에 사는 거인 짐승이 바다에서 밖으로 나온다면 가장 먼저 지구인들을 잡아먹는 무서운 일부터 시작할 겁니다. 그야말로 끔찍한 살육이 전개될 겁니다."

우리는 신장이 4미터나 되는 거인이 현재 지구 땅속 깊은 곳에 살고 있는 것을 알게 되었다. 더구나 그들은 날 때부터 영이 없다니 양심도 없고 박애 정신도 없어 보인다. 그들이 지구 밖으로 나와 침공한다면 지혜와 힘과 과학 기술력으로 우리 지구인들을 압도할 가능성이 많아 보인다.

세계 여러 나라에서는 이미 우주군을 결성하였다고 한다. 우주군을 창설한 목적은 우선적으로 자국민을 보호하고 지키는 일을 목표로 하고 있을 것이다. 그러나 더 나아가 진정한 우주군이라 하면 지구의 온 인류를 해치는 자들, 특히 지구 밖에서 오는 외계인들뿐만 아니라 지구 땅속 깊은 곳에서 올라오는 거인들로부터 지구인들을 보호하고 지켜주는 역할을 할 것으로 기대 된다.

황충의 출현과
외계인과의 전쟁

.
.
.

　5월 5일, 요한계시록 연구팀이 모이기로 한 에스더 교회. 어제 내린 비가 대기의 먼지를 쓸어가 버렸는지 하늘은 구름 한 점 없이 푸르고 대기는 투명했다. 계시록 연구팀의 리더요, 모임을 주재할 피터는 교회에 일찍 도착했다.

　피터는 하늘을 올려다보며 중얼거렸다. 계시록 8장에 보면 화, 화, 화, 세 번의 화라는 말씀이 나온다. 복된 말씀이라는 성경이 왜 재앙을 굳이 언급하고. 종말과 재앙을 기록한 계시록을 통해 창조주께서는 어떤 메시지를 인간에게 전하고 싶었던 것일까.

　재앙은 심판이요, 화가 아닌가. 심판과 재앙을 통해서 사랑을 구현하는 구원의 텍스트. 성경이 말하는 것이 사랑이라면 요한계시록 또한 사랑을 말하는 텍스트다.

　피터는 밤늦게까지 몇 번이나 계시록을 읽었던 것일까. 눈이 꿉꿉했다. 초록은 눈의 피로를 풀기 적절한 색이다. 피터는 5월의 신록들을 바라본다. 더없이 싱그럽다.

연구팀은 계시록에 대한 자신의 해석을 각자 준비해 올 것이다. 과연 연구팀들은 어떤 의견을 내놓을까. 요한계시록이라는 텍스트를 둘러싸고 수많은 해석이 있어 왔다. 해석이 분분할수록 계시록은 더욱 굳게 입을 닫았다. 어찌해야 계시록에 담긴 전능자의 메시지를 읽어 낼 수 있을까.

에스더 교회의 벤치에 앉아 피터는 5월의 초록을 바라본다. 연구팀들이 하나둘 도착한다. 연구팀들의 얼굴에는 약간의 긴장감이 내비친다.

교회의 담벼락에 붉은 꽃들이 피어 있었다. 피터는 장미의 붉은 꽃잎에서 오래도록 눈을 떼지 않았다. 장미 한 송이 아래를 두 손바닥으로 가볍게 만지며 중얼거렸다. "사랑스런 장미야. 나에게 너의 향기를 흠뻑 전해 다오."

그리고 한 편의 시를 떠올렸다. 김현승의 「오월의 그늘」이란 시의 한 구절.

그늘,

밝음을 너는 이렇게도 말하는구나.

나도 기쁠 때는 눈물에 젖는다.

✦ AI 인조인간 황충이 나타나다

창립 5주년을 맞은 옴니파워Omni Power 인조인간 연구소에서는 특별한 창립 행사를 준비하고 있었다.

연구소장 하이든 박사는 다섯 명의 로봇 연구원들과 함께 마지막 점검 회의를 하였다.

"김 박사, 오늘 초청 인사들이 모두 오시는지 확인 전화는 했지요?

"네, 다들 오신다고 했고요. 카이스트KAIST 샤론 교수는 교통 체증이 생겨 10분 정도 늦는다고 했어요."

"그럼 티타임을 조금 길게 하고 11시 10분에 시작하기로 해요"

"네, 소장님."

"김 박사, 오늘의 주인공 하이디의 컨디션은 어떤가요?"

"네 아침 9시경에 저와 30분 정도 대화를 나누었어요. 하이디에게 제가 무얼 물어보기 전에 저에게 말을 걸었어요."

"아니 정말이오? 하이디가 어떤 질문을 했지요?"

"하이디가 저에게 오늘 우리 연구소에 누가 오느냐고 묻는 겁니다. 그래서 외부에서 귀한 손님 스무 명 정도가 올 것이라고 말했지요."

"그래요? 그런 질문은 미리 프로그램에 입력해 준 질문이 아닐 텐데. 그럼 하이디가 스스로 생각하여 자율적으로 한 질문인가요?”

“그렇습니다. 소장님, 하이디와 한참 이야기하다가 ‘하이디는 인조인간이 아니고 이제는 사람이 다 되어 가고 있구나.’라는 혼잣말이 다 나오더군요.”

“김 박사, 바로 그거요. 우리 연구가 성공했다는 증거요. 그럼 하이디에게 어떤 질문을 해도 모두 답을 할 것이고 거꾸로 하이디가 손님들에게 질문도 하겠죠.”

“그렇습니다. 소장님.”

“그리고 이 박사, 만찬 준비는 다 되었지요?”

“네, 박사님 해피 출장 뷔페에서 벌써 도착하여 준비하고 있습니다.”

“그래요. 잘했어요. 와인은 내가 준비한 이걸로 해요.”

“네. 박사님.”

점검 회의가 끝나자 하이든 박사는 접견실로 가서 이미 도착한 피터 등 몇몇 인사들과 친밀한 표정으로 악수를 나누었다.

11시가 되자 하이든 소장과 VIP 손님 다섯 사람이 함께 소회의실에 입장하였다.

바로 이때 뒤쪽 문으로 카이스트 샤론 교수가 들어오고 있었다. 하이든 박사는 샤론 교수를 향해 오른손을 들어 환영한다는 신호를 보냈다.

전면 스크린에 ‘창립 5주년 기념 프로모션 발표회’라고 크게 쓰여 있었고 아래로 식순이 적혀 있었다.

사회는 김철수 박사가 맡아서 진행하였다.

"지금으로부터 옴니파워 인조인간 연구소 창립 5주년 기념 프로모션 발표회를 시작하겠습니다. 먼저 본 연구소 소장이신 하이든 박사님의 인사가 있겠습니다."

하이든 박사가 앞으로 나와 인사말을 하였다.

"안녕하십니까? 저를 아끼는 마음으로 여기까지 오시느라 수고 많으셨습니다. 아시는 대로 지금은 제4차 산업 혁명 시대의 끝자락을 향해 달려가고 있고 바야흐로 인조인간 시대를 맞이하고 있습니다. 그동안 우리 연구소에서는 우수한 인재들이 불철주야 노력한 끝에 개발한 하이디라는 인조인간을 세상에 공개하게 되었습니다.

오늘 모인 이 자리에는 인조인간 연구 개발에 선진적인 역할을 하고 계신 카이스트 샤론 박사님을 위시하여 전문인들이 오셨는데 감사와 존경을 표합니다. 곧 이어서 우리 연구소에서 심혈을 기울여 개발한 하이디를 소개하고자 합니다. 하이디는 예고 없이 저에게 자주 전화를 하곤 하죠. 스스로 생각하고 자율적으로 행동하고 있고요. 하이디에 대하여 여러분이 거리낌 없이 의견을 주시고 조언을 주시면 감사하겠습니다."

하이든 연구소장 인사가 끝나자 사람들이 열렬한 박수로 답하였다. 사회자는 곧바로 하이디를 입장시켰다. 하이디가 사람들처럼 구두를 신고 뚜벅뚜벅 걸어 들어오자 카메라맨들이 분주하게 움직였다. 여러 사람들이 수군대는 소리가 들려왔다.

"아니, 저거 봐. 사람이야 로봇이야. 영락없이 사람과 똑같이 생겼네."

"눈동자가 살아 있어."

"저것 좀 보세요. 손등이나 얼굴 모습이 보통 사람 피부와 똑같네요."

"여러분 우리의 다정한 친구 하이디를 소개합니다. 박수로 환영해 주세요."

박수를 보내자 하이디는 정중하게 허리를 약간 굽혀 인사를 하였다.

"이제 하이디의 인사말이 있겠습니다. 하이디, 인사말을 부탁해요"

"반가워요. 제 이름은 하이디라고 합니다. 제가 누군지 궁금하시죠? 저는 어머니, 아버지도 없이 만들어진 그런 존재랍니다. 저를 만들어 주신 하이든 소장님과 여러 박사님들에게 깊이 감사를 드려요. 앞으로 저를 많이 사랑해 주세요."

맨 먼저 비스트엑터Beast Actor 연구소 김한국 박사가 물었다.

"하이디, 오늘 만나게 되어 너무 반가워요. 하이디는 커피도 마시고 아이스크림도 먹을 수 있나요?"

"네 얼마든지 음료수나 음식을 먹을 수 있지요."

"그럼 맛을 느낄 수 있나요?"

"아닙니다. 맛을 느끼지 못하지만 냄새는 맡을 수 있어요."

"아아, 냄새를 맡을 수 있다니 대단합니다."

다음에는 마이클 선교회 피터 목사가 물었다.

"하이디, 반가워요. 하이디는 노래를 부를 수 있나요?"

"네, 저도 애창하는 노래를 부르죠."

"그럼 모르는 악보를 주면 노래를 부를 수 있나요?"

"네, 조금 서툴지만 노래를 부를 수는 있어요."

이번에는 K 전자신문사 이하나 기자의 질문이었다.

"하이디, 본인이 잘하고 있는 특기를 소개할 수 있을까요?"

"저는 달리기를 잘 하고, 바둑도 두고, 태권도와 킥복싱도 배웠습니다."

"그럼 옛날에 있었던 바둑왕 알파고를 아시나요?"

"네. 이세돌과 알파고와의 바둑 대전을 모두 다 암기하고 있지요."

"그럼 혹시 알파고와 바둑을 두면 자신 있나요?"

"저도 10만 개 이상의 바둑 대전 자료를 입력했으니까 알파고와 바둑을 두면 막상막하일 겁니다."

"그렇군요."

이번에는 카이스트의 샤론 박사가 물었다.

"하이디 오늘 컨디션이 어떤가요?"

"네, 전 항상 밝고 명랑해요. 혹시 샤론 박사님 아닌가요?"

"맞아요. 나를 어떻게 알지요?"

"샤론의 꽃 검색하다가 샤론 박사님 성함이 보였어요."

"하이디는 희로애락을 모두 느낄 수 있나요?"

"박사님 저의 약점을 물으시네요. 저는 남이 저를 비웃거나 욕하면 분노하기도 합니다. 그러나 기쁘다든지 즐겁다든지, 슬퍼하거나 사랑하는 그러한 감정은 희미한 그림자처럼 느끼고 있을 정도입니다."

"그렇군요. 그런데 하이디는 여자인데 어떻게 킥복싱을 잘할 수 있는지 궁금해요."

"저는요. 이 몸에 철갑을 입기만 하면 저는 달라져요. 마치 중세시대 기사처럼 달라진답니다."

"아니 정말이에요? 하이디의 또 다른 모습을 보고 싶네요."

샤론 박사와 하이디의 이야기를 듣고 있던 하이든 박사가 만면에 웃음을 지으며 말하였다.

"하이디와 대화를 하면 너무 재미있지요. 하이디는 몇 달 전부터 저의 비서 역할을 하고 있고 저의 운전기사이기도 합니다. 운전 솜씨도 매우 뛰어납니다. 하이디가 전투복 같은 철갑을 입는 모습은 다음 기회에 공개하기로 하지요. 자, 그럼 만찬장으로 자리를 옮길까요? 만찬을 함께 하면서 하이디와 대화를 더 나누시지요."

하이든 소장이 옆방으로 안내하자 모두 따라나섰다. 만찬장에는 뷔페식으로 음식이 차려 있었다. 하이든 박사가 빈 접시를 들고 나서자 샤론 박사와 일행이 따라나섰다. 하이디도 맨 뒤에 서서 차례를 기다렸다.

그러자 하이디 바로 앞에 있던 비스트엑터 연구소 김한국 박사가 하이디에게 말을 걸었다.

"하이디에게 개인 휴대폰이 있나요? 전화할 수 있나요?"

"네 박사님. 그렇지만 하이든 박사님의 허락이 있어야 휴대폰 번호를 알려 줄 수 있어요."

"아 그렇군요."

"박사님, 잠시 기다리세요."

하이디는 곧장 하이든 박사에게 가더니 김한국 박사에게 휴대폰 번호를 알려 주어도 된다는 허락을 받았다.

"김 박사님, 하이든 박사님의 허락을 받았어요. 박사님의 휴대폰을 보여 주세요. 제 휴대폰 번호를 입력해 드릴게요."

하이디는 매우 빠른 속도로 자신의 휴대폰 번호를 입력한 후 김 박사에게 휴대폰을 건네주었다.

"하이디 고마워요. 다음에 전화할게요. 밖에서 저와 만나서 커피를 마시며. 더 대화를 나누고 싶네요."

"네, 좋아요."

만찬장에서는 삼삼오오 모여서 즐겁게 식사를 나누고 있었다. 하이든 박사가 하이디를 불러 샤론 박사 곁에 앉으라고 하였다.

"샤론 박사님, 하이디가 아직 사람과 같은 수준의 지적 정서적인 능력을 갖추려면 많은 보완이 필요해요. 좋은 방법이 있을까요?"

"네. 방법이 있긴 한데요."

"정말 좋은 방법이 있나요?"

"다름이 아니라 제가 지도하고 있는 박사과정 코스에 청강생으로 수강하는 방법이 있어요."

"아 맞아요. 하이디를 박사과정 코스에 청강생으로 받아 줄 수 있을까요?"

"얼마든지 가능한 일입니다. 단지 교수회의 때에 허락을 받으면 되는데요."

"박사님, 그렇게 도와주시면 감사하겠습니다."

"네, 그렇게 할게요. 마침 이번 학기에는 '인공지능의 정서 개발 연구'라는 과목이 있으므로 하이디에게 도움이 될 겁니다."

"네, 감사합니다."

이날 인조인간 개발 프로모션 발표회는 여러 사람에게 큰 호응을 받았다. 오후 서울 K 전자신문에는 하이디의 사진과 함께 「인조인간의 새로운 지평을 열다」라는 제목으로 특집 기사가 실렸다. 당일 저녁 10시까지 기사 아래에 1만 명 이상 많은 사람들의 댓글이 달렸다.

다음 날 아침에 하이든 박사는 그의 다정한 친구인 피터 목사에게 전화하였다.

"피터 목사요? 어제 우리 연구소에 와 주셔서 감사드려요."

"아니요. 어제 보았던 하이디 생각을 많이 했어요. 거의 완벽에 가까운 AI 인조인간이었으니까요."

"그렇게 칭찬해 주시니 고마워요. 완벽하지 않더라도 내 꿈이 조금씩 여물어 간다는 생각입니다."

"겸손의 말씀이십니다."

"피터 목사님 부탁이 있어요. 이번 주에 시간이 나면 우리 연구소에서 한번 만나고 싶은데. 우리가 하이디가 입는 철갑을 개발했는데 피터 목사님의 자문이 필요해서요."

"좋아요. 잠깐 내 스케줄을 볼게. 목요일이면 어떨까?"

목요일 아침은 구름도 없는 매우 청명한 날이었다. 옴니파워 연구소 연구원들은 새벽 7시에 출근하여 하이디에게 에너지를 주입하고 전반적인 프로그램을 점검하였다. 그리고 하이디에게 금속 갑주를 입힌 다음, 앉고 일어서고 걷고 뛰는 등 여러 동작을 하게 하였다.

특히 유연하게 걷고 뛰어다니는 동작에 집중 연습을 실시하였다. 다음에는 권투 연습장에 매달려 있는 고무공을 양 주먹으로 빠르게 때리는 연습도 하였는데 매우 잘 적응하고 있었다.

11시 정각에 피터 목사가 하이든 소장 연구실에 도착하였다. 두 사람은 커피를 마시며 인조인간의 연구 동향에 대하여 대화를 나누었다.

"피터 목사님, 아시는 대로 인조인간 연구는 일본이 가장 앞서가고 있어요. 우리 연구소에서 개발한 하이디도 결국 일본을 따라가는 수준인데, 이런 판도를 뒤집을 더 획기적인 아이디어는 없을까 해서 말이오."

"매우 중요한 점을 지적해 주셨는데 나도 같은 생각을 했다네."

피터 목사는 잠시 눈을 지그시 감고 있다가 눈을 뜨더니만 밝은 표정을 지으며 말하였다.

"혹시 요한계시록 9장에 나오는 '황충'이라고 들어 보았나?"

"황충이라, 얼마 전에 계시록을 읽을 때 본 적이 있네."

"황충이라는 말은 메뚜기라고 번역을 하고 있으나 계시록 9장 3절에 보면 황충이 전갈과 같은 권세를 가진 것으로 보아 단순한 존재는 아닌 듯싶네. 얼마 전에 어느 목사님을 만나서 황충에 대한 바른 해석을 들은 바가 있었다네."

"나도 황충에 대한 해석을 알고 싶었는데 말해 주게나."

"황충이란 일종의 AI 인조인간일세. 겉모양을 보면 특수한 종류의 로봇이라는 거야."

"아니, 황충의 모양이 인조인간이라고? 그럼 하나님께서 이미 21세기에 인조인간이 나올 것을 예상하고 있었군그래."

"맞아. 그래서 말인데, 자네가 하이디를 만드는 데 성공했지만 2차로 이제 황충 하이디를 만들어 보면 어떨까?"

"황충 모양의 하이디라. 황충 모양의 인조인간이라…"

"어떤가? 계시록 9장 7절에서 10절에 보면 황충의 모양이 나오거든. 자네 성경을 가지고 있던가? 함께 읽어 보세나."

두 사람은 휴대폰에 깔린 성경을 찾아 읽으며 한마음이 되어 계시록 9장 7절에서 10절을 읽고 또 읽고 하며 몇 번이고 되새겨 보았다.

"피터 목사, 맞아. 황충을 인조인간 로봇이라고 생각하며 읽었더니 맞네. 맞아. 머리에 투구 같은 것을 썼고 얼굴이 사람 모양이고 철로 된 흉갑이 있고 꼬리가 달려 있다면 사람도 아니고 동물도 아니고 영락없이 인조인간이 맞네그려."

"하이든 박사, 맞아요. 만약 황충을 염두에 두고 인조인간을 만든다면 세계적으로 가장 독특하고도 특별한 로봇이 될 거에요."

"황충형 인조인간 개발, 한번 도전해 볼게. 앞으로 잘 지도해 줘요. 자, 그럼 우리 하이디가 금속 철갑을 입은 모습을 보실래요?"

"그래요."

하이든 박사는 하이디가 있는 제1연구실로 전화하였다.

"김 박사, 준비되었지요?"

"네 소장님."

두 사람이 제1연구실에 들어가자 하이디가 먼저 인사를 하였다.

"하이, 피터 목사님이시지요, 아마?"

"하이디, 잘 있었어요? 요사이 하이디는 무슨 일을 하며 지내요?"

"네, 저는 게임도 하고 바둑도 두고 격투기 연습도 하고 인터넷 검색도 하고 비교적 분주하게 지내고 있어요."

"아, 취미 생활이 다양하네."

하이든 박사가 미소를 띠며 말하였다.

"하이디, 철갑 옷을 입어 볼래요?"

"네, 소장님."

하이디가 철갑 입는 장치에 앉자 하이든 박사가 버튼을 눌렀다. 먼저 철갑이 다리에 입혀지고 허리에 입혀지고 가슴과 어깨에 차례로 입혀졌고 나중에 머리가 입혀졌다. 철갑을 입은 하이디가 일어나 몇 발자국 걸었다.

"피터 목사, 이 철갑을 입은 로봇 이름은 '썬더'라 부른다네."

"썬더thunder라면 천둥이라는 뜻 아닌가? 매우 강력한 힘을 가진 싸움꾼이라는 의미를 가지고 있군. 이름이 좋아요."

"하이디, 그대로 앞에 있는 운동장으로 나가 볼까?"

썬더는 뚜벅뚜벅 걸어서 나갔으며 하이든 박사와 피터 목사를 비롯하여 직원들 10여 명이 함께 운동장으로 이동하였다.

"하이디, 배운 대로 여러 동작을 시범으로 보여 줘요. 팔다리 운동, 걷는 모습, 뛰는 모습, 격투기 동작 등 자유롭게 움직이며 보여 주세요."

"네, 소장님."

썬더는 양팔을 머리 위로 빠르게 올렸다가 내렸다가 하고는 어느새 두 팔을 좌우로 흔들어 보였다. 다음에는 허리에 두 팔을 올리고는 고개를 좌우로 돌리다가는 위아래로 움직이다가 원을 그리며 돌리다가 반대로 돌리기도 하였다.

이번에는 "얏!" 소리를 낸 후, "썬더 고우!"라고 소리 지르고는 앞으로 힘차게 걸어갔으며 10미터쯤 걷더니만 다시 "썬더 런!"이라 소리 지르고는 빠르게 달리고 있었다. 얼른 보기에도 썬더가 달리는 속도가 시속 60킬로미터는 되어 보였다.

하이든 소장과 피터 목사와 직원들 모두가 힘찬 박수로 환영해 주었다. 피터 목사가 매우 만족한 듯 말하였다.

"썬더, 파이팅! 하이든 소장님, 참으로 놀라운 일입니다. 사람과 똑같은 동작을 하고 있고 걸음걸이하며 뛰는 모습을 보니까 정상적인 사람과 전혀 구별이 안 될 만큼 자연스러운데요. 소장님, 축하드립니다."

"피터 목사님, 너무 과찬의 말씀이네요. 뛰는 단계에까지 성공했으니까 더 발전해야지요."

두 사람이 어깨를 나란히 하고 걸으면서 피터 목사가 말하였다.

"하이든 박사, 내 생각인데 썬더를 더 발전적으로 개발하려면 썬더가 공중으로 날기도 하고 꼬리 부분을 만들어서 꼬리에서 비밀 무기를 발사하게 만든다면 어떨까 싶네요."

"피터 목사, 바로 그거요. 썬더를 바라보며 나도 같은 생각을 했다네, 극비 사항이지만, 썬더가 하늘을 날도록 만드는 것은 거의 완성 단계이고 꼬리를 보완하여 만드는 일만 남아 있다네."

"가만있자. 썬더가 하늘을 난다면 무슨 에너지를 이용할 건가?"

"그건 아직 일반에게 공개하지 않은 비밀이지만, 지구 자기장을 이용하는 프리 에너지Free Energy를 사용한다네."

"그럼 아무 연료 없이 엔진이 돌아간다는 에너지로군그래."

"맞아요."

"그럼 말이오. 프리 에너지를 장착한다면 연료 걱정이 없으니까 썬더가 지구를 한 바퀴 이상 돌 수도 있겠는걸."

"물론 그렇지."

"그렇게 만든다면 세계에서 유일무이한 가장 강력한 AI형 인조인간이 탄생할 걸세. 기대해 보겠네."

"그래요. 내가 잘 만들 수 있도록 기도해 줘요. 고맙네."

피터 목사가 돌아간 다음, 오후 3시경 하이든 소장은 박사급 연구원들을 불러 긴급회의를 소집하였다.

"자, 우리는 지금까지 여러분의 끊임없는 노력의 결과로 인조인간 연구는 세계적인 수준으로 성장해 왔어요. 우리는 여기에 만족하지 않고 새로운 도약을 준비해야 합니다. 우리의 목표는 황충형 인조인간 개발에 두고자 합니다. 황충이 무엇인지 요한계시록 9장 1절에서 10절에 기록이 되어 있어요. 크리스천이 아니더라도 성경을 읽으며 우리가 하는 연구에 대한 영감을 받아야 합니다."

"소장님, 질문이 있어요. 말씀하신 대로 성경에서 영감을 받으려고 합니다마는 저는 넌크리스천non-Christian인지라 쉽지 않아 보입니다. 어떤 비결이라도 있을까요?"

"오 박사, 너무 좋은 질문이오. 이 문제는 앞으로 연구소 책임자인 내가 절대자인 하나님께 매달려 기도하며 영감을 받아 볼 것이니까 너무 염려하지 않아도 됩니다."

"네, 소장님의 기도에 기대해 보겠습니다."

"그래요. 여러분이 나를 절대적으로 신뢰하며 전체 연구원들이 하나가 되어 준다면 우리는 반드시 큰일을 이룰 수 있을 것이라 확신합니다. 나를 믿고 함께할 것이지요?"

"네, 소장님!" 전체 연구원들이 박수를 치며 하이든 소장의 요청에 기쁘게 응답해 주었다.

그로부터 한 달이 지났다. 옴니파워 연구소 수석 연구원인 김철수 박사가 하이든 소장실에 와서 면담을 요청하였다.

"어서 오시오. 김 박사."

"소장님 시간을 내주시니 감사를 드립니다."

"사적인 내용은 아니겠지요?"

"네, 소장님. 실은 황충에 대한 성경을 읽다가 잘 이해가 안 되는 부분이 있어서요."

"그래요. 나도 성경 공부를 전문적으로 연구해 보질 않아서 모르는 내용이 많지요."

"다름이 아니라 황충이 하나님의 인 받지 않은 사람들만 해한다고 하는데요. 하나님의 인이라면 하나님의 영적 도장인데요. 영적인 도장이기 때문에 눈에 보이지 않을 텐데요. 이런 영적 하나님의 도장을 누가 찍어 주는지 궁금해서요. 하나님의 인을 받은 사람이 있는지도 궁금하고요."

"맞아. 나도 김 박사와 같은 의문점을 가지고 있어요. 하나님의 인의 정체에 대하여 잘 모르고 있어요."

"그러시군요. 저도 하나님의 인에 대하여 아는 분들이 있는지 찾아볼까요?"

"고맙소. 김 박사. 그렇게 해요."

다음날 새벽 4시에 하이든 박사는 일찍 일어나 계시록 9장 1~10절을 읽고 다시 여러 번을 읽었다. 그러나 도무지 풀리지 않은 문제에 봉착하게 되었다.

그것은 바로 계시록 9장 4절에 나오는 "땅의 풀이나 푸른 것이나 각종 수목은 해하지 말고 오직 이마에 하나님의 인을 받지 아니한 사람들만 해하라"라는 말씀 때문이었다.

하이든 박사는 하나님의 인이란 무엇인지, 하나님의 인은 누구에게서 어떻게 받는 것인지, 아무리 생각해도 알 길이 없었다. 그는 사실상 로봇 개발 연구가이지 성경에 대하여는 아직 문외한이기 때문이다.

그는 날이 밝는 대로 성경학자인 피터 목사에게 전화를 걸었다.

"피터 목사요? 아침 일찍 전화를 했는데 양해해 줘요."

"나야 항상 일찍 일어나니까 걱정하지 말아요."

"아 그럼 안심이네. 다름이 아니라 계시록 9장 4절 말씀이 무슨 뜻인지 잘 몰라서 말일세."

"가만, 내가 계시록 9장 4절 말씀을 찾아볼게. 음… 찾았어요. 이해가 안 되는 부분은 무엇인가?"

"다름이 아니라 '하나님의 인'이란 무엇인지 궁금해서 알고 싶네."

"맞아. 어려운 내용이지. 마치 빨갛게 달군 쇠붙이를 말이나 소의 엉덩이에 찍어서 낙인을 만드는 것은 주인의 소유라는 표식이지. 그러니까 '하나님의 인'이란, 하나님의 소유라는 표식으로 이마에 찍어 주는 영적인 도장일세. 하나님께서 보실 때에 하나님의 뜻에 맞게 신앙생활을 잘한 알곡 성도들을 골라서 그들의 이마에 하나님의 영적 도장을 찍어 준다는 뜻이라네."

"이마에 하나님의 도장을 찍어 준다면 누가 찍어 주는가?"

"궁금하겠구먼. 하나님이 직접 인을 찍어 주는 것이 아니라 하나님께서 하나님의 도장을 가진 천사를 시켜서 인을 찍어 주고 있다네."

"그렇군. 그럼 하나님께서 알곡 성도에게 영적인 도장을 왜 찍어 주는 것인가?"

"응, 그것은 마치 소나 말에게 주인이 낙인을 찍어서 내 것이라는 표식을 하듯이 하나님께서 알곡 성도의 이마에 인을 찍음으로써 하나님의 것이라는 표를 하는 것이지."

"피터, 영적 도장이라면 사람 눈에 보이지 않을 텐데. 어떤 모양이 있는 것인가?"

"그렇다네. 하나님의 인은 아무나 볼 수 없고 특별히 영적인 눈이 열린 사람이나 볼 수 있다네. 나는 감사하게도 성령께서 보게 해 주셔서 하나님의 인을 두 차례 본 적이 있다네. 100원짜리 동전만 한 크기로 둥근 모양이고 붉은색이고 그 안에 정십자가 모양이 들어 있어요."

"아니 피터 목사님이 하나님의 영적인 인을 보았다고?"

"그럼, 영적인 눈이 열린 사람들은 누구나 볼 수 있다네."

"아, 그런가? 그렇다면 하나님의 인을 이마에 받는다고 했는데 이마 어느 위치인가?"

"자네가 물어볼 줄 알았지. 인당이라고 알겠지? 인당 바로 위에 하나님의 인을 받아요."

"그럼 이마의 정중앙이로구만."

"맞아요."

"또 한 가지 더 물어볼게. 하나님의 인은 누구에게서 어떻게 받는 것인지 궁금해서 말이야"

"그래요. 알려 줄게. 지금 성경을 찾아요. 계시록 7장 2절과 3절에 나와 있어요. 거기 보면 살아 계신 하나님의 인을 가진 분은 천사이고 하나님의 인을 가진 천사를 만나면 인을 받을 수 있어요."

> 또 보매 다른 천사가 살아 계신 하나님의 인을 가지고 해 돋는 데로부터 올라와서 땅과 바다를 해롭게 할 권세 를 받은 네 천사를 향하여 큰 소리로 외쳐 이르되 우리 가 우리 하나님의 종들의 이마에 인치기까지 땅이나 바 다나 나무들을 해하지 말라 하더라(요한계시록 7장 2~3절)

"아니, 세상에 천사가 하나님의 영적 도장을 가지고 있고 천사가 이마에 인을 찍어 준다는 말이 맞아? 그럼 하나님의 인 가진 천사를 만나야 하지 않겠어?"

"그렇지. 세상 종말이 가까운 때라 하나님께서 하나님의 인 가진 천사를 한국에 보내 주셨어요. 누구든지 원하면 하나님의 인 가진 천사를 만날 수 있다네."

"그럼 하나님의 인 가진 천사를 만나서 실제로 인 받은 사람들이 있다는 말인가?"

"그렇다네. 하나님의 인은 세계적으로 10만 명 이상의 사람들이 받았다고 하더군. 우연한 기회에 나도 바로 하나님의 인 가진 천사를 서울에서 만나서 이마에 인을 받았지."

"아니, 피터 목사, 천사가 눈에 보이지 않을 텐데 눈에 보이지 않는 천사를 만나서 하나님의 인을 받는다는 일이 가능한가?"

"데이비드 장로라는 분이 하나님의 인 가진 천사를 데리고 왔기에 만났었지. 물론 천사가 내 눈에 보이지 않았으나, 데이비드 장로님과 악수를 할 때, 인 가진 천사가 함께 악수를 했어요. 그러니까 인 가진 천사와 악수를 할 때, 몸 안에 들어 있는 사단 마귀를 모두 몰아내 주면서 이마에 인을 찍어 주었어요."

"아니, 그럼 하나님의 인을 받을 때 어떤 느낌이 있던가?"

"천사에게 하나님의 인을 받을 때는 아무 느낌도 없었는데 인을 받은 후 얼굴이 붉어지고 성령의 불이 뜨겁게 임하는 것을 체험하는 분들이 많다네."

"와, 하나님의 인을 받을 만하겠군. 그런 정도라면 나도 하나님의 인을 받고 싶네그려."

"그래요. 하이든 박사도 받을 수 있을지 모르겠네. 아무나 인을 받는 것이 아니고 인 가진 천사가 하나님의 인 받을 대상자 명단을 미리 하나님께로부터 받아 가지고 왔어요. 하이든 박사의 본명과 만 나이를 나에게 알려 주게나. 인 받을 수 있는지 내가 한번 물어볼게."

하이든 박사는 본명 '오하라'와 자신의 나이가 55세임을 피터에게 알려 주었다. 30분 후에 대답이 왔다.

"하이든 박사, 축하드리네. 천사가 하는 말이, 자네는 하나님의 인 받을 대상자라고 하네."

"정말 다행이네. 난 '내가 인을 받지 못하면 어떡하나' 하고 걱정을 했지. 예수를 믿는 사람은 누구나 하나님의 인 받는 건 아닌 모양이지?"

"그럼. 누구나 하나님의 인을 찍어 주지 않고 하나님의 뜻에 맞는 알곡 성도만 받는다고 하네."

"그렇군. 나는 하나님께 좋은 모습을 보여 드리지 못하고 있는데 뽑혔으니 감사할 뿐이네."

"다음에 시간을 내서 나랑 하나님의 인 가진 천사를 만나러 가면 어떨까?"

"고맙네. 그렇게 할게."

그날 밤 하이든 박사는 꿈에 너무나도 이상한 환상을 보고 놀라게 되었다. 어떤 노인이 흰옷을 입고 나타났는데 얼굴에서 광채가 나고 흰옷에서도 밝은 빛을 발하고 있었다.

그때 노인이 하이든에게 하는 말이 "너는 황충을 만들어서 황충이 이마에 인 받지 않은 사람들만 혼내 주도록 하라."라고 하고는 금방 사라졌다.

하이든 박사가 아침 6시경 잠을 깼을 때 꿈이 너무 생생하여 정신이 얼떨떨하였다. 그래서 하이든 박사는 꿈에 본 내용과 노인에게 들은 이야기를 메모장에 기록해 두었다.

세수를 하고 아침밥을 먹을 때에도 그의 머리에는 온통 꿈에 본 내용으로 가득 차 있었다.

하이든 박사는 피터에게 전화를 하였다.

"피터 목사, 전화할 수 있나?"

"그래, 좋아요."

"다름이 아니라 어젯밤에 꿈을 꾸었는데 너무나 생생해서 말이오."

"원래 자네는 꿈 이야기 잘 하지 않던데 꿈을 꾸었군."

"한번 들어 볼래요? 빛난 옷을 입은 어떤 노인을 꿈에 보았 거든. 그 노인이 나에게 황충에 대한 말씀을 했다네."

"아, 그래? 무슨 말을 했지?"

"'너는 황충을 만들어서 황충이 이마에 인 받지 않은 사람 들만 혼내 주도록 하라'고 말했어요."

"그래? 자네 꿈은 보통 사람들이 꾸는 꿈과는 다른 특별한 꿈일세. 내가 꿈 해석을 해 볼게. 빛난 옷을 입고 나타난 노인 은 하나님이시고 하나님께서 자네에게 하신 말씀일세. 하나님 께서 '너는 황충을 만들어서 황충이 이마에 인 받지 않은 사 람들만 혼내 주도록 하라.'라고 말씀한 것은 자네 연구소에서 황충 역할을 하는 로봇을 개발하라는 말씀이고 실제로 이마 에 하나님의 인을 받지 않은 사람들을 골라 혼내 주라는 하나 님의 명령일세."

"그렇게 해석을 해 주니 정말로 고맙네. 어쩐지 자네 해석이 맘에 드네. 우리 연구소에서 이미 황충에 대한 이미지로 썬더 개발을 착수한 것도 하나님께서 보실 때에 잘한 일이겠어. 하 여튼 하나님의 명령이니까 그대로 실행해 보겠네."

"와, 자네야말로 하나님께 선택받은 사람이 맞네그려. 하이디에게 '이마에 하나님의 인 받지 않은 사람들을 골라 혼내주어라.' 하는 명령을 하면 그대로 따라 줄까?"

"물론 그런 명령을 하이디에게 입력시키면 가능하겠지만 문제는 하나님의 인 받은 사람인지 아닌지를 어떻게 판별해 낼 수 있을지가 관건일세. 그런데 말이오. 하나님의 인은 영적인 것인데 하나님의 인을 받은 사람인지 아닌지를 분별하는 방법이 있을까?"

"그래요. 하나님의 인을 받은 사람인지 감지해야 한다면 어떻게 하지? 잘 모르겠는걸."

"피터 목사가 모르면 어떻게 한다?"

"하이든 박사, 이럴 땐 하나님께 기도하여 물어보는 방법이 있어요."

"난 기도해도 하나님의 응답을 받아 보질 못해서 그런데 어쩌지."

"아무튼 나도 기도할게. 함께 20일 정도 새벽 기도회에 나가 기도해 보면 어떨까."

"좋아요. 피터 목사님이 말한 대로 새벽 기도회에 나갈게."

"그렇게 하세. 살아 계신 하나님께서 반드시 답을 해 주실 걸세."

막상 20일 동안 새벽 기도회에 나간다고 약속은 했으나 쉬운 일은 아니었다. 하이든 박사는 비서진에게 사는 집 근처 교회를 물색해 보라고 하고 새벽 기도 시간도 알아보라고 했다.

비서는 집 근처에 비전침례교회가 있다고 하였고 새벽 기도 시간은 아침 6시라고 한다.

하이든 박사는 새벽 기도회에 나가기 위해 저녁 10시에 취침하고 새벽 5시 반에 기상하기로 모든 하루 일정을 조정하였다.

며칠 후 피터로부터 전화가 왔다.

"하이든 박사, 나요."

"반가워요. 피터 목사."

"새벽 기도회는 잘 다니고 있겠지?"

"그럼."

"다름이 아니라 내일 하나님의 인 가진 천사를 만나러 가려고 하네. 오후 4시경인데 시간을 낼 수 있을까?"

"가만있자. 일정표를 볼게."

하이든 박사는 비서에게 내일 일정을 체크하라고 했다. 카이스트에 오후 3시에 강의가 있었다. 강의시간을 금요일로 옮기기로 하고 내일 오전 11시에 인침 받기로 피터 목사와 약속을 하였다.

다음날 오전 10시에 피터 목사가 승용차를 직접 몰고 하이든 박사의 연구실로 왔다.

"피터 목사 어서 오시게."

"오늘 드디어 자네가 이마에 하나님의 인을 받게 되었네. 축하드리네.”

“인 가진 천사라면 우리 눈에 안 보일 텐데 어떻게 만나지?”

“전혀 걱정할 것 없어요. 천사를 직접 눈으로 보는 하나님의 사람이 있고 그분이 악수할 때 인 가진 천사가 함께 악수한다네.”

“그러면 천사와 악수만 해도 이마에 하나님의 인을 받는다는 말이로군.”

“그렇지. 실제로는 천사와 악수를 할 때 성령께서 천사를 시켜서 몸 안에 들어 있는 가라지—사단, 마귀—를 모두 뽑아내 주고 동시에 인 가진 천사가 이마에 인을 찍어 주고 머리끝부터 발끝까지 전신 갑주를 입혀 준다네.”

“아니, 전신 갑주라면 어디에서 읽었는데.”

“에베소서 6장 11절에 하나님의 전신 갑주를 입으라고 말씀했는데 이마에 하나님의 인을 받을 때 전신 갑주를 입혀 주고 세마포도 입혀 준다네.”

“그러니까 이마에 인을 받을 때 몸 안에 마귀들을 모두 뽑아내 주고 전신 갑주도 입고 세마포도 입게 된다면 이보다 더 큰 축복은 없겠는걸.”

“그렇지. 바로 그거야. 인을 받을 때 그야말로 위로부터 하나님께서 엄청난 은혜를 쏟아 부어 주신다네.”

“그렇게 생각이 되네. 하여튼 가 보세.”

두 사람은 피터 목사의 승용차를 타고 비교적 가까운 거리에 있는 에스더교회에 30분 만에 도착하였다.

에스더가 두 사람을 반갑게 맞이해 주었다. 피터는 하이든 박사에게 먼저 와 있던 데이비드를 소개하였고, 이어서 하이든 박사를 소개하였다. 피터가 이마에 하나님의 인을 받는 의미에 대하여 설명해 주었다.

피터가 말하였다. "데이비드 님이 하나님의 인 받는 요령에 대하여 설명해 주시지요."

"박사님이 저와 악수를 할 때 인 가진 천사의 손이 내 손바닥 위에 함께 하면서 악수를 하려고 합니다. 악수를 하는 동안 제가 '예수 그리스도의 이름으로 사단아 물러나라.'라고 기도하면 그때 천사가 이마에 인을 찍어 줍니다. 바로 '아멘.' 하시기 바랍니다."

이때 하이든 박사가 말하였다.

"아 그렇군요. 눈에 보이지 않는 천사와 그렇게 악수를 하는군요. 너무 재미있어요. 아무튼 천사와 악수를 해 봅시다. 어떤 느낌은 없겠지요?"

하이든 박사가 피터 목사를 보며 함께 웃었다.

이리하여 하이든 박사는 데이비드 장로, 또 천사와 악수를 하였으며, 천사가 이마에 하나님의 인을 찍어 주었다. 이때 하이든 박사는 힘찬 소리로 "아멘." 하였다.

피터 목사가 하이든 박사에게 말하였다.

"하이든 박사님, 하나님의 인침도 받고 전신 갑주와 세마포도 입으셨으니 참으로 축하드려요. 한 가지 더 드릴 말씀은 하나님의 인을 받자마자 인 받은 사람의 명단이 곧바로 천국 백성의 호적과 같은 생명책 명단에 수록이 되어요."

이 말을 듣자 하이든 박사가 물었다.

"네? 그럼 오늘부로 제가 정식으로 천국 백성이 된 것이고 세마포도 입었고 제 이름이 생명책이라는 호적에 올라갔다는 말씀이지요? 주님 감사합니다."

"그렇지요. 주 예수 그리스도의 이름으로 축복해요."

성령의 불을 받고 얼굴이 다소 붉어진 하이든 박사가 감격해하면서 말하였다.

"할렐루야. 나는 피터 목사님만 따라왔는데 이런 엄청난 축복을 받다니 정말로 주님께 감사합니다."

마침 점심때가 되어 에스더교회 근처 한식점에 가서 점심을 들기로 하였고 점심은 하이든 박사가 샀다. 식사 중에 하이든 박사는 계시록 9장에 대하여 인 가진 마리아엘 천사에게 질문을 많이 하였고 만족할 만한 답을 받았다.

식사 후, 연구소로 돌아오는 동안 승용차 안에서 하이든 박사와 피터 목사는 여러 이야기를 나누었다.

"피터 목사, 오늘 이마에 인 받을 때 물어보려고 했는데 말이야. 계시록 9장 4절에 보면 황충에게 이마에 인 받지 않은 사람만 해하라고 했는데 자네 생각에는 황충이 하나님 편인가 아니면 사단의 편일까?”

“글쎄, 내 생각에는 황충은 하나님의 편일 가능성 많아요.”

“그럼 황충은 사람이 아니고 인조인간인데 말이오. 어떻게 이마에 하나님의 인을 받지 않은 사람들을 분별해 낼 수 있느냐 말이오.”

“그러게 말이오. 나도 이 문제를 놓고 기도할 테니까 자네도 기도해 보게나.”

“알았네. 나도 새벽에 나가면 그 문제를 놓고 기도해 볼게.”

피터 목사는 하이든 박사를 그의 연구소에 내려 주고 돌아갔다.

하이든 박사는 그의 연구실에 들어가자 조용히 눈을 감고 하나님께서 인을 받게 해 주신 일에 대하여 감사 기도를 한 후, 명상에 잠겼다.

잠시 가족 모두가 이마에 인침 받고 구원 얻게 해 달라고 기도하다가 의자에 앉은 채로 잠이 들었다. 생시인지 꿈인지 잘 구분이 안 되지만 하늘에서 음성이 들려왔다. “오하라야!”라고 자신의 이름을 부르지 않는가! 깜짝 놀라서 하이든 박사는 땅에 엎드렸다. 그랬더니 흰옷을 입은 젊은 청년이 나타나 말하였다.

“오하라야! 너는 오늘부터 내가 하는 말을 듣고 순종하여라. 앞으로 황충을 개발할 때 하나님의 인 받은 성도는 가만두고 인 받지 않은 사람들은 5년 동안 혼내 주어라.”

“네 그렇게 프로그램을 만들어 황충에게 넣어 주겠습니다. 순종하겠습니다. 한 가지 질문해도 됩니까?”

“그래 말해 보아라.”

“사람의 이마에 인 받은 사람인지 아닌지 어떻게 검사하지요?”

“그것은 황충의 이마에 적외선 카메라를 장착하여 사람의 이마에 향하게 하면 천사들이 나타나 모니터에 하나님의 인 모양을 표시해 줄 것이다. 내가 말한 대로 순종할지니라.”

“네. 아멘! 아멘!” 하이든 박사가 큰 소리로 아멘이라고 외치자 비서가 급하게 들어와 하이든 박사를 흔들며 깨웠다.

“소장님! 소장님!”

“응. 내가 잠들었던가?”

“네. 소장님.”

“가만있자. 내가 너무 중요한 꿈을 꾸었어. 꿈 내용이 너무 생생하네. 김 비서, 내가 꾼 꿈을 메모할 테니까 얼른 종이를 갖다줘요.”

“네, 소장님.”

하이든 박사는 꿈 내용을 메모한 후에 피터 목사에게 전화를 하였다.

“피터 목사요? 전화해도 좋은 시간인가?”

“좋아요.”

"내가 말이오. 잠시 의자에 앉아서 졸다가 비몽사몽간에 꿈을 꾸었는데 너무 특별한 꿈이오. 지금도 생생해서 말이오."

"오후에 꿈을 꾸었다면 무슨 꿈인데 그러는가?"

"내가 꾼 꿈에 대하여 해몽 좀 해 줘요. 다름이 아니라 꿈에 한 청년이 나에게 나타나서 내 이름을 불렀어. 그리고는 나에게 하는 말이 황충을 개발할 때 하나님의 인 받은 성도는 살리고 인 받지 않은 사람들은 지금으로부터 5년 동안 혼내 주라고 말씀하셨어."

"아니 정말인가? 꿈속에서 자네에게 천사가 나타난 것일세. 인 받은 성도는 살리고 인 받지 않은 성도들은 혼내 주라고 말을 했다면 하나님이 자네에게 황충을 개발할 때 그렇게 프로그램을 짜 넣으라는 말일세."

"그런데 말이오. 하나님께서 왜 하필 5년 동안만 괴롭히라고 했을까?"

"그건 말이오. 계시록 9장 5절에 보면 인을 받지 않은 사람들을 죽이지 말고 다섯 달 동안 괴롭게 하라는 말씀이 있어요. 여기에 기록한 대로 다섯 달이라면 5년으로 해석을 하니까 근거가 있는 말이오."

"그렇군. 아무튼 내가 한 기도는 응답을 받은 걸까?"

"그렇지. 자네는 오늘 하나님의 음성을 들었어요. 그래서 자네가 어떻게 대답을 했던가?"

"그럼 순종하겠습니다, 그랬지."

"잘했네."

"그런데 하나님에게 한 가지 매우 중요한 질문을 했었지. 사람들의 이마에 찍힌 하나님의 인을 어떻게 감지할 수 있느냐고 물었다네."

"그래? 무슨 대답을 하시던가?"

"하나님이 나에게 답을 해 주셨어. 적외선 카메라로 사람의 이마를 향하여 촬영하면 천사를 시켜서 하나님의 인을 모니터에 볼 수 있게 해 준다고 그랬어."

"할렐루야! 하이든 박사, 맞네. 하나님께서 천사를 시켜서 황충 로봇에게 사람의 이마에 하나님의 인이 있는지 없는지를 보이게 해 준다는 말이로군 그래. 정말로 축하드리네."

"고맙네. 꼬리에 적외선 카메라가 장착된 황충 로봇을 그대로 개발해 볼게."

"할렐루야!"

"피터 목사, 나에게 들은 꿈 이야기를 아무에게도 말하지 말고 비밀로 지켜 주면 좋겠네."

"걱정하지 말게. 자네와의 약속을 꼭 지킬게."

다음 날 하이든 박사는 연구소 전체 연구원들과 함께 인조인간인 황충 개발의 방향에 대하여 협의에 들어갔다. 하이든 박사는 연구원들과 함께 계시록 9장 7~10절을 함께 읽은 다음, 황충의 모양에 대하여는 성경에 나와 있는 그대로 만들기로 하고 개선할 점에 대하여 의견을 들었다.

연구원들의 의견을 종합한 결과 다음 세 가지 사항을 보완하기로 결정하였다. 첫째, 등에 두 날개를 달고 개폐식으로 한다. 둘째, 황충이 공중으로 날아다닐 수 있도록 하고 동력 에너지를 강화한다. 셋째, 꼬리를 달아 움직이게 하고 꼬리에 소형 적외선 카메라를 달고 꼬리에서 화학 무기나 소형 무기를 발사하도록 한다.

위의 세 가지 사항에 대한 추가 개발을 위해 세 개 팀으로 조직하여 새로 연구에 박차를 가하도록 하였으며, 전체 연구 기간은 6개월로 정하였다.

하이든 박사는 연구원들에게 우선 한 달 내로 각 연구팀별로 구체적인 개발 계획서를 제출하게 하고 필요한 개발 비용도 산출하라고 지시하였다.

그로부터 한 달 후에 하이든 박사는 자신의 옴니파워 연구소를 지원하고 있는 월드피스 연구재단의 사무총장을 만나 사업계획서를 제출하고 특별 연구비 지원을 요청하였다.

다행하게도 사무총장은 인공지능 로봇 연구에 관심이 많은 인물인지라 연구비 지원에 매우 긍정적인 반응을 보였다. 열흘 후에 월드피스 연구재단으로부터 연구비 신청이 통과되었다는 통보가 왔다.

하이든 박사가 가장 심혈을 기울여 연구하고 있는 영역은 어떻게 하면 강력한 프리 에너지를 황충에게 장착하여 공중에서 빠른 속도로 날 수 있느냐에 있었다.

일본이나 프랑스 등 여러 나라에서 인공지능 로봇 연구의 흐름은 사람과 유사한 사고를 하고 감정을 표출하는 인조인간을 만드는 데 중점을 두고 있었다.

반면에 하이든 박사의 인조인간에 대한 연구는 다른 나라에서 수행하는 연구뿐만 아니라 공중을 나는 기능을 갖는 인조인간을 연구하고 있기 때문에 다른 나라에 비하여 가장 앞서가는 연구를 하고 있었다.

마침 과학기술대 샤론 박사에게서 전화가 왔다.

"샤론 박사님 반가워요."

"네. 잘 계시지요? 지난번에 말씀드린 대로 하이디가 제 강의에 청강생으로 올 수 있게 되었어요."

"네, 감사드립니다. 강의 시간이 언제 있지요?"

"목요일 10시 강의인데요."

"네 그럼 다음 주 목요일 오전 9시 40분까지 하이디를 보낼게요. 항상 고마워요."

하이든 박사는 소장실로 급히 하이디를 불렀다.

"하이디 어서 와요. 여기 내 옆에 앉아요."

"네, 소장님 안녕하세요?"

"그래요. 하이디와 상의할 일이 있어요."

"말씀하세요."

"다름이 아니라 과학기술대학 샤론 박사 알지요?"

"네 지난번에 우리 연구소에서 만났지요."

"그래요. 매주 목요일 오전에 샤론 박사님 만날 일이 생겼어요."

"아, 좋아요. 소장님."

"그냥 만나는 것이 아니라 샤론 박사님의 강의시간에 하이디는 청강생으로 가서 매번 강의를 듣고 오면 돼요."

"청강생이라면 정식 대학원생이 아니라는 말이네요."

"맞아요. 정식 학생은 아니지만 샤론 박사님이 대학원 학생들과 똑같이 대우해 줄 거예요."

"네, 알았습니다."

"그러나 대학원생들은 박사과정이니까 하이디가 그들과 대등하게 토론도 하고 연구도 한다면 크게 도움이 될 거예요."

"네, 제가 준비를 잘하겠어요."

하이든 박사는 하이디와 대화를 나누는 동안 하이디의 음성이나 표정이 보통 사람과 너무 유사하여 내심 놀라게 되었다. 인공지능을 갖춘 하이디가 점차 사람과 유사하게 변하고 있기 때문이다.

하이디는 소장님에게 감사 인사를 하고 방에서 나왔다.

하이디가 과기대에서 강의를 들을 수 있는 목요일 아침이었다. 하이디는 콧노래를 부르며 가벼운 화장을 한 후, 파란색 투피스로 정장을 하고 거울을 보았다. 하이디가 방긋 웃음을 지으며 스스로 만족해하였다.

하이디는 소장님에게 다녀오겠다고 인사를 하고 김철수 박사가 대기하고 있는 승용차에 탔다.

"하이디, 과기대로 안내하면 되지요?"

"네, 박사님 수고해 주세요."

"오늘 하이디가 대학원 학생이 되었는데 축하드려요."

"저는 정식 학생도 아니고 청강생인데요. 무얼요."

"아무나 과기대에서 박사과정 청강생으로 받아 주진 않아요."

"네, 그렇겠지요?"

"그럼요. 아마 하이디가 청강생으로 강의 듣는다는 사실이 알려지면 언론에서 대서특필할 거예요."

"제가 그렇게 대단한 존재이군요."

"그렇지요. 우리 연구소의 자랑이고."

"아무튼 제가 잘할게요."

"내가 부탁드리고 싶은 것은 청강생이니까 강의를 열심히 듣는 일이 중요하고 먼저 나서서 얘기하지 말고 교수님이나 누가 묻는 말에 성실하게 대답을 하면 좋겠어요."

"네, 그렇게 할게요."

김 박사와 하이디가 이야기를 나누는 동안 어느새 과기대에 도착하였다.

김 박사는 과기대 휴게실에서 대기하기로 하고 하이디는 샤론 박사 연구실로 직접 가서 만나기로 하였다.

하이디가 샤론 박사 연구실에 들어서자 샤론 박사가 반갑게 맞이해 주었다.

"하이디! 반가워요. 어서 와요."

"교수님 저를 불러 주셔서 감사드립니다."

"이제 하이디가 가진 인공지능의 수준이 높긴 하지만 여기에서 한 단계 더 도약해야 하지 않을까요?"

"네 교수님 저를 높게 평가해 주셔서 감사드려요. 앞으로 많은 도움을 받고 싶어요."

"그래요. 하이디에게 부탁드릴 것은 청강생이지만 나는 하이디를 다른 학생과 똑같이 대할 겁니다. 다른 대학원생과 함께 토론도 하고 과제물 제출도 하고 발표도 하고 할 수 있지요?"

"네, 교수님 노력할게요. 저에게는 대학에서 있었던 논문이나 토론 자료들이 매우 많으니까 충분하게 커버할 수 있을 겁니다."

"그래요. 기대해 볼게요."

샤론 박사와 하이디가 강의실에 들어서자 수강하는 대학원생들이 내심 크게 놀랐다. 걷는 모습이나 표정이 영락없이 사람과 닮았기 때문이었다.

샤론 박사가 하이디를 소개하였다.

"오늘 여러분에게 새로 들어온 청강생으로 하이디 양을 소개합니다. 박수로 환영해 주세요."

여러 사람의 환영을 받자 하이디는 두 번이나 허리를 약간 굽혀서 인사를 하였다.

"하이디, 인사말을 해야지요."

"반가워요. 제 이름은 하이디라고 합니다. 저를 같은 공동체 일원으로 받아 주시면 감사하겠습니다."

다시 한번 박수를 받았다.

"하이디, 빈자리에 앉아요."

하이디가 두리번거리자 어떤 남자 한 사람이 손짓하여 부르고 있다. 가까이 가 보니 아는 얼굴이었다.

"하이디 반가워요. 이리로 와서 앉아요. 제가 누군지 아시지요?"

"네, 이제 보니 김한국 박사님이군요."

하이디는 비스트엑터 연구소의 김한국 박사 곁에 앉았다. 샤론 박사는 강의를 시작하였다.

"이번 학기 강의 주제는 '인조인간에게 효과적인 인공지능 적용 방안'인데요. 오늘을 포함해서 앞으로 3주면 1학기 강의가 끝납니다. 오늘은 가나다순으로 세 사람이 발표하고 다음 두 주간에도 3명씩 발표하기로 하겠습니다. 이번 학기 필기시험은 없고 발표 내용을 중심으로 평가하도록 하겠습니다."

김한국 박사가 앞으로 나가더니 발표할 자료의 요약을 모인 사람들에게 나누어 주었다.

김한국 박사의 발표 내용은 아래와 같다.

"인조인간이 갖는 인공지능은 지적인 영역이나 사고력에 있어서 인간의 수준을 뛰어 넘을 것이고 음악이나 미술의 창조

영역에는 부분적인 접근이 가능하다. 그러나 인간이 갖는 감각이나 희노애락의 감정 등 감성에 속한 영역은 한계가 있다. 본인이 관심을 갖고 있는 부분은 인조인간이 갖는 차거나 덥거나 뜨거운 감각의 영역에 대한 연구를 집중하고 있다.”

다른 두 사람의 발표를 들어 보았으나 본인들이 현재 연구를 하고 있는 계획을 발표하는 수준에 불과하였다.

하이디는 연구소로 돌아오면서 어떻게 하면 인공지능을 더 발전시킬 수 있을까에 대하여 골똘하게 생각하고 있었다.

차안에서 김 박사가 하이디에게 물었다.

“하이디, 무슨 생각을 깊게 하고 있어요?”

“김 박사님, 오늘 강의 주제는 ‘인조인간에게 어떻게 하면 효과적인 인공지능을 갖게 하느냐’에 있었어요. 그런데 제가 볼 때에는 아직 연구의 초보 단계일 뿐이어서 다소 불만스러웠어요.”

“사실 우리 연구소에서도 인공지능에 대한 연구를 집중하고 있는데 차라리 하이디가 더 좋은 방안을 내놓으면 어떨까요?”

“네, 그렇게 할게요. 현재 세계 각국에서 연구하고 있는 인공지능 연구 자료를 검토해 볼게요.”

“그래요. 기대할게요.”

하이디는 연구소에 도착하자 컴퓨터에서 ‘인공지능 효과적인 적용 방안’에 대한 연구 자료 수십 편을 수집하여 저장하였다.

각종 연구 보고서를 검토해 보았으나 역시 그 중에서 과기대 샤론 박사가 쓴 보고서가 가장 마음에 들었다.

✦ 황충이 인 받지 않은 사람을 해치다

하이든 박사가 이끄는 세 개의 연구팀은 아무런 어려움 없이 제대로 연구를 잘 진행해 나갔다.

썬더에게 공급하는 강력한 프리 에너지 개발은 의외로 쉽게 해결되었다. 온 세계에 프리 에너지를 독점으로 공급하는 한국의 K-CAP 에너지Energy 업체에서 업그레이드된 프리 에너지 동력 시스템이 출시되었기 때문이었다.

다음으로 썬더의 가슴이나 등에 날개를 설치하는 일은 하지 않기로 하였으며 두개의 팔에 긴 날개를 달기로 하였다. 두 날개의 역할은 몸체의 균형을 유지하고 위로 상승하거나 하강하는 기능을 하도록 하는 데 있었다.

꼬리 부분을 상하좌우로 자유롭게 움직일 수 있도록 하였고 꼬리 끝에는 하나님의 인 받은 사람들을 검색하기 위하여 초정밀 적외선 영상 센서가 부착된 적외선 카메라를 장착하였다. 그리고 꼬리에서 매우 작은 독침을 동시에 수백 발을 발사할 수 있도록 하였으며, 독침 종류로는 신경 마비용 독침과 병을 앓게 하는 바이러스 독침 등 여러 종류를 개발하여 썬더에 장착하였다.

그해 9월 30일은 인공지능 황충 모양의 썬더가 제1차 시범 비행을 하는 날이었다. 이날 아침 10시에 썬더의 시범 비행에는 하이든 박사의 친구 피터 목사만 모시고 비공개로 진행하기로 하였다.

하이든 박사가 이끄는 연구원 여섯 명은 연구소 전용 미니버스에 탔고, 하이든 박사와 피터 목사는 승용차에 탔으며 썬더를 미니버스에 함께 싣고 남양주 방향으로 달렸다. 물론 썬더 안에는 하이디가 들어 있었다. 그리고 몸집이 작은 돼지 두 마리를 짐칸에 실었으며, 이 돼지는 썬더로부터 레이저와 독침을 받게 할 작정이었다.

남한강 변을 따라 퇴계원 쪽으로 가다가 외딴 야산이 나오자 골짜기로 들어갔다. 썬더가 버스에서 내리자 몇 걸음 걷기 시작하였다.

썬더가 오른손을 들면서 말하였다.

"소장님, 피터 목사님, 안녕하세요. 썬더가 인사드려요."

"하이! 썬더, 오늘은 훈련을 하는 날이니까 실력 발휘해 주세요."

"네, 소장님, 명령만 내려 주십시오."

"자, 그럼 먼저 썬더가 지니고 있는 장비와 무기가 무엇인지 소개해 주세요."

"네, 저는 수많은 인조인간 중에 성경에 나오는 황충을 닮았다는 점에서 유일합니다. 특히 저에게는 날개가 달려 있어서 혼자서 공중을 날 수 있고 꼬리가 달려 있는 점이 매우 특이하다고 할 수 있습니다."

여기까지 듣고 있던 하이든 박사가 오른손을 들고 하이디에게 말하였다.

"자, 하이디. 좋아요. 지금 날개를 펴고 한 바퀴 제 자리에서 빙그르 돌아보고 꼬리를 좌우로 흔들어 봐요."

하이디는 하이든 박사가 말한 대로 오른쪽으로 빙그르 돌면서 두 날개를 폈다가 접기도 하였다. 그리고는 꼬리를 위아래로 흔들다가 좌우로 움직였다.

하이든 박사가 소리쳤다.

"하이디, 이제는 공중으로 수직 위로 올랐다가 공중을 서너 바퀴 돌다가 와요."

"옛! 박사님."

하이든 박사의 명령이 떨어지자 하이디는 "수직 위로 고우!"라고 소리 질렀다.

그러자 썬더의 발바닥에서 굉음과 함께 강한 바람이 나오더니 썬더가 서서히 위로 떠올라 갔다. 썬더는 위로 올라가면서 두 날개를 펴더니 유유히 공중을 선회하며 오른손을 들어 올려 신호를 하였다.

이때 하이든 박사는 하이디에게 말하였다.

"하이디, 돼지 한 마리를 놓아 보낼 테니 레이저로 공격해 봐요."

곁에 있던 김 박사가 돼지를 놓아 보냈더니 산으로 도망치고 있었다. 이때였다. 썬더가 달리는 돼지를 향하여 두 팔을 내밀고 레이저를 발사하자 돼지는 곧장 쓰러지더니 숨이 끊어졌다.

그러자 하이든 박사와 피터 목사와 연구소 직원들이 다 같이 박수를 보냈다.

다음에는 하이든 박사가 다시 하이디에게 지시하였다.

"하이디, 잘했어요. 레이저 공격은 명중이에요. 이번에는 여기에 서 있는 여덟 사람 중에 누가 이마에 하나님의 인을 받은 사람인지 검색해 보세요."

"네, 박사님 적외선 영상 센서가 설치된 적외선 카메라를 가동해 보겠습니다. 이런 일에는 천사의 도움이 필요합니다. 천사가 도와줄까요?"

"하이디 지금 수십 명의 천사들이 여기에 함께하고 있어요. 영 분별기에 하나님의 인이 보이지 않거든 천사에게 도와달라고 말해요. Help me, angel."

"네, 박사님. 천사에게 도와달라고 말할게요."

썬더가 거기에 서 있는 사람들의 주위를 선회하며 꼬리에 달린 영 분별기인 적외선 카메라를 사방으로 움직여서 사람들의 이마를 검색하였다. 이때 하이디가 "Help me, angel."이라고 말하였다.

그러자 초정밀 적외선 카메라에 빨간색을 띤 동그란 모양이 나타났으며 그 안에는 십자가가 들어 있었다.

하이디는 너무 반가운 나머지 소리쳤다.

"박사님 이마 중앙에 빨간색을 띤 동그란 모양이 나타났어요. 동그라미 안에는 십자가 모양이 있어요."

"하이디, 정말이지요? 천사가 도와주었어요. 할렐루야."

"네, 박사님."

"하이디, 누구의 이마에서 하나님의 인이 보이지요?"

"네. 피터 목사님과 소장님 두 분의 이마에서만 보였어요."

"맞아요. 할렐루야 주님 감사합니다. 하이디 이제 돼지를 놓아 보낼 테니까 신경가스 독침을 발사해 봐요."

"네, 박사님."

김 박사가 다시 돼지 한 마리를 풀어 놓았다. 돼지는 수풀 속으로 걸어 들어가고 있었다. 썬더가 멀리 한 바퀴 선회하더니 썬더의 꼬리가 계속 사방으로 움직이다가 신경가스 독침을 발사하였다.

돼지가 넘어져 쓰러지자 그곳에 모인 사람들이 박수를 보냈다. 썬더가 잠시 공중에서 멈추어 서 있다가 서서히 수직으로 내려왔다.

썬더는 오른쪽 손을 들고 하이든 박사에게 보고하였다.

"소장님, 오늘 임무 완료했습니다."

"하이디 수고했어요. 대성공이야."

모두가 박수로 치며 연호하였다.

하이든 박사는 김 박사에게 말하였다.

"김 박사, 오늘 점심은 예약이 되어 있지요?"

"네, 소장님. 말씀하신 대로 멧돼지 바비큐집입니다."

"좋아요. 좋아. 그리로 갑시다."

죽은 돼지 두 마리를 음식점에 주기로 하고 멧돼지 바비큐를 주문하였다. 바비큐를 요리하는 시간이 한 시간 이상은 걸리므로 그동안 오늘 있었던 일에 대하여 평가를 하기로 하였다.

먼저 하이든 소장이 인사말을 하였다.

"오늘은 참으로 우리 연구소에 새로운 전기를 마련한 매우 중요한 날입니다. 이 자리에 오신 피터 목사님께 감사를 드립니다. 그리고 그동안 오늘이 있기까지 애써 주신 여러 연구원들에게 감사를 드립니다. 피터 목사님 오늘 보신 소감이 있으시거든 한 말씀 하시지요."

"네, 오늘 저는 썬더가 활동하는 모습을 보며 참으로 놀라움을 금할 수 없었어요. 영화 속에서 볼 수 있는 대로 공중을 나는 로봇을 실제 모습으로 재현하신 여러분의 노고에 큰 박수를 보냅니다."

"맞아요. 그렇지요. 저도 공중을 마음대로 날아다니는 로봇을 상상하며 매일 꿈을 꾸었는데 그 꿈이 실현되었어요. 우리가 해냈어요."

"그리고 한 가지 더 말씀드린다면 썬더가 사람의 이마에 찍힌 영적인 하나님의 도장을 분별해 내다니 정말로 깜짝 놀랐어요."

이때 연구 책임자인 김철수 박사가 화답하였다.

"그렇습니다. 피터 목사님, 썬더가 천사의 도움으로 이마에 찍힌 하나님의 인을 구별해 낸 일은 기적 같은 일이지요. 저와 같이 예수를 믿지 않는 입장에서 본다면 어리둥절하고 도무지 믿기지 않는 일이지요."

하이든 박사가 만면에 웃음을 띠며 말하였다.

"그래요. 이마에 찍힌 하나님의 영적인 도장을 감별할 때 천사가 도와주었다는 일은 기적적인 일입니다. 이러한 일은 썬더가 활동할 때마다 하나님이 우리와 함께하며 도와주신다는 뜻입니다."

다시 피터 목사가 말하였다.

"참으로 신기한 일이오. 한 가지 더 궁금한 것은 아까 꼬리에서 발사한 독침으로 돼지가 죽고 말았는데요. 한동안 아프게 하고 고통만 주는 그런 독침도 있나요?"

이때 하이디가 대답하였다.

"제가 대답할까요?"

"그래요, 하이디."

"독침에 두 종류가 있어요. 하나는 적색형 독침으로 신경가스가 들어가 있어서 이걸 맞으면 몇 분 내로 죽어요. 다른 하나는 바이러스가 들어가는 있는 청색 독침으로 이걸 맞으면 5년 정도 독감 같은 심한 병을 앓아요."

"알겠어요. 하이든 박사님, 그럼 성경에 나온 대로 황충이 이마에 하나님의 인을 받지 않은 사람들을 병들게 하려면 청색 독침을 발사하면 되겠어요."

"맞아요. 다음으로는 여러 연구원들의 의견을 듣고 싶네요. 잘한 것이나 개선할 점이 있는지 말씀해 주세요."

먼저 김 박사가 말하였다.

"우리가 개발한 썬더의 핵심 기술은 외부의 아무런 연료 공급 없이 거의 몇천 킬로미터라도 이동할 수 있는 프리 에너지 시스템에 있어요. 오늘 썬더는 50미터 높이에서 겨우 1킬로미터 정도 비행을 했는데요. 1,000킬로미터 이상 원거리를 운행하여 장거리 운행에 대한 검증이 중요해 보입니다."

"맞아요. 좋은 지적입니다. 내일이라도 썬더의 제주도 왕복을 시도해 보고 다음에는 일본에도 다녀오도록 하는 계획을 세우도록 하세요."

"네, 소장님."

"다른 분들 의견이 있을까요?"

제2연구팀을 이끌고 있는 이전진 박사가 손을 든 후, 말하였다.

"현재 썬더에 내장된 레이더는 소형 선박에서 사용하는 레이더입니다. 보다 더 정밀한 레이더 장착이 시급해 보입니다."

"그래요. 나도 잘 알고 있어요. 이 문제는 차차 개선하도록 할게요. 또 다른 의견이 있나요?"

이번에는 제3연구팀장인 오화평 박사가 물었다.

"소장님, 저는 썬더 개발에 참여하면서 큰 자부심을 가지고 있습니다. 세계에서 가장 뛰어난 성능을 가진 AI 인조인간을 개발했다는 자부심 말입니다. 소장님을 더 존경하게 되었습니다. 제가 가지고 있는 의구심은 우리의 황충 썬더가 왜 하나님의 인 받지 않은 사람들을 공격하고 병들게 해야 하는지요? 썬더는 하나님 편입니까? 적그리스도 편입니까?"

"좋은 질문이오. 이 질문에 대한 답은 피터 목사님이 해 주시면 어떨까요."

"네, 제가 답을 해 볼게요. 썬더는 분명하게 하나님 편입니다. 왜냐하면 하나님의 인 받지 않은 자들을 해하라는 말씀은 곧 하나님의 명령이니까요. 그리고 썬더는 악한 자를 물리치고 하나님 편에 속한 선한 사람들을 보호해 주는 정의의 사자입니다."

피터 목사의 말이 떨어지자 하이디가 소리쳤다.

"와, 나는 악을 물리치고 정의의 칼을 든 정의의 사자다."

"하이디, 맞아요. 정의의 사자."

"피터 목사님께 한 말씀 더 질문을 드릴게요. 황충인 썬더의 적은 누구일까요?"

"지금은 종말이 가까운 때라. 조금 있으면 하나님 편에 속한 사람과 사단의 편에 속한 사람 두 종류의 사람으로 나누어질 겁니다. 하나님 편에 속한 사람들은 하나님께서 하나님의 도장을 이마에 찍어 준 사람들이고, 다른 편은 사단이 사람의 몸 안에 생체칩을 이식하여 사단의 소유라는 표를 받은 사람들이지요. 그러니까 썬더의 적은 사단이지요."

"그렇다면 우리 연구소에서 하는 일도 또 썬더의 모든 활동도 하나님 편에서 일하는 셈이군요."

"맞아요. 그렇지요."

서로가 진지하게 대화를 나누는 동안 멧돼지 바비큐는 맛있는 냄새를 풍기며 식욕을 자극하였다. 하이든 소장은 샴페인을 흔들어 딴 후에 모두의 잔에 샴페인을 따라 주고 건배를 제안하였다.

"정의의 사수를 위하여, 하나님의 영광을 위하여 건배!"

"건배! 건배!"

이날 제1차 썬더의 시범 비행은 대성공이었다. 하이든 박사 일행은 식사 후 매우 만족한 마음으로 연구소로 돌아왔다.

다음날 아침 10시 회의실에서 간부 회의를 가졌다. 이날 회의에서 썬더의 장거리 비행 계획을 수립하였다. 우선 오늘 회의가 끝나는 대로 썬더를 연구소와 주변에 있는 산을 10회 정도 선회하며 비행하도록 하였다.

다음에는 연구소와 인천 선착장 사이를 4회 왕복을 하게 하고, 그리고 연구소와 전라남도 고흥에 있는 우주선 발사대 전시장 구간을 2회 왕복을 하도록 할 계획이다.

연구소와 주변 산 구간의 시범 비행은 제1연구팀의 김철수 박사팀이 주관하여 추진하였고, 연구소와 인천 선착장 사이의 시범 비행은 제2연구팀의 이전진 박사팀이 주관하여 추진하였으며, 그리고 연구소와 고흥 우주선 발사대 간의 시범 비행은 제3연구팀의 오화평 박사팀이 주관하여 추진하였다.

금번 썬더의 세 번의 시범 비행 이후부터 각국 언론에 알려서 대대적으로 홍보하기로 하였다.

그로부터 열흘 후에 옴니파워 인조인간 연구소에서는 '하늘을 나는 인조인간 시범 비행'이라는 제목으로 보도 자료를 발표하였다. 보도 자료에는 썬더의 하늘을 나는 모습을 동영상으로 소개하였다.

보도 자료를 발표한 당일 연구소 홈페이지에는 축하한다는 댓글이 5만 개 이상이나 달렸다. 하늘을 나는 인조인간은 일본과 미국에 이어서 한국이 세 번째이기 때문이다.

보도 자료에는 썬더의 시범 비행 일정이 소개되었다. 썬더의 시범비행은 9월 20일 오전 11시 상암 월드컵 경기장에서 열기로 하였다.

9월 20일 시범 비행에는 30여 개 나라 보도진이 모였고, 특히 이날에는 서울에 있는 유아원과 유치원생 원아들이 2,000명 이상이나 모였으며, 중고등학생들과 어른들이 5만 명 이상이나 모여서 큰 성황을 이루었다.

본부석 건너편에 대형 스크린이 설치되어 모인 사람들이 누구나 자세하게 볼 수 있게 하였다.

11시가 되자 흰색 오픈카가 요란한 사이렌 소리를 내며 썬더가 등장하자 관중들은 소리 지르며 환호하였다. 오픈카의 문을 열자 드디어 썬더가 모습을 드러냈다. 썬더는 본부석으로 올라왔다.

사회자로부터 썬더의 소개가 있었다.

"여러분, 대한민국의 자랑 썬더를 소개합니다. 공중을 나는 인조인간, 번개돌이 썬더!"

우뢰와 같은 박수가 터져 나오자 썬더는 양손을 들고 꼬리를 좌우로 흔들어 보였다.

여기저기서 "썬더! 썬더!"라고 외쳤다.

"이제 썬더의 인사말이 있겠습니다."

사회자의 소개가 끝나자 썬더가 마이크를 잡고 인사말을 하였다.

"저는 썬더입니다. 저를 많이 사랑해 주세요. 저는 오늘도 푸른 창공을 날며 여러분의 희망이 되고 비전이 되겠어요. 저는 대한민국을 널리 알리는 홍보대사가 되겠어요. 성원에 감사드려요. 대한민국을 사랑합니다. 여러분을 사랑해요."

썬더의 인사말을 듣자 모인 사람들이 크게 놀랐다. 사람들은 썬더의 생김새로 보아 우락부락한 남자의 목소리를 기대했다가 꾀꼬리 소리 같은 아름다운 여자 목소리에 감탄을 자아내었다.

많은 군중들이 한 목소리로 "썬더, 썬더!"를 연호하였다.

이어서 사회자가 오늘의 일정을 소개하였다.

"감사합니다. 우리 썬더를 사랑해 주셔서 감사합니다. 이제 오늘의 진행 순서를 소개합니다. 첫 번째 순서는 태권도 시범이 있겠어요. 두 번째로는 30미터 높이에 떠있는 풍선을 레이저로 터트리기, 세 번째는 새로운 기록에 도전하는 100미터 달리기, 그리고 마지막으로는 썬더의 곡예비행이 있겠습니다."

진행 순서를 소개하자 군중들이 큰 박수를 치며 환호하였다.

"여러분 이제 썬더의 태권도와 격투기 시범이 있겠습니다. 박수로 환영해 주세요."

뜨거운 박수를 받으며 썬더가 무대 중앙으로 나아갔다. 힘있게 태권도 자세를 보이며 얏! 소리를 내었다. 이어서 발차기를 보이다가 금방 격투기 자세를 하며 권투를 하다가 발차기를 하는 등 다양한 자세를 보여 주었다.

마지막으로 썬더가 5미터 높이에 고정된 작은 송판 두 장을 땅에서 뛰어오르며 오른손으로 격파하였다. 사실상 태권도 시범에서 5미터 높이까지 뛰어 올라가 격파하는 일은 흔하지 않은 일이다.

"여러분, 방금 썬더가 5미터 높이에 있는 작은 송판 두 장을 격파했습니다. 태권도에서 5미터 높이까지 뛰어 오르는 일은 처음 있는 일입니다."

모인 군중들로부터 힘찬 박수가 터져 나왔다.

"이번에는 레이저로 풍선 터트리기 순서입니다. 먼저 드론을 날려서 50미터 높이에 풍선 열 개를 매달아 띄우겠습니다."

곧이어 풍선을 매단 드론이 하늘로 올라가기 시작하였다. 하늘로 높이 올라가던 드론이 30미터 공중에 풍선을 띄우자 지상으로 돌아오고 있었다.

이때였다. 썬더가 "얏!" 소리를 내더니 양손을 내밀어 레이저를 발사하여 풍선 열 개를 정확하게 명중시켰다. 청중들의 박수가 터져 나왔다.

"여러분, 다시 한번 힘찬 박수를 보내 주세요."

청중들이 다시 우뢰와 같은 박수를 보내 주었다.

"다음에는 썬더가 본인이 보유한 100미터 달리기 세계 기록에 도전하는 달리기를 하겠습니다. 자, 오늘 100미터 달리기 경기를 진행할 국제 공인 심판진을 소개합니다. 심판 위원장이신 알베르토 씨와 심판 위원들은 자리에서 일어나 주십시오."

본부석 앞에 있던 독일 심판 알베르토씨 외 열두 명이 일어나 손을 흔들며 인사를 하였다.

썬더가 출발선 앞으로 나아갔다.

"여러분에게 인조인간 100미터 달리기 세계 신기록 도전자 썬더를 소개합니다. 오늘은 썬더가 세계 최고 기록 12초 20에 도전합니다."

소개가 끝나자 썬더가 손을 높이 들고 흔들며 답하였다. 썬더는 출발선에서 좌우로 팔을 흔들다가 출발 자세를 취하였다. 출발 소리가 나자 썬더는 양손을 앞뒤로 흔들며 힘차게 달려 나아갔다.

몸집이 큰 썬더가 뛰는 모습은 정말로 재미있는 모습이었다. 두 팔은 노를 젓듯이 좌우로 움직였고 꼬리는 성난 듯이 바짝 위로 위를 향하여 있기 때문이었다.

결승 라인에 들어온 썬더는 숨을 헐떡이거나 피곤한 기색은 전혀 없었다. 잠시 후에 전광판에 '12초 00, 비공인 세계 신기록 수립'이라는 빨간색 글자가 나타났다.

이어서 사회자의 흥분된 음성이 흘러나왔다.

"여러분 드디어 썬더가 100미터 달리기 기록에서 세계 기록에서 0.20초를 단축하고 12초 F로써 비공인 세계 신기록을 수립했습니다. 박수로 환영해 주세요."

뜨거운 박수가 터져 나오자 썬더는 양손을 들고 제자리에서 두 번 돌면서 환호에 답하였다.

"여러분 이제 마지막으로 썬더의 공중 비행 시범이 있겠습니다."

사회자의 소개가 끝나자마자 썬더는 운동장 중앙으로 달려

나가 잠시 멈추어 서더니 이내 제자리에서 떠오르기 시작하였다.

30미터 정도 위로 오르더니 공중에 멈추어 서서 양손을 위로 올리자 날개가 펼쳐졌다. 썬더는 수직으로 날아오르다가 방향을 바꿔 수평으로 날기를 하였으며 청중의 머리 위로 가까이 날기도 했다.

이어서 썬더의 꼬리에서 파란 연기가 나왔다. 공중에 파란 연기 띠가 만들어졌다.

썬더는 비행을 하는 동안 하이든 박사에게 통신을 하였다.

"하이든 소장님 오늘 너무나 기분 좋아요."

"오늘 잘하고 있어요. 굿잡."

"소장님, 사람들 머리 위로 몇 미터까지 접근할까요? 원래 입력은 15미터로 되어 있어요."

"응, 그렇지 15미터 접근이지요?"

"네, 소장님."

"중요한 것은 이마에 하나님의 인을 받지 않은 사람을 찾는 것이니까 10미터까지 접근하여 하나님의 인을 찾아봐요."

"네, 박사님, 내가 하나님의 인을 보려면 천사가 도와야 하니까 소장님이 기도해 주세요."

"OK."

하이든 박사는 썬더가 기도해 달라는 말을 하는 것을 보니 어느새 인조인간인 하이디가 크리스천 같다는 느낌을 받았다.

썬더는 하이든 박사와 통신이 끝나자마자 이내 사람들 머리 위로 10미터까지 접근하며 비행하였다. 관중들은 손을 흔들며 환호하였다.

썬더는 고도를 10미터로 유지하고 꼬리에 달린 정밀 카메라를 좌우로 움직이면서 이마에 찍힌 하나님의 인을 검색하였다. 10분 정도 비행하며 보아도 하나님의 인이 보이지 않았다. 바람돌이가 고도를 7미터로 유지하고 비행했더니 몇 사람에게서 하나님의 인을 확인하였다. 곧바로 썬더는 하이든 소장에게 통보하였다.

"소장님, 7미터 높이에서 하나님의 도장이 보여요."

"그래요. 썬더, 화이팅!"

썬더는 고도를 6미터로 낮춘 다음, 드디어 이마에 하나님의 인을 받지 않은 사람을 골라서 꼬리에서 신경가스탄을 발사하기 시작하였다. 썬더가 발사한 신경가스탄은 눈에 보이지 않고 매우 작으므로 신경가스탄을 받아도 거의 아무런 느낌을 받지 않았다.

그러나 이 신경가스탄을 받은 사람은 2, 3일 후에 감기 증세를 느끼다가 몸에 열이 발생하게 되며 온몸이 쑤시고 아프기 시작한다. 그러다가 병원에 가면 의사는 이름 모르는 열병이라고 하면서 쉽게 고칠 수 없다고 할 것이다. 이 병의 특징은 3일 동안은 고열과 대상포진 증세와 같은 고통을 받게 되며 며칠은 좋아지다가 일주일마다 다시 대상포진 증세로 심한 통증이 반복하게 된다는 점이다.

이 병은 하나님의 인을 받지 않은 사람들에게만 나타나며 약 5년 동안 큰 괴로움을 겪게 된다. 주 예수를 믿는 성도들 중에도 이마에 하나님의 인을 받지 않는다면 역시 인조인간 ―황충―을 통하여 큰 괴로움을 받게 될 것이다.

9월 20일 썬더의 첫날 시범 비행 때에 이마에 하나님의 인을 받지 않은 사람들 중에 썬더를 통해 신경가스탄을 받은 사람은 1만 명에 달하였다.

시범비행이 끝난 후 썬더는 관람객 주위를 3회 비행하다가 다시 본부석 무대 위로 돌아왔다.

사회자가 마지막 인사말을 하였다.

"오늘 여기에 오신 여러분에게 큰 감사를 드립니다. 모든 순서를 마칩니다. 썬더는 무대 주위 가까이에서 보실 수 있습니다. 안녕히 돌아가시기 바랍니다."

대회가 끝나자 많은 사람들이 무대 주위로 몰려들었다. 사람들은 썬더의 사랑스런 음성에 놀라고 또 꼬리가 달린 인조인간의 모습에 감탄을 아끼지 않았다.

올림픽 경기장 바깥에는 썬더의 캐릭터 인형을 사는 사람들로 북적였다. 아이들은 썬더의 모습이 새겨진 풍선을 하나씩 들고 있었다.

인터넷을 통해 썬더 캐릭터 인형의 가격이 개당 1만 원이라는 사실이 알려지자 세계 각처에서 주문이 쇄도해, 한 달 만에

20만 개, 무려 20억 원의 매출을 올리는 기염을 토했다. 옴니파워 인조인간 연구소 측에서는 이 이익을 인조인간 열 명을 만드는 데 투자했다.

그로부터 두 달 후에 국제 인조인간 권투 협회로부터 국제 인조인간 권투 대회에 참가해 달라는 초청장을 하이든 소장 앞으로 보내왔다.

국제 인조인간 권투 대회는 다음 해 1월 말에 라스베이거스에서 열린다고 하였다. 현재 무제한급 챔피언은 미국의 플래시Flash이며 이번에 도전하여 승자가 되면 타이틀과 함께 50억의 상금을 얻게 되고, 패자가 되면 5억을 받게 된다는 규정도 초청장에 적혀 있었다.

옴니파워 인조인간 연구소에서는 연구 기금을 조성하는 절호의 찬스를 잡게 되었다. 하이든 박사는 즉시 국제 인조인간 권투 대회 주최 측에 전화하여 국제 격투기 대회에 참가하겠다는 의사를 알렸으며 참가 신청서를 보내기로 하였다.

연구소장 이름으로 국제 인조인간 권투 대회에 참가 신청서를 보낸 열흘 후였다. 각국에서 언론에 내년 1월 말에 있을 국제 인조인간 권투 대회에 도전자로 한국의 썬더 선수가 결정되었다는 보도가 나왔다. 여러 나라 스포츠 기자들은 썬더가 경험이 없는 신인 선수라는 점에서 1월 말에 있을 격투기의 우승자로 플래시를 점치고 있었다.

챔피언 플래시 선수와 도전자 썬더의 사진과 함께 두 로봇의 소개가 있었으나 플래시 선수가 썬더보다 신장이나 리치, 팔 길이 등, 모든 조건이 월등해 보였다.

다행히도 국제 권투 대회까지는 3개월 반의 여유가 있었다. 썬더는 그동안 연구소에서 꾸준하게 연습해 왔고 각종 국제 권투 대회 실황 자료가 썬더에게 모두 입력되어 있기 때문에 어떤 상대와 싸워도 자신 있었다.

썬더의 주특기는 매우 빠르게 움직이는 발과 재빠른 왼손 잽, 그리고 오른쪽 손의 강력한 훅에 있다. 특히나 썬더는 사우스포인 데다 변칙에 능하기 때문에 어느 선수든 썬더와 상대하기는 어려울 것이다. 마침 일본의 인조인간 권투 감독으로 유명한 후꾸슈 씨를 영입하게 되어 천만다행이었다.

후꾸슈 감독은 썬더의 스파링 모습을 보고 내심 크게 놀랐다. 썬더의 발 움직임이나 왼손 잽이 너무 빠르기 때문이었다.

단지 썬더의 약점은 실전 경험이 없다는 점 하나였다. 후꾸슈 감독은 자주 일본 인조인간 권투 선수들을 불러 5일에 한 번 꼴로 실제 격투기 경험을 쌓게 하였다. 그러자 썬더의 실력은 급속도로 향상되었다. 비록 일본의 쟁쟁한 권투 선수들과의 연습 경기일망정 썬더는 한 번도 져 본 일이 없었다.

썬더와 후꾸슈 감독 일행은 1월 31일 국제 인조인간 권투 대회 열흘 전에 라스베이거스에 입성하였다. 한적한 호텔에 자리를 잡고 대회 준비에 착수하였다. 후꾸슈 감독과 김철수 박사는 우선 챔피언 플래시에 대한 약점이 무엇인지 그래픽을 통해 정밀 분석하였다.

챔피언 플래시가 가진 국제 경기 세 번째 경기를 보던 후꾸슈 감독은 "맞아. 이거요."라고 소리쳤다. 플래시의 장점은 강력한 오른손 어퍼컷이었기 때문에 썬더의 빠른 발로 이 오른손 주먹만 피하면 승산이 있다고 분석한 것이다.

권투 대회 3일 전에 두 선수의 계체량이 있었으며 이 자리에서 두 선수가 처음으로 대면하였다. 플래시의 무게는 105킬로그램, 썬더의 무게는 98킬로그램으로 나왔다.

또 플래시는 썬더보다 20센티미터 더 큰 장신이었고 생김새도 무섭게 생겼으며 눈알이 튀어나와 보였다.

플래시는 썬더에게 위협하는 말을 하였다.

"야, 이 멍청아. 감히 나한테 도전해? 넌 내 주먹 한 방이면 끝장이야. 내가 너를 가루로 만들 거야."

썬더는 이 말을 듣자 비웃는 말을 했다.

"나는 너를 잡아가는 저승사자다. 챔피언 벨트는 내 꺼야."

썬더에게서 예쁜 여자 목소리가 나오자 플래시는 갑자기 흥분한 듯 금방 썬더에게 대들었다. 주위에 있는 사람 서너 명이 겨우 플래시를 붙잡아 말렸다.

드디어 권투 경기 대회 날이 되어 썬더와 후꾸슈 감독 일행은 한 시간 전에 특설링에 도착하였다. 입구에 한국 교포 수백 명이 썬더의 승리를 기원하는 피켓을 들고 환영하였다.

경기장에 들어서자 곳곳에 태극기의 물결이었다.

썬더가 링에 오르자 관중들의 시선은 썬더에게 향하였다. 플래시는 거칠고 사나운 모습이었으나 썬더는 매끈하고 잘생긴 모습에다 꼬리가 달려 있었기 때문이었다.

종이 울리자 1라운드 경기가 시작되었다. 썬더가 오른쪽으로 돌다가 왼쪽으로 방향을 바꾸며 플래시를 끌고 다녔다. 플래시가 조금만 가까이 접근하면 썬더는 빠른 왼손 잽을 연속으로 두 번을 치고 어느새 빗겨 나갔다. 약이 오른 플래시가 더 강하게 밀고 나오자 썬더는 매우 빠르게 우측으로 서너 번 돌면서 플래시를 유도하였다. 썬더가 갑자기 다시 좌측으로 5회 정도 빠르게 돌다가 반대 방향으로 바꾸자마자 후다닥 플래시의 오른쪽 눈을 향하여 왼손으로 강한 스트레이트를 날렸다. 눈에 손상이 생긴 듯 플래시가 순간 멈칫 하였다. 이때 썬더는 오른손 훅을 날려 플래시의 왼쪽 눈을 가격하였다.

플래시가 시력을 잃었는지 비틀거렸다. 이때 썬더는 달려들어 오른손으로 두 번 왼쪽 눈을 향해 강한 스트레이트를 날리자 정통으로 맞았다. 순간 플래시는 두 눈을 감싸고 주저앉고 말았다.

곧이어 주심이 카운트를 세기 시작하자 플래시 측 코치는 즉시 수건을 던졌다. 결국 썬더가 경기 시작한 지 2분 10초 만에 통쾌한 KO승을 거두었다. 썬더는 두 손을 높이 들고 링을 돌며 인사하였다. 이때 관객들은 썬더를 연호했다. 박수 소리가 커졌다.

특설링 바깥에서는 2만 개가 넘는 썬더의 마스코트가 순식간에 팔렸다.

세계 각국의 언론은 경쟁적으로 썬더의 승리 소식을 보도하였으며 썬더가 어떤 로봇인지 소개하기 시작하였다. 미국의 일곱 개 TV 방송국에서 썬더와의 인터뷰가 있었으며, 몇 개 TV 방송국에서는 특별 출연하여 태권도 시범과 공중 유영 등 개인기도 소개하였다.

하이든 박사는 미국에 있는 김 박사에게 연락하여 썬더로 하여금 한 달 동안 미국 일주 여행을 하며 시범 행사를 하라고 하였다.

왜냐하면 하나님의 인 받지 않은 사람들을 골라 혼내 주라는 하나님의 명령을 수행해야 하기 때문이었다. 그리고 썬더의 시범 행사를 할 때 가급적 현지의 매스컴을 이용할 것과 썬더가 청중의 머리 위로 날아다니는 시범 활동을 꼭 진행하도록 하였다. 그리하여 하나님의 인 받지 않은 사람들이 썬더의 꼬리에서 발사된 신경가스에 쉽게 노출되도록 하기 위함이었다.

미국 일주 여행 투어는 예정대로 진행되었고 캐나다, 영국, 프랑스, 독일 등 10여 개 나라에서 썬더의 초청이 이어졌다. 썬더 일행이 미국 일주 여행을 마친 후에도 썬더의 시범 여행은 다른 국가들로 이어지며 계속되었다. 썬더는 이미 월드 스타였다.

썬더의 미국 투어가 끝나 갈 무렵 세계 굴지의 무기거래상인

'앤드류 회사'의 테일러Taylor 부회장이 하이든 박사를 만나려고 왔다. 존은 신문 보도대로 썬더가 전투하는 군인으로 나간다면 어떤 역할을 할 수 있느냐고 물었다.

"원래 우리 연구소에서 만든 썬더는 전투 잘하는 인공지능형 군사 로봇입니다."

"아니, 그럼 썬더는 권투나 하는 그런 평범한 로봇이 아니란 말인가요?"

"그렇습니다. 양손에서 레이저를 발사하지요. 꼬리에서는 생화학 가스를 소형 독침으로 발사할 수 있는 장치를 하고 있답니다. 특히 소형 독침은 눈에 보이지 않을 만큼 작고 맞아도 본인이 잘 의식하지 못하지요."

"네. 그 정도 사양이면 OK입니다. 제가 썬더와 똑같은 것으로 열 대만 주문해도 될까요?"

"가능합니다. 충분한 제작 기간을 주시지요."

"좋소. 한 대당 가격은 얼마나 되지요?"

"네. 한 대당 최소한 5억 이상은 주시면 좋겠어요."

"OK. 그럼 오늘 선금으로 반을 드리겠오."

"네. MOU 체결을 받아들이겠소."

두 사람은 6개월 후까지 납품하기로 하고 MOU 문안을 작성하여 서명하였다. 테일러 부회장은 열흘 후에 선금으로 25억을 보내 주었다.

그로부터 1년 후에 미국 LA에서 국제 무기 전시회가 열렸다. 꼬리 달린 썬더의 인기는 단연 으뜸이었다.

어떻게 알았는지 이름을 밝히지 않은 연구 단체에서 '앤드류 회사'의 테일러 부회장에게 썬더형 로봇의 대량 주문이 있었다. 이 단체에서는 썬더형 인공지능 로봇 1,000대를 주문하였다. 옴니파워 인조인간 연구소에서는 제작 공장을 늘리고 인력을 보강하는 등 사업 규모를 크게 확장하였다.

✧ 마병대와의 전쟁

버뮤다 삼각지 바다 속 50미터 깊이에 길이가 500미터 되는 타원형 UFO 모선이 상시 정박하고 있었다. 거인 짐승 정부의 지구 본부는 모선에 두고 있고, 외계인 짐승의 벨라 여사제 본부는 중국 주우랑마에 두고 있다.

거인 짐승의 군대들이 타고 있는 소형 UFO가 수시로 거인 정부의 모선에서 버뮤다 삼각지 바다 밖으로 출몰하기도 한다.

9월 어느 날 총사령관 회의실에서 거인 짐승의 아리아니 총사령관 콩Kong 장군이 긴급 각료 회의를 소집하였다. 이 회의에는 국방 책임 장관으로 임명된 외계인 소보린 나라의 벨라 Bellar 여사제가 참석하고 있었다.

회의는 콩 장군이 주관하였다.

"자, 이 자리에 모이신 여러분을 환영합니다. 우리 아리아니 지구 본부에서 세계 정부를 접수한다면 문제가 생겨요. 지구 땅덩이가 너무 크고 인구도 많아서 통제하기가 쉽지 않아요. 행정 장관, 좋은 계책을 준비하셨다고요? 이 자리에서 발표하시오."

"네. 사령관님 앞에서 저의 아이디어를 발표할 기회를 주셔서 큰 영광입니다."

"그래요. 걱정하지 말고 말해 보시오. 좋은 것이면 다 받아 줄 테니까."

"네. 용기를 내어 말씀드립니다. 두 가지 말씀을 드립니다. 하나는 현재 세계 인구가 84억이면 너무 많으니까 세계 인구 3분의 1을 줄이면 어떨까 합니다. 두 번째로 세계 214개 나라를 점령하고 통제하려면 2억 명의 절대 복종하는 군사가 필요합니다."

"맞아요. 맞아. 세계 인구를 줄이기 위해 절대 복종하는 군사 2억 명을 준비하자. 여러분 생각은 어떻소."

콩 사령관의 말이 떨어지자 모인 자들 모두가 큰 박수를 치며 화답하였다.

"그럼 84억 인구 중에 3분의 1을 줄인다면 28억을 없앤다는 뜻인데, 행정 장관이 이에 대한 방안이 있나요?"

"네, 그렇게 어렵지 않습니다. 아리아니 총사령관의 명령에 복종하는 자는 살리고 그렇지 않은 자들은 죽여 없애면 됩니다."

"그래. 내 명령에 복종하고 따르게 하는 방안은 무언가?"

"네. 말씀 드리지요. 수십 년 전부터 개발한 각종 백신에 마이크로칩을 넣어 받게 하고 이 칩에 명령을 내리면 사람들은 정부가 하라는 대로 잘 따를 것입니다."

"마이크로칩이라. 매우 좋은 물건이군."

"네, 사령관님. 그런데 현재 칩을 받은 인간은 거의 2/3이고 칩을 받지 않은 인간들은 3분의 1 정도 됩니다. 그러니까 마이크로칩을 받지 않은 인간들을 색출하여 죽여 없애면 됩니다."

"맞아. 정말로 멋있는 전략이오."

"마이크로칩 검색기가 이미 개발되어 있으므로 칩을 받지 않은 인간들을 색출하는 것은 큰 문제가 아닙니다."

"자, 그럼 2억 명의 복종 잘하는 군사는 어떻게 동원하지요?"

"이 문제는 지금 연구 중에 있습니다."

"다른 장관들은 어떻소. 좋은 묘책이 없을까요?"

이때 국방 책임 장관인 벨라 여사제가 대답하였다.

"사령관님, 2억 명의 복종 잘하는 군사와 군사가 타고 다닐 비행체는 우리 아바돈에서 책임지고 준비하겠습니다."

"아니, 정말이오? 2억 명 군대를 준비한다니 정말 가능하겠소?"

"사령관님, 염려를 놓으십시오. 저는 수십 년 전부터 지구 인간들에게 복수하기 위해 복종 잘하는 군사로 이미 인공지능 로 봇을 만들고 있었어요. 저에게 몇 달 동안의 시간만 주십시오.”

“그래요. 6개월 여유를 주지요. 그럼 인공지능 로봇을 몇 명 이나 준비할 수 있겠소.”

“사령관님, 이미 2억 명의 인공지능 로봇은 개발이 되어 있 고 지구와 달에 각각 분산하여 교육 중에 있습니다. 그러나 이 중에서 20만 명은 지구 인간들이며 나머지는 인공지능 로봇 입니다. 이 지구 인간들은 지구인과 외계인과의 혼혈족을 유 전자 복사로 만들었으며, 이렇게 만든 인간들은 인공지능 로 봇을 지휘하는 장교로 활용할 것입니다.”

“놀라운 일이오. 나도 모르게 이 엄청난 작업을 해내다니 벨 라 장관이야말로 최고요. 최고야!”

“그리고 2억 명의 군사들이 타고 다닐 비행체로 5,000만 대 를 개발했는데요. 나머지 개발비는 사령관님의 도움이 필요합 니다.”

“그래요? 돈이 필요하면 필요한 자금을 충분히 주겠소.”

“네 감사합니다. 돈이 필요하고요. 또 지구인 3분의 1을 죽 이려면 생화학 무기를 써야 하는데 우리 국방부에서 가진 생 화학 무기가 많지 않아요.”

“그건 걱정하지 마시요. 아리아니 지구 본부에서 필요한 만 큼 생화학 무기를 보내 줄게요. 비행체 개발 자금으로 금 50 톤을 주겠소.”

"사령관님 감사합니다. 그 자금이면 충분합니다."

"자 여러분에게 공포합니다. 지구 인간들의 인구 3분의 1을 죽이는 작전은 국방부 장관에게 모든 권한을 위임하겠소."

"분부대로 수행하겠습니다. 내일 인공지능 로봇이 타고 다닐 비행체를 보여 드리고 시범 비행을 하겠습니다."

"그렇게 하시오."

"그럼 내일 시범 비행은 몇 시로 할까요?"

"비서실장! 내일 스케줄은 어떤가?"

"내일은 오후 3시경이 좋은데요."

"좋아 오후 3시에 다시 모입시다. 장소는 운동장으로 하고."

다음 날 오후 2시경 벨라 장관의 외계인 지구 본부 아바돈에서 보낸 비행체 열 대가 운동장으로 날아와 일렬로 정렬해 있었다. 이 비행체는 외계인 지구 본부 아바돈에서 타고 다니는 원형 비행체와는 달리 타원형이며 아래 면에 여러 개의 소형 엔진이 달려 있고 뒤쪽에 꼬리가 달려 있으며 하늘을 날 수 있다는 점에서 특이한 모양이었다. 흔히 보는 UFO와는 매우 다른 모양이었다.

오후 3시 정각에 콩 장군 이하 장차관급 인사 50명이 운동장에 모여 사열대에 앉았다. 벨라 장관이 단상 마이크 앞에 나와 열 명의 인공지능 로봇에게 신호를 보냈다.

"아랑Arang, 친구들 모두 다 단상 앞으로 모여요."

타원형 비행체 옆쪽 중앙에 있는 문이 위로 열리더니 아바돈 군인 열 명이 뚜벅뚜벅 걸어 나와 사열대 앞에 일렬횡대로 섰다.

"사령관님, 아바돈 나라에서 개발한 신형 비행체 마병대Flying Horse와 아바돈 군사 열 명을 소개합니다. 맨 우측에 있는 친구가 아랑입니다. 먼저 아랑으로부터 자기소개와 함께 마병대에 대한 간략한 설명이 있겠습니다."

유전자 복제인간 아랑이 한 발자국 앞으로 나오더니 허리 굽혀 인사하고 말하기 시작하였다.

"위대하신 사령관님 인사드립니다. 제 이름은 아랑이고 저의 친구 아홉 명을 소개합니다. 우리는 마이크로칩을 받지 않은 지구인을 때려잡는 아바돈 군대들입니다. 명령만 하시면 지구인 중에 칩을 받지 않는 자들을 색출하여 누구든 죽여 없애는 임무를 부여받았습니다."

콩 사령관이 말하였다.

"그래, 아주 똑똑한 친구로군. 이제 마병대가 어떤 것인지 소개하라."

"네, 사령관님, 마병대는 아바돈 군인들이 사용하고 있는 원형 비행체를 소형으로 개량한 타원형 비행체입니다. 앞뒤 길이는 5미터, 좌우 길이는 4미터, 높이는 2미터이고 두 명이 탈 수 있습니다. 직경 15센티미터 되는 꼬리 길이는 2미터이고, 360도 회전이 가능합니다. 최대 시속 1,000킬로미터를 낼 수 있고, 빠르게 수직으로 상승하거나 강하 운동이 자유롭고, 지상 10미터까지 저공비행을 할 수 있어서 기습 공격용으로 유리합니다.”

“가만있자. 엔진은 어떤 것인고?”

“네. 사령관님, 마병대에는 프리 에너지free energy 엔진이 장착되어 있어서 항속 거리는 지구를 거의 한 바퀴 돌 수 있고 그리고 마흔여덟 개 엔진이 장착되어 있습니다. 다음으로 무기 체계를 소개합니다. 전면에는 세 개의 금속관이 들락거립니다. 좌측 관에서는 흰색의 신경가스가 나오고, 가운데 관에서는 20미터까지 뜨거운 화염이 뿜어 나오고, 우측 관에서는 노란색의 세균가스가 나오게 되어 많은 사람들을 죽게 만듭니다. 그리고 꼬리에는 정밀 레이더와 함께 생체칩 검색기가 달려 있고 동시에 레이저도 발사할 수 있습니다.”

이때 벨라 장관이 설명을 더해 주었다.

“제가 설명을 더 드리겠습니다. 앞으로 마병대를 모든 길거리마다 배치하여 칩을 받지 않은 자를 색출하여 감금하고 죽일 것입니다. 그리고 사람이 많이 모여 있는 곳에는 저공비행하여 칩을 받지 않은 집단일 경우 신경가스와 세균 가스, 그리고 화염을 방사하여 죽일 것입니다. 특히 신경가스를 받으면 그 자리에서 몇 분 내로 죽지만, 세균 가스를 받을 경우, 몇 달 동안 병으로 앓다가 죽을 것입니다. 이제 시범 비행에 들어갑니다. 아랑, 시범 비행하라.”

“네, 사제님.”

열 명의 군인들은 비행체에 돌아가 탑승하고 있었다.

"사령관님, 방금 보신 아랑은 유전자 복제인간이고 나머지 아홉 명은 인공지능 로봇입니다."

"아니, 뭐라고? 얼른 보기에는 구분이 안 되는데 아랑만 복제인간이라고?"

"네, 그렇습니다. 사령관님."

"그런데 아까 물어보려고 했는데 2억 명의 군대들은 지금 어디에 있는 거요."

"네, 말씀 드리지요. 2억 명 중 일부는 비행체와 함께 지구 높은 산 여러 곳과 바다 밑에 있는 커다란 원형 비행체에 숨겨 두었고, 나머지는 달에 각각 분산되어 있습니다."

"이미 아바돈에서 달을 점령하고 있다니 놀라운 일이군."

이때 열 대의 마병대는 그 자리에서 붕 떠서 하늘로 떠올랐다. 그리고는 곡예 비행하기도 하다가 급히 수직으로 떠오르다 급강하하는 등 다양한 비행을 보여 주었다.

벨라 장관은 아랑에게 무선으로 명령하였다.

"여기 앞뜰에 여섯 사람이 모여 있다. 저공으로 비행하면서 검색하여 누가 칩을 받은 사람인지 나에게 알려다오."

잠시 후 열 대의 마병대가 거의 20미터 가까이 저공비행 하며 여섯 사람에게 접근하다가 사라졌다.

아랑이 벨라 장관에게 알려 주었다.

"사제님, 열 대의 비행체의 결과는 모두 같은 결과입니다. 흰옷 입은 세 사람만 마이크로칩을 받은 사람입니다."

"알았어요. 아바돈 본부로 돌아 가시요."

벨라 장관은 여섯 사람을 불러서 사령관 앞에 세운 다음 보고하였다.

"사령관님, 생체칩 검색기로 여기 여섯 사람을 검색해 보겠습니다. 그러면 아랑의 검색이 맞는지 밝혀질 것입니다."

아바돈 군대의 장교 두 사람이 칩 검색기로 여섯 사람을 검색하자 흰옷 입은 세 사람에게서 삐삐삐! 하는 소리가 났다.

벨라 장관이 흰옷 입은 세 사람을 불러서 물었다.

"당신들 세 사람은 전에 마이크로칩을 받은 적이 있지요?"

세 사람이 동시에 답하였다.

"네, 그렇습니다."

그러자 그중 한 사람은 땅에 엎드리더니 떨리는 음성으로 간청하였다.

"제발 저를 살려 주세요. 저는 칩을 안 받으려고 했는데 어떤 경찰에게 붙잡혀 가서 강제로 받았어요."

"네 걱정하지 마세요. 칩을 받은 사람은 살려 주고 받지 않는 사람은 혼내 줄 겁니다."

그러자 벨라 장관은 곁에 있는 장교에게 칩을 받지 않은 세 사람을 잡아 가라고 말하였다.

"사령관님, 오늘 시범 비행은 이것으로 마치겠습니다."

콩 장군이 말하였다.

"오늘 시범 비행은 너무 멋있었어요. 그리고 베리칩 검색도 잘했고 정말로 수고 많았어요."

이날 마병대 시범 비행은 대성공이었고, 벨라 장관의 위상은 더 확고해졌다.

벨라 여사제는 다음 날 미국 네바다에 있는 아바돈 본부에 돌아가 즉시 국방 비상회의를 소집하였다. 금번 전군 비상회의에는 아바돈에서 영관급 이상 고급 장교들이 모두 모였다. 벨라 여사제는 좌우에 두 명의 외계인의 호위를 받으며 입장하였고, 여기에 모여든 장교들은 외계인과, 지구인 여자 사이에 나온 외계인 혼혈족이었다.

이 회의에서 벨라 여사제는 세계 단일 정부 콩 장군에게서 받은 지침을 하달하였다.

하나, 지구인의 인구가 너무 많아 관리하기가 힘들기 때문에 지구인 인구 3분의 1을 죽이는 특별 대책을 수립하고 추진하라. 이 특별 프로젝트는 세계 단일 정부 콩 대통령이 국방 책임 장관인 나에게 위임하였다.

하나, 지구인 중에 칩을 받은 자는 살리고 칩을 받지 않는 자는 반드시 구금하거나 죽인다. 아바돈에서 개발한 칩 검색기로 지구인들을 검색하여 칩 받지 않은 자들을 색출하여 죽이도록 한다.

하나, 큰 거리나 마을마다 콩 장군의 동상을 세우고, 동상에 절하지 아바돈의 최고 지도자 벨라 여사제는 강한 어조로 연설하였다.

"아바돈 동지들이여, 이제 우리의 때가 왔다. 지난 수 세기 동안 우리는 지구인들에게 수없이 많은 공격을 받아 왔다. 이제야말로 복수의 칼을 들게 되었다. 우리는 아바돈의 명예를 회복해야 한다. 우리가 개발해 둔 2억 대의 마병대를 타고 지구인을 무찔러야 한다. 우리 모두가 세계 정부의 번영을 위하여 그리고 아바돈의 명예 회복을 위하여 일어나자! 싸우러 나가자! 강하고 담대하게!"

벨라 여사제의 연설이 끝나자 모두가 일어나 "벨라 만세! 벨라 만세! 벨라 만세!"를 연호하였다.

이어서 작전 기획본부장이 나와 이미 배부된 '2050 지구인 3분의 1 제거 작전 계획'을 설명하였다. 1단계 계획은 지구인과 친밀 유화 작전이고, 2단계 계획은 마이크로칩을 받지 않은 자 색출 소멸 작전이고, 3단계 계획은 콩 장군에 대한 경배와 숭배 사상 확산이었다.

1단계 세부 계획은 콩 정부에 의해 시행되고 있는 동성애 확산, 성 해방 운동, 마약, 도박, 알코올 중독, 포르노 영화, 외계인과의 성행위 등에 대한 홍보를 적극 추진하고 조장한다.

2단계 세부 계획은 큰 거리나 마을마다 인공지능 로봇을 배치하고 칩을 받지 않은 자를 검색하고 잡아다가 감금하고 죽인다. 칩을 받지 않은 자는 물건을 사거나 팔지 못하게 하고 병원 출입이나 여행을 금하게 한다.

3단계 세부 계획은 큰 거리나 마을마다 콩 장군의 동상을 세우고, 동상에 절하지 않고 지나가는 자는 체포하고 즉결 처분한다.

세상의 종말이 가까워짐에 따라 세상은 너무 많은 변화의 바람이 불었다. 각종 회사나 공장에서는 인공지능 로봇이 대신 일해 주고 있었다. 사람들은 여가를 즐기거나 향락에 취해 있었다.

꼬리 달린 인공지능 로봇 군대가 거리마다 수백 명씩 몰려다녀도 아무런 거부감이 없었다. 단지 보통의 인공지능 로봇과 다른 점이 있다면 인공지능 로봇 군대는 꼬리가 달려 있고, 또 로봇군대의 가슴에는 세계정부 군대 표시, WGMWorld Government Military이라는 마크가 달려 있다는 것이었다.

시, 군 또는 면 단위마다 5,000명 이상의 인공지능 로봇이 마병대를 타고 나타나자 사람들이 두려워하고 경계하는 모습이 보였다.

각 나라의 도시의 거리에 인공지능 로봇이 나타나 칩을 검색한다는 소문이 돌자 여러 나라에서 인공지능 로봇을 향해 적대 세력이 생기기 시작하였다.

세계 정부의 국방부 상황판에는 매일 지구인 살생 인원을 집계하고 벨라 장관과 콩 장군에게 보고하였다. 본격적으로 지구인 3분의 1 살생 정책을 시행한 지 1년 만에 목숨을 잃은 지구인은 19억 8000만 명에 달하였으나 아직 28억 명에는 도달하지 못하였다.

그 후 세계 각국에서 진행하고 있던 마이크로칩 검색의 실적이 저조하게 되자 수단과 방법을 가리지 않고 3분의 1의 목표치를 채우라는 콩 장군의 불호령이 떨어졌다.

이제부터는 칩에 관계없이 인구가 많은 나라나 아프리카나 동남아 빈곤 국가를 대상으로 기독교, 이슬람교, 불교 등 종교 단체의 집단 주거지를 집중적으로 공격하도록 비밀 지령을 내렸다.

콩 장군의 특별 비밀 지령에 의하여 세계 각 곳에서는 주야를 가리지 않고 무차별 살상이 계속되었고, 기어코 지구인들의 인구 감축 목표의 3분의 1에 도달하였다.

✧ 지구인과 외계인의 전쟁

세계 곳곳에서 지구인과 외계인과의 우주 전쟁으로 인하여 죽은 사람들이 많고 또 생화학 가스를 받은 사람들과 병으로 앓고 있는 사람들이 속출하게 되자 사람들이 마음이 불안정하여 민심이 뒤숭숭하였다.

거기다가 생체칩을 받지 않은 사람들은 쌀이나 생활 용품을 사지 못하고 상거래도 어려워 농어촌이나 한적한 산으로 떠난 사람들이 많았다. 특히 도시 인구가 급격하게 줄어드는 대신 농어촌 인구는 서서히 늘고 있었으며, 피난처를 찾는 사람들이 많았다.

길거리에는 피켓을 들고 '예수 천국 생체칩 지옥'을 알리는 사람들도 있었고 "회개하라 종말이 가까웠다."라고 마이크를 대고 외치는 사람들도 눈에 띄었다.

그리고 곳곳에서 다시 큰 전쟁이 일어난다고 예언하는 사람들이 나타났으며 자신이 재림 예수라고 주장하는 이단들이 여럿 등장하였다. 반면에 마음이 불안해지자 다시 교회를 찾는 무리들이 많아졌다.

세계 각 언론들은 매일 우주 전쟁의 피해 상황과 외계인에 대한 기사를 앞 다투어 다루었다. 특히 독일과 영국 등 유럽 여러 나라 언론에는 외계인 짐승과 거인 짐승에 대하여 비판하는 글이 많이 올라와 있었다.

미국 언론에서는 거인 짐승의 잔인성에 대하여 연일 대서특필하고 있었다. 여러 명의 거인 짐승들이 미국 텍사스에 있는 소 사육 농장을 급습하였으며, 거인들이 주먹으로 소 6,000

마리를 죽이고 날로 잡아먹는 모습이 유투브 동영상에 올려졌다. 그런가 하면 독일에서는 원반 모양의 UFO를 탄 거인 짐승들이 함부르크 산간 외딴 곳에 나타나 두 집을 습격하였으며 젊은 사람들 네 명과 어린 아이 두 명을 산 채로 잡아먹는 충격적인 사건이 발생하였다. 마침 그 집에 설치된 CCTV에 거인 짐승 두 명이 두 부부와 아이들을 주먹으로 때려서 실신시킨 다음, 산채로 잡아먹는 장면이 그대로 찍혀 있었다. 80세 할머니가 살아남아 곧바로 경찰에 신고한 이 엽기적인 살인사건은 독일 언론에 크게 보도되었다.

독일 총리가 "살인마 거인 짐승을 규탄한다."라는 담화를 발표하였고 이어서 UN 안보리에 제소한다고 공표하였다. 안보리가 긴급 소집되었으며, 거인 짐승의 만행을 규탄하는 내용의 성명서를 채택하였고, 이를 만장일치로 통과시켰다. 독일에서 일어난 이 사건으로 인하여 그동안 세계 짐승 정부에 협력하고 추종하던 나라와 관계 인사들이 거인 짐승들로부터 돌아서게 되었다.

그로부터 1개월 후 G20 정상회의가 런던에서 열렸다. 이날 정상들의 회의 주제는 우주 전쟁의 피해 상황과 향후 대책, 그리고 땅속 거인 짐승의 두 부부 살해 사건과 대책 등이었다. 정상 회의는 비공개로 하고 통역하는 사람이나 속기사도 없이 오로지 정상들만 모여서 극비로 진행되었다. 각국 정상들은 아래와 같은 결의문을 채택하였다.

하나, 지구촌에 사는 모든 사람은 하나의 가족이고 하나의 공동체다.

하나, 세계 모든 나라는 하나로 단결하고 인류를 해치는 외계인 짐승과 땅속 거인 짐승에 속한 무리들을 배격하고 그들과 싸우기로 결의한다.

하나, 일차적으로 중국 주우랑마 산에 있는 외계인 짐승의 기지를 공격하기로 하고 이 전쟁은 중국이 주도한다. 이 전쟁에는 아시아 연합에 속한 나라들(중국, 일본, 한국)의 동맹군이 직접 참여하고 나머지 나라(미사일 보유국)는 대륙 간 탄도 미사일을 발사하여 동시다발로 공격하기로 한다.

이상과 같은 결의문에 G20 정상들이 서명을 하고, 비밀을 지키기로 결의하였다.

중국의 왕징Dr. WangJing 주석이 거기에 모인 정상들에게 외계인 짐승의 기지가 있는 주우랑마 산의 위치를 적은 쪽지를 나누어 주었다. 왕징 주석은 본국에 도착하자마자 총참모총장을 불러 5일 후 공격하도록 은밀하게 명령을 내렸다. 그리고 3일이 지난 후에 19개 나라 정상들에게 공격 시간을 문자로 보냈다. 문자 내용은 "D hour"였다. 'D hour'는 새벽 4시를 뜻하는 암호였다.

드디어 G20 정상회의 5일 후 새벽 4시를 기하여 중국, 일본, 한국 3개국에서 300대의 무인 비행기가 동시에 저공비행을 하여 주우랑마 산에 있는 외계인 짐승의 기지를 기습 공격을 감행하였다. 이날 참가한 중국, 일본, 한국 3국의 무인 비행기 300대는 프리 에너지 엔진이 장착된 것이라 별다른 소음도 내지 않고 다가가 폭격하였다. 무인 비행기의 국적 표시를 없 앴으므로 어느 나라 비행기가 공격하였는지 알 수도 없었다.

또 한편 같은 날 새벽 4시에 미국, 캐나다, 러시아, 영국, 독 일, 프랑스 등 12개국에서 발사한 대륙 간 탄도 미사일 170여 발이 외계인 짐승의 기지에 집중하여 떨어졌다. 미사일은 대륙 간 탄도 미사일이므로 같은 공격 시간이라도 5분 간격의 차이 가 있었을 뿐 각국의 미사일 150발이 목표 지점에 정확하게 떨어졌다.

외계인 짐승 측은 UFO 주위를 1,000여 대의 마병대가 두 겹으로 둘러싸고 있었고 지대공 방어 미사일이 100대를 배치 하는 등 방어 태세를 갖추고 있었다.

외계인 짐승 진지에서는 비행기로 공격하면 UFO를 출동시 켜서 격퇴하고, 또 지상군으로 공격을 하면 1,000여 대의 마 병대와 황충—인조인간—그리고 유전자 복제의 혼혈 외계인 수만 명이 밀집해 있었다.

지구 연합군은 주우랑마 산에 있는 외계인 짐승 진지를 무 인 비행기 300대와 또 대륙 간 탄도 미사일에 의한 공격은 성 공적이었다.

이날 외계인 짐승 진지에서는 고고도 탄도 미사일로 날아오 는 탄도 미사일을 불과 20여 개만 격추시켰을 뿐이었다. 대륙

간 탄도 미사일이 비 오듯 날아들자 우주선 모선과 다른 우주선들이 수직 상승하며 긴급하게 이동하였다.

총사령관 벨라 여사제는 긴급 수색을 지시하고 소형 우주선 두 대를 보내어 피해 상황을 조사하게 하였다. 수색 대장은 UFO 50대 중 40대가 화염에 휩싸였고 마병대 600대와 황충—인조인간—650개가 파손되었으며, 유전자 복제의 혼혈 외계인 106명이 희생되었다고 발표하였다.

여사제는 거인 짐승 본부에 긴급 SOS를 보냈으며 도움을 요청하였다. 날이 밝자 외계인 짐승의 우주선 편대 100대가 주우랑마 상공에 나타나 머물러 있었다. 그 중에 UFO 20대가 땅에 착륙하여 정찰을 하고 사진 촬영도 하며 파편 조각을 수집하는 등 자료 수집에 나섰다. 그리고 파손된 UFO에 들어가 기밀에 속한 것은 빼내갔으며, 외계인 짐승의 시체들을 수습하였다.

외계인 수색대는 한 곳에서 불발이 된 미사일 1개를 발견하였다. 수색대장은 'G'라는 표식으로 보아 독일의 미사일일 것이라고 단정하였다.

외계인 짐승의 '소버린' 지구 진지에서는 긴급 군사회의를 소집하고 대책을 협의하였고 반드시 응분의 보복을 한다는 결의를 다짐하였다.

중국 주우랑마의 전쟁은 외계인 짐승 측의 일방적인 패배로 끝이 났으나 이것으로 끝은 아니었다. 외계인 짐승의 소버린 진지에서는 즉시 땅속 거인 짐승 본부에 피해 상황을 보고하고 긴급 구조 요청을 하였다.

연일 세계 각국 매스컴에서 지구인과 외계인과의 전쟁 소식을 보도하면서 거인 짐승 본부에서 무서운 보복이 있을 것이라고 예상을 하는 보도가 많았다.

국제정세가 긴박하게 전쟁 분위기로 돌아가자 에스더가 피터에게 전화를 했다. 오랜만에 계시록 연구팀은 피터 방에서 다시 모였다. 몸이 아픈 주리엘을 빼놓고 다섯 사람이 모였다.

데이비드가 기도한 후 먼저 말하였다.

"반가워요. 간혹 거인 정부에서 비행접시로 감시하니까 우리가 만나지 못 했지요. 우리가 여기 동굴에 온 지 1년이 지났는데 이제 좀 적응이 되지요?"

이어서 피터가 말하였다.

"오늘 우리가 모였으니까 그동안 있었던 황충이라든지 콩 장군의 정체 그리고 외계인이 일으킨 전쟁은 중대한 사건이거든요. 이런 일들이 계시록에 예언되어 있는지 한번 검토해 볼까요?"

여호수아가 입을 열었다.

"이번 외계인과의 전쟁은 혹시 요한계시록 9장에 예언된 마병대와의 전쟁과 관련이 있을까요?"

"저도 그렇게 생각하는데요." 피터의 말이었다.

"혹시 외계인과의 전쟁에서 나오는 외계인의 총대장 벨라 여사제는 성경에 나오는 인물인가요?"

"제가 데이비드 님 곁에 있는 천사에게 물어서 알게 된 내용인데요. 외계인의 총대장 벨라 여사는 계시록 13장 11절 나오는 두 뿔 달린 짐승이라고 해요."

"그렇다면 지구인과 외계인과의 전쟁은 성경에 근거가 있네요."

이번에는 에스더가 물었다.

"데이비드 님, 아마겟돈 전쟁은 누구와의 전쟁인가요?"

"네 방금 얘기해 주네요. 아마겟돈 전쟁은 지구인과 땅속 거인 짐승과의 전쟁이라고 하네요."

"네. 감사합니다."

이번에는 여호수아가 물었다.

"계시록에서 가장 비밀에 속한 것은 계시록 13장 1절에서 나오는 거인 짐승일 겁니다. 거인 짐승나라의 우두머리가 콩 장군이라면 성경에서 보는 콩 장군의 정체는 무엇인가요?"

피터가 "제가 볼 때는 콩 장군은 장차 핵을 이용하여 온 세계를 점령하려는 히틀러와 같은 독재자 아닐까요?"라고 말하였다.

데이비드가 대답하였다.

"그는 아마겟돈 전쟁을 일으켜 수십억 명을 죽이기 때문에 역사상 히틀러보다 더 악독하고 무자비한 독재자요 살인마가 될 것입니다."

에스더가 물었다.

"피터님, 마병대와의 전쟁에서 콩 장군이 무려 세계 인구의 3분의 1을 축소했는데요. 이러한 살인마는 역사상 유례가 없어요. 이렇게 세계 인구를 3분의 1로 줄인다는 사건에 대하여 성경에 근거가 있을까요?"

"네. 맞아요. 계시록 9장에 보면 마병대와의 전쟁으로 인하여 사람 3분의 1이 죽임을 당할 것이라고 예언되어 있어요."

이때 요한이 물었다.

"저도 질문이 있어요. 제가 알기로는 계시록 9장에 천사가 사람 3분의 1을 죽게 할 것이라는 예언도 나오는데요. 이 예언은 마병대와의 전쟁에서 콩 장군이 죽게 한 사건과 같은 것 아닐까요?"

"아닙니다. 마병대와의 전쟁에서 3분의 1이 죽는 예언과 천사에 의해서 사람 3분의 1이 죽는 예언은 달라요."

"그렇군요."

이번에는 여호수아가 물었다.

"데이비드 님, 장차 아마겟돈 전쟁이 필연적으로 일어날 것입니다. 그때에도 지구 인구의 3분의 1이 죽게 될까요?"

"글쎄요. 제 곁에 있는 천사가 알려 줍니다. 세계 인구의 3분의 1까지는 아니라고 합니다."

"그래도 많은 사람들의 희생이 있을 것이라는 말이군요."

"그렇지요."

땅속 거인과의
아마겟돈 전쟁

· · ·

세계정세는 급변하고 있었다. 역사적으로 보아 지금까지의 전쟁은 지구에 있는 나라 간에 일어난 전쟁이었으나 지금은 지구인과 외계인과의 전쟁으로 확대되었다. 문제는 군사력에 있어서 외계인의 군사력이 월등하기 때문에 지구인들이 불리할 수밖에 없다.

그렇다고 해서 지난날 온 세계를 주름잡던 미국이나 중국이나 러시아가 가만히 앉아서 당할 수만은 없지 않은가?

두 번의 외계인과의 전쟁에서 첫 번째는 지구인들이 무참하게 학살을 당하고 피해가 컸으나, 두 번째 전쟁에서는 지구인들이 외계인 진지를 공격함으로써 지구인들이 그나마 자존심을 지켰을 뿐이다.

세계 1차 대전과 2차 대전은 자국의 이익을 위하여 한 나라의 영토를 넓히는 것이 목적이었다. 그러나 외계인들은 지구인들의 인구를 감축하고 지구를 점령하는 것을 목적으로 하고 있다.

지구인끼리의 전쟁은 최소한 세계 평화를 추구한다는 명분 때문에 대량 학살을 야기하는 핵전쟁은 피해 왔다. 그러나 지구인과 지구 땅속 거인과의 전쟁에서는 양상이 달라질 것이다. 그들은 영이 없고 혼만 있는 자들이다. 자비도 없고 평화에 대한 갈망도 없는 자들이므로 지구인들의 운명 따위에는 관심도 없을 것이기 때문이다.

거인 짐승 본부에서는 긴급 전군 장성 회의를 소집하였다. 이 자리에서 세계 짐승 정부의 총 지도자인 콩 장군이 특별 명령을 내렸다.

"나의 동지들, 우리가 지구 안에서 밖으로 나온 지 10년이 지났다. 현재 우리가 다스리는 세계는 우주에 있는 외계인들과 지구 땅에 사는 200여 개 이상의 나라들, 그리고 지구상에 존재하는 일곱 개 종교다. 이제 나의 통치하에 온 세계가 통합을 이루어 가고 있다.

이 모두가 여러분들의 노고와 열성이 이룬 결실이다. 그런데 최근 지구에 사는 인간들이 반기를 들었다. 며칠 전 지구인들이 중국 주우랑마에 있는 벨라 국방 장관의 기지를 공격해서 마병대Flying Horse 40대를 파괴하고 외계인을 106명이나 살상했다. 외계인 본부와 우리와는 형제 관계인데 인간들이 벨라 장관의 기지를 공격한 것은 우리를 공격한 것과 마찬가지다.

여러 동지들, 우리에게 반기를 든 지구인들을 그냥 두면 안 될 것이다. 어느 나라든 우리에게 맞서는 자들은 쓴맛을 보게 할 것이고 지구상에서 말살시켜야 한다."

콩 장군의 연설이 끝나자마자 거기 모인 장성들은 발을 구르며 "콩 장군 만세! 콩 장군 만세! 콩 장군 만세!"를 합창하였다.

콩 장군은 큰 소리로 지시하였다.

"참모총장에게 핵전쟁 전략 1호를 명령한다. 가장 먼저 공격하는 곳은 독일 함부르크다. 즉시 시행하라."

참모총장은 벌떡 일어나 결연한 자세로 대답하였다.

"장군님, 핵전쟁 작전 1호 즉시 개시하겠습니다!"

"알았다. 즉시 출동하라. 행정 장관은 온 세계에 핵전쟁 선전 포고문을 공표하라."

"장군님, 온 세상에 핵전쟁 선전포고문을 공표하겠습니다."

✧ 독일에서 핵전쟁이 일어나다

행정 장관은 콩 장군의 명을 받아 선전 포고문을 작성하였으며, 콩 장군의 서명을 받아 세계 언론에 보내어 발표하였다.

핵전쟁 선전 포고문

온 세계에 사는 나라들과 사람들은 들으라. 지구 땅속에 사는 사람들이나 지구 위에 사는 사람들은 같은 인간으로서 무엇이 다르랴. 키가 크고 작은 것 이외에는 별다름이 없느니라.

그럼에도 세계 정부에 양심을 품고 적대시하는 무리들이 있으므로 이를 핵으로 응징하겠다. 이제부터 온 세계에 핵전쟁을 선포한다.

우리 정부에 절대복종하는 자들은 살고, 대항하는 자들은 죽음밖에 없느니라. 우리 정부에 적대시하는 자들을 지구 끝까지 가서 이 땅에서 씨를 말리겠노라.

세계 정부 지도자 콩 장군의 서명을 받아 공포한다.

세계 짐승 정부에서 발표한 핵전쟁 선전포고문을 듣자, 세계 각국의 언론들이 대서특필하며 크나큰 우려를 나타내었다.

그렇지 않아도 몇 년 전 마병대와의 전쟁에서 지구에 사는 사람들 중 3분의 1 이상이나 희생된 후인지라, 거인 짐승들의 핵전쟁 선전 포고에 온 세계가 다시 공포에 떨어야만 했다.

세계 짐승 정부에서 핵 공격 대상으로 독일을 선택한 것은 독일 총리가 유엔 안보리에서 세계 짐승 정부를 규탄하는 데 앞장섰기 때문이다. 독일이 G20 정상회의 의장국인 점, 그리고 중국 주우랑마에 있는 외계인 짐승 진지를 공격한 미사일에서 독일 마크가 발견된 사실을 문제 삼았다.

세계 각국 정상들은 나라별로 긴급 대책회의를 소집하고 분주하게 핵전쟁에 대한 대처 방법에 대하여 논의하였다. 그로부터 며칠 후, 각 대륙별로 동맹국 간에 긴급 정상 회의를 소집하였으며, 핵전쟁에 대한 국제간 공조 체제를 확인하였다.

CNN TV 방송에서는 세계 정부에서 이번에 핵전쟁을 일으킨다면 역사상 희생이 가장 큰 전쟁이 될 것이며, 이 전쟁이 바로 세계 3차 대전이 될 것이라고 보도하였다.

미국 폭스 뉴스Fox News에서는 핵전쟁이 이스라엘에서 처음 일어날 것이라고 보도하였다. 이어서 핵전쟁이 성경에 나오는 아마겟돈 전쟁이며, 아마겟돈의 뜻이 므깃도를 가리키므로 처음 일어나는 핵전쟁은 므깃도 지역이 될 것이라고 지목하였다.

이러한 폭스 뉴스 보도를 접한 이스라엘 총리는 국가 안보 회의를 긴급 소집하고 대책 회의를 하였으며, 핵전쟁이 므깃도에서 일어난다는 보도에 신빙성이 있다고 확인하였다.

일차적으로 므깃도 지역 주민들을 타지역으로 이주하도록 하였으며, 므깃도를 중심으로 100킬로미터 이내 지역에 적색 경보 발령을 내렸다.

핵전쟁을 알리는 선전 포고 10일 후에 독일의 베를린, 함부르크 등 여러 도시에서 핵전쟁을 알리는 경고문 여러 장이 발견되었다. 독일 언론에 경고문이 알려지자 독일 정부에서 긴장하며 곧 진상 조사에 나섰다.

경고문에는 아래와 같은 내용이 적혀 있었다.

독일 국민에게 고한다. 독일이 세계 정부에 도전하였으므로 이에 선
전 포고한다. 우리 정부는 핵으로 독일을 공격하기로 결정하였다. 함부
르크 시민들 중 살고자 하는 자들은 3일 내로 다른 곳으로 피하라.

세계 정부 지도자 콩 장군

전단지 내용이 알려지자 독일 국민들은 독일을 떠나 프랑스
나 영국, 스위스 등으로 떠나가는 사람으로 북새통을 이루었
다. 독일 총리가 관영 TV에 나타나 전단지를 발행하는 출처가
명확하지 않으니 걱정하지 말고 그대로 있어도 된다고 하여도
국민들은 이를 믿지 않고 있었다.

삽시간에 독일은 민심이 흉흉하고 살벌한 분위기로 바뀌었
으며 사람들마다 비상식량을 준비하느라 상점마다 긴 줄이 이
어졌다.

땅속 거인 짐승이 세계 정부를 완전히 장악한 지 10년이 되
는 5월 1일 새벽이었다.

세계 정부 거인 군대들이 대형 우주선을 타고 알프스산 중
턱에 집결하였다. 직경 500미터 되는 대형 우주선 안에서 완
전무장한 거인 군인들이 탄 작은 원형 우주선 50대가 나오기
시작하더니 2열로 대형을 이루었다.

콩 장군은 핵 전술 특전사령관에게 긴급 명령을 내렸다.

"나의 전사들이여, 우리 정부 우주선 50대를 동원하여 오늘 정오 12시를 기하여 독일 함부르크 시내 가운데에 위치한 중앙역에 핵폭탄을 투하하라."

"네, 장군님, 명령대로 수행하겠습니다."

"나의 전사들이여, 출동하라. 그리고 승리하라."

5월 1일 오전 11시경에 함부르크 시내는 매우 한산하였으나 몇몇 시민들은 여전히 거리를 활보하며 직장으로 또는 상가로 가고 있었고, 중앙역 구내는 한산했다.

오전 11시 30분경이었다. 갑자기 소형 원형 우주선 50대가 베를린에 소리도 없이 나타나 베를린 시내를 한 바퀴 선회하였다. 그리고는 이어서 대형 우주선이 함부르크에 나타나 외곽 지역을 선회하면서 시위하였다.

적의 우주선 편대는 곧바로 독일의 모든 레이더 기지와 미사일 기지, 군용 비행기와 군함을 기습적으로 공습하여 초토화시켰으며, 독일의 군사 시설을 불바다로 만들어 버렸다.

그러자 베를린과 함부르크 여러 곳에서 요란한 사이렌이 울렸으며, 시민들은 방공호로 대피하였다.

독일 총리는 긴급 국가안보 회의를 소집하고 논의하였으며 출현한 우주선의 정체를 확인하였다. 우주선의 속도가 빠르고 화력이 강하기 때문에 전투기를 동원하여 공격하지도 못하고 당하는 수밖에 별다른 도리가 없었다.

거인 정부의 우주선 편대는 다이아몬드 편대를 이루며 함부르크 시내 상공을 저공으로 두 번 선회하며 시위를 하였다. 그러더니 우주선 편대가 다시 시내 중앙역에 왔을 때, 잠시 멈추다가 곧바로 편대의 대형이 그대로 수직으로 급상승하였다.

편대가 1,000미터 높이에 도달했을 때 공중에 멈추었으며, 정확하게 12시가 되었을 때, 맨 앞에 있던 편대장의 우주선에서 중앙역을 향하여 핵폭탄 1개를 투하하였다. 이 핵폭탄은 수소 폭탄으로, 10메가톤급이었다.

핵폭탄이 중앙역에 투하되는 순간, 우주선 편대는 갑자기 위로 급상승하다가 동쪽으로 멀리 사라졌다. 그러자 정밀 유도 장치에 조종을 받은 핵폭탄은 빙글빙글 회전하면서 중앙역을 향했다. 핵폭탄이 곧바로 수직으로 중앙역으로 향하여 떨어지더니 지상 500미터 상공에서 강력한 빛을 발하였고, 동시에 엄청난 굉음을 내며 폭발하였다.

수소 폭탄이 터지는 순간 화염에 쌓인 버섯구름이 솟아 올라갔다가 둥그런 원을 그리며 퍼졌다. 그리고 7,000도의 뜨거운 열기가 엄청난 속도의 광풍과 함께 강력한 방사능이 함부르크 도시 중앙역으로부터 반경 100킬로미터 주변까지 쏟아 부어졌다.

함부르크 시민들은 번쩍이는 강력한 섬광을 보는 순간 그대로 심장이 멎었고, 뜨거운 열기를 받은 사람들은 모두 불에 타서 죽음을 맞이하게 되었다.

높은 건물은 강력한 광풍과 함께 뜨거운 불과 열기로 힘없이 무너져 내렸고, 온 도시가 화염에 휩싸였다.

함부르크 시내 중심부와 반경 100킬로미터 이내 지역에는 아무도 살아남은 사람들이 없기 때문에 신음소리조차 들리지 않았고 적막감만 감돌았다.

그러나 반경 100킬로미터 바깥 변방에 사는 사람들은 3도 이상의 화상을 입은 사람들이 대부분이었고 중화상을 입은 사람들도 많았으며, 방사능에 오염이 되어 신음하는 사람들로 아비규환의 생지옥을 연상시켰다.

독일 총리는 전국에 긴급 비상사태를 선포하고 총리 산하에 특별 재난대책 본부를 설치하였으며, 피해를 입은 지역을 핵 피해 재난 지역으로 선포하였다.

그리고 독일 총리는 온 세계에 거인 짐승 정부의 악행을 규탄하는 성명서를 발표하였다. 각국 언론에서는 함부르크 수소 폭탄 투하에 대한 기사를 대서특필하였으며, 연일 피해 상황에 대하여 알렸다.

함부르크 지역과 그 주변 100킬로미터 이내에 있는 지역은 방사능 오염 지역이라 구조대원들이 들어갈 수 없었다. 방사능 오염 지역 바깥에 거주하고 있는 지역에 화상을 입거나, 방사능 오염으로 앓고 있는 환자 200만여 명이 발생하였으며 병원마다 환자로 가득 찼다. 수백만 명이 프랑스 국경으로 피난하였으며, 긴급 가건물에 수용되었다. 각국에서 구호 물품들을 독일로 보냈다.

수폭 투하 한 달 후, 독일 총리가 핵폭탄 투하로 생긴 피해 상황을 발표하였다.

"이번 수소 폭탄 투하로 사망하신 여러 유족들에게 하나님의 위로가 함께 하시기를 빕니다. 불멸의 땅 독일은 결코 이 땅에서 사라지지 않을 것입니다. 이번에 함부르크에 떨어진 핵은 수소 폭탄으로 추정하고 있습니다.

정부에서 파악한 잠정적인 피해 상황을 발표합니다. 수소 폭탄 투하로 직접적으로 큰 피해를 입은 지역은 함부르크의 반경 100킬로미터 지역으로 킬, 브레멘, 뤼벡, 뤼네 부르크, 슈터데, 이체호, 졸타우, 등지이고 독일이 사랑하는 엘베강이 온통 핵으로 오염되어 죽음의 강이 되고 말았습니다. 사망자 950만 명 추산(내국인 외국인 분간이 어려움), 중상자 약 150만 명, 경상자 약 300만 명, 방사능 감염 우려자 약 500만 명으로 추산하고 있습니다. 하나님이시여, 독일 국민에게 자비를 베풀어 주옵소서."

그로부터 3개월 후, 세계 짐승 정부에서 독일 총리에게 항복하라는 요지의 문서가 전달되었다.

독일 총리에게 고한다. 이번 함부르크 수폭 공격은 독일의 세계 정부 공격에 대한 응분의 대가다. 독일은 세계 정부에 항복하라. 항복하지 않으면 두 번째 핵을 받는 곳은 베를린이 될 것이다.

세계 정부 콩 장군으로부터

독일 정부에서는 긴급 각료 회의를 소집하였고 이어서 의회에 세계 정부에 항복 여부를 긴급 의제로 상정하여 이를 논의하였다. 의회에서는 세계 정부에 항복하기로 결의하였다. 결국 독일 총리는 항복한다는 문서를 작성하여 세 명의 특사를 보내어 세계 정부에 항복 문서를 전달하였다.

그해 9월 초 독일 총리는 영국 총리를 통하여 비밀리에 긴급 G20 정상회의를 소집하고 영국 런던에서 갖기로 하였다. 각국 정상들은 첫날 같은 호텔에 투숙하였으며 다음 날 회담 장소는 버킹엄 궁정 안에서 열기로 하였다.

다음 날 10시에 G20 정상들이 버킹엄 궁전에 도착하자 정상들만 궁정 안에 들어갔고 각국 수행원들은 궁정 바깥에서 대기하도록 하였다. 영국 국왕이 직접 나와 정상들을 맞이하였으며, 국왕은 정상들을 일일이 접견실로 안내하였다. 회의는 접견실에서 진행하기로 하였고, 이날 점심은 국왕의 환영 만찬으로 준비되었다.

G20 정상회의 사회는 영국 총리가 맡았으며, 회의 진행은 도청을 방지하기 위해 일체 마이크 시스템을 사용하지 않기로 하였다. 중요한 내용은 노트북 모니터에 손으로 쓰면 대형 화면에 비치도록 하여 글쓰기로만 의사소통을 하기로 하였다. 이날 정상 회의에서 논의할 주제는 세 가지였다.

1. 독일 수폭 피해 복구 어떻게 도울까

2. 2차 핵 공격이 있을 경우 어떻게 대처하나

3. 세계 짐승 정부에 어떻게 보복할 것인가

 첫 번째 주제로 들어갔다. 독일 총리로부터 각국에서 보내온 구호와 지원에 감사를 표하였다. 독일에 환자가 너무 많아서 독일에서 요청할 경우, 영국과 프랑스와 이탈리아에서 환자를 받아 주기로 하였다.

 두 번째 주제에 들어가서는 각국에서 핵전쟁에 대비하는 전략이 나왔다. 땅속 30미터 이하에 지하 대피 시설을 만들고 비상식량 목록도 국민들에게 알려 주기로 하였다. 그리고 방사능으로 오염된 미세 먼지 방지를 위하여 온몸에 입는 보호 장비와 특수 방독면은 미국, 일본, 한국에서 개발하여 공급하기로 하였다.

 세 번째 주제는 세계 정부의 거인 짐승을 어떻게 공격하는가의 문제였다.

핵으로 거인 짐승의 본부를 공격하자는 의견이 나왔으나 거인 짐승의 본부가 미국 국경 가까운 곳에 있으므로 결국 미국 국민의 피해가 크다고 이 의견은 받아들이지 않았다.

이때 한국의 대통령이 '드론 2040 작전 계획'이라는 문건을 나누어 주고 설명하였다.

한국 대통령의 작전 계획은 무인 항공기인 대형 드론을 만들어 이 드론에 핵을 장착하여 거인 짐승이 사는 땅속 나라 아리아니를 공격하자는 전략이었다. 한국 대통령의 작전 계획을 듣자 여러 정상들은 박수를 치며 크게 환영하였다.

그러자 독일 총리가 물었다.

"땅속 거인 나라 아리아니에 들어가는 입구를 알 수 있을까요?"

"1947년 2월 미국 해군 버드 제독이 비행기를 타고 북극 근처에서 땅속 세계 아리아니에 들어가 비행한 일이 있어요. 제 생각에는 미국 CIA 비밀 서류를 보면 아리아니 지하 세계로 들어가는 입구에 대한 좌표가 나올 겁니다."

이야기를 듣던 미국 대통령이 말했다.

"네. 너무 좋은 전략인데요. 대통령직 인수를 받을 때 저도 버드 제독 보고서를 읽은 적 있어요."

"그럼 입구에 대한 좌표도 보셨나요?" 한국 대통령이 물었다.

"네, 본 것 같아요."

"잘되었어요. 그럼 땅속 지하 세계를 공격할 수 있겠어요."

사회를 보는 영국 총리가 말했다.

"우리가 핵으로 공격하기 때문에 신중을 기해야 합니다. 영국 항공기를 보내 먼저 지하 세계 입구를 확인할게요."

모두가 박수로 환영하였다. 다시 영국 총리가 말하였다.

"그러면 이제 구체적인 이야기를 합시다. 문제는 실제로 '1톤 이상을 실을 수 있는 그런 드론이 있는가'이고, 다음으로는 '1톤에서 2톤 되는 소형 핵이 있는가' 입니다. 그리고 핵 몇 개를 개발하고 드론 몇 개를 개발할 것인가를 결정해야 합니다."

프랑스 대통령이 대답하였다.

"제가 알기로는 땅속 지하 세계 아리아니 지역이 넓기 때문에 적어도 다섯 개의 핵은 필요해 보입니다. 그리고 드론은 50개 정도 개발하면 좋겠습니다. 왜냐하면 땅속 지하 세계를 공격할 때 드론 열 대로 한 편대를 편성한 다음, 모두 5개 편대를 구성합니다. 열 대 중 한대에만 핵을 장착하고 나머지 아홉 대는 핵이 실리지 않은 미사일을 싣고 공격하면 좋을 듯합니다. 처음에 핵이 없는 드론 아홉 대에 미사일을 각각 장착하여 먼저 공격하고 나중에 맨 끝에 있는 핵이 실린 드론으로 공격한다면 더 깊은 곳으로 들어갈 수 있기 때문입니다."

미국 대통령이 말하였다.

"좋은 의견입니다. 그러니까 드론 5개 편대가 차례로 연속적으로 공격을 계속해야 할 것입니다. 처음 편대가 공격할 때 미사일이 실린 드론 아홉 대가 모두 격추가 되고 나중에 핵이 실린 드론이 격추가 되면 핵이 폭발하므로 적어도 반경 50킬로미터 지역은 엄청난 피해를 입을 것입니다.

그러면 핵 공격을 받은 지하 세계의 국경수비대는 무력해질 것이고 더 이상 반격을 하지 못할 것입니다. 이때 다시 드론 제2편대가 더 깊이 들어가 핵 공격을 하는 것입니다. 그와 같은 방법으로 5개 편대까지 들어가 핵 공격을 한다면 아리아니는 치명상을 입을 것입니다."

"그렇습니다. 대통령께서 드론 핵 공격 전략을 잘 말씀해 주셔서 감사를 드립니다."

이때 독일 총리가 말하였다.

"우리가 협의한 대로 땅속 아리아니 지역을 핵으로 공격하여 거의 반 가까이 초토화시킬 수 있다면 좋겠습니다. 독일이 받은 수모를 되갚음 할 날이 머지않아 보입니다."

"꼭 총리님의 소원대로 이루어질 날이 있을 것입니다. 그러면 독일에서 개발한 수소 폭탄은 중량을 어느 정도까지 가볍게 했는지요?"

"네, 우리나라에서 10년 전부터 소형화된 핵 개발에 매진했습니다. 그 결과 현재 3톤 정도의 수소 폭탄을 개발했어요. 1년 이내에 1톤짜리 핵을 개발할 수 있을 것입니다."

"그렇군요. 1톤짜리 소형 수소폭탄을 개발할 수 있다면 무인 비행기 드론에 장착할 수는 있을 것으로 보입니다. 일본이나 프랑스에서 개발한 드론은 어느 정도의 하중을 견딜 수 있나요?"

먼저 일본 총리가 대답하였다.

"우리나라에서는 현재까지 대형 드론에 1톤 정도까지 실을 수 있는 것을 개발했어요. 더 연구를 하도록 하겠습니다."

그러자 프랑스 대통령이 대답하였다.

"프랑스에서는 500킬로그램 중량을 탑재할 수 있는 드론을 현재 개발하고 있는데요. 1년 후에는 1톤용 드론도 성공할 것이라 믿고 있어요."

이때 미국 대통령이 질문을 하였다.

"일본과 프랑스에서 개발한 드론은 최대 항속 거리가 얼마나 되나요? 사용하는 연료는 무엇이고 그러한 드론으로 멀리 북극 근처까지 주유하지 않고 날아가서 공격할 수 있을까요?"

그러자 프랑스 대통령이 답하였다.

"바로 그 점이 드론의 한계입니다. 한국에서 신에너지를 개발했다는 소식을 들었는데요. 소개해 줄 수 있을까요?"

"아시는 대로 한국에서 아무 연료도 없이 지구를 한 번 돌 수 있는 정도의 항속 거리를 가진 비행기 엔진을 개발하여 성공했어요. 이러한 에너지가 바로 지구의 자기장을 이용한 프리 에너지입니다. 드론이나 무인 비행기에 프리 에너지를 장착하는 것은 어렵지 않습니다."

일본 총리가 말하였다.

"정말이군요. 한국의 신에너지 기술력은 알아주어야 합니다. 그럼 한국에서 개발한 프리 에너지를 도입하면 항속 거리가 무한한 드론 개발은 성공할 수 있겠습니다. 전혀 연료 걱정은 없겠어요."

"매우 놀라운 일입니다. 극비 사항이지만 현재 미국에서 UFO와 유사한 비행접시를 개발하고 있는데 여기에 프리 에너지를 도입하여 장착한다면 엄청난 위력을 발휘할 것이고 거인 짐승들의 비행접시와 같은 수준을 만들게 될 것입니다. 한국에서 도와 줄 수 있겠지요?"

"네, 프리 에너지 엔진을 주문하신다면 그렇게 도와 드립니다. 사실은 한국에서도 이미 프리 에너지를 장착한 비행접시를 개발하고 있어요. 개발 속도가 현재 80퍼센트 정도 진행되고 있어요."

"그러면 여러 정상들에게 말씀드립니다. 지구상에 사는 나라들이 살아남는 길은 하루 속히 외계인 짐승이나 땅속 거인 짐승들이 타고 다니는 UFO라 부르는 비행접시 우주선을 만들어 대결하는 방법밖에 없죠. 문제는 항속 거리가 무한한 프리 에너지를 장착한 엔진이 있어야 하며 얼마나 빠르게 움직이는가 하는 속도에 달려 있어요. 마침 한국에서 프리 에너지 개발에 대한 특허를 가지고 있으니까 이제 희망이 생겼어요. 미국과 한국이 손을 잡고 이번 아리아니 공격에 쓰일 핵을 탑재한 우주선을 만들어 보겠습니다. 당분간 두 나라가 합작하여 만들게 되는 우주선에 대하여 비밀을 꼭 지켜 주시기 바랍니다."

영국 총리가 다시 회담을 진행하였다.

"그러면 독일이나 프랑스에서는 1톤 수준의 경량급 수폭 개발에 박차를 가하시고, 미국과 한국 일본에서 1톤 이상도 실을 수 있는 비행접시 우주선을 개발한다면 우리가 거인 짐승의 지하 세계 아리아니를 공격할 수 있겠어요. 앞으로 6개월 후면 가능하겠지요?"

독일 총리가 대답하였다.

"독일에서의 핵개발 진행 속도를 보면 가능해 보입니다. 꼭 성공하도록 하겠습니다."

프랑스 대통령이 대답하였다.

"프랑스에서 1톤 이상의 경량급 핵탄두를 개발하는 일은 독일과 협력하면 가능할 것으로 믿고 있습니다."

미국 대통령과 한국 대통령도 이에 동감을 표하였다. 이어서 영국 총리가 다시 물었다.

"연합군에서 핵탄두 다섯 개의 개발비와 장착할 탄도 미사일 100개와 또 미국과 한국에서 전쟁용 우주선 50대를 개발할 경우, 이 모든 경비를 어떻게 하면 좋을지 의견을 주시기 바랍니다."

캐나다 총리가 대답하였다.

"제 생각으로는 이제 G20 나라들이 거인 짐승의 핵 공격을 받을 것입니다. 그런 의미에서 G20 회원국은 하나가 되어야 하며 단일 공동체로 뭉쳐야 합니다. 이번 아리아니 핵 공격에 필요한 경비도 공동으로 부담할 것을 제안합니다."

이탈리아 총리와 미국 대통령이 캐나다 총리 의견에 동감을 표하였다.

"그럼 이번 아리아니 핵 공격에 필요한 비용을 20개 회원국들이 균등하게 공동 부담하자는 의견에 대하여 표결에 부칠까요?"

캐나다 총리가 "OK."라고 말하였다. 영국 총리가 찬성하면 손을 들어달라고 하자 만장일치로 찬성하였다.

"그럼 아리아니 지역 핵 공격에 필요한 총 경비는 20개국이 공동으로 부담하기로 결정하겠습니다."

모두가 박수로 동감을 표하였다.

"그러면 마지막으로 한 가지만 더 논의하겠습니다. 앞으로 공격 날짜를 정한다거나 공동경비를 책정하고 지불하는 일 등 구체적인 것에 대하여 인접국가인 영국과 프랑스와 독일 세 나라에게 맡기면 어떨까요?"

모든 회원국이 박수로 받아 주었다.

이번에는 영국 총리가 말하였다.

"매우 중요한 것 한 가지가 빠져 있습니다. 아리아니를 공격할 때, '어떤 군대를 보내느냐', '몇 개 나라의 연합군을 만들어야 되는지'의 문제입니다."

이때 독일 총리가 말하였다.

"중요한 문제입니다. 제 생각에는 군의 지휘 통솔은 지휘 체계와 지도력이나 리더십이 중요합니다. 이런 점에서 세계 최강의 나라 미국에 맡기면 어떨까요?"

모두가 박수로 받았다. 미국 대통령이 말하였다.

"감사합니다. 아리아니 공격 작전 계획은 단일 체제가 맞아요. 작전의 비밀성 때문에 미국에 맡겨 주신 것으로 믿고 받아 드립니다. 미국의 자랑 우주군사령부를 동원하겠습니다."

다시 한번 박수가 터져 나왔다. 금번 G20 정상 회의 합의문은 아래와 같았다.

하나, 종말을 맞아 G20 회원국은 하나 되는 공동체이며 세계 짐승 정부에 맞서 싸우기로 한다.

하나, 아리아니 핵 공격용 경량급 핵무기는 1톤을 목표로 개발하고 1톤의 핵을 탑재하는 우주선 모양의 드론은 미국과 한국이 협력하여 개발한다.

하나, 핵폭탄 다섯 개와 탄도 미사일 100개, 및 레이저 무기 100개 개발 및 우주선 모양의 드론 50대 개발을 위한 경비는 20개국이 공동으로 부담한다.

하나, 공격 날짜나 공동경비 책정 등 구체적인 것에 대하여는 영국과 프랑스와 독일 세 나라에게 맡긴다.

하나, 아리아니 공격은 미국 우주군 사령부에 맡겨 수행한다.

이상과 같은 5개 항의 공동 합의문을 작성한 후 20개국 정상들에게 나누어 주었으며 극비에 부치도록 하였다.

언론에는 아래와 같이 두 개 항목의 짧은 결의문을 공개하였다.

> 1. 독일의 수폭 피해에 대하여 구호와 지원 문제를 논의하였으며 독일에 환자가 너무 많아서 독일에서 요청할 경우, 영국과 프랑스와 이탈리아의 병원에서 환자를 받아 주기로 하였다.
>
> 2. 각국에서 핵전쟁에 대비하는 전략을 세우기로 하였다. 땅속 30미터 이하에 지하 대피 시설을 만들고 비상식량 목록도 국민들에게 알려 주기로 하였다. 그리고 핵먼지 방지를 위하여 온몸에 입는 방호복과 특수 방독면은 미국, 일본, 한국에서 개발하기로 하였다.

✧ 거인들이 버뮤다 주변 나라와 쿠바 점령하다

독일 함부르크에 핵 공격이 있은 지 3개월이 지날 때였다. 아리아니 거인 정부에서 긴급 각료 회의가 열렸다.

콩 장군이 일어나 입을 열었다.

"나의 사랑하는 동지 여러분, 지구 점령을 위하여 우리는 잠시도 멈출 수 없다. 가장 시급한 것은 우리의 전력 기지를 확보하는 일이다. 우리는 내일 버뮤다 주변의 버뮤다와 바하마 두 나라를 기습 공격하여 점령하라. 그리고 이어서 쿠바를 점령하라. 일어나라 싸워라 정복하라."

연설이 끝나자 콩 장군은 국방 장관 벨라를 불렀다.

"국방 장관, 3일 후 아침 새벽 6시를 기하여 버뮤다와 바하마 두 나라, 그리고 쿠바를 동시에 기습 공격하고 점령하라."

"네. 사령관님 즉시 시행하겠습니다."

"세 나라를 점령하는 데 있어서 어떤 전술 계획이 있는가?"

"네 사령관님 2개 편대로 나눠서 두 개 섬 나라의 레이더와 군사기지를 미사일로 폭격하고 우리 군대들이 배를 타고 두 개 섬 나라를 점령하겠습니다."

"알았어. 두 나라 이름이 버뮤다, 바하마라고 했던가?"

"네, 그렇습니다."

"두 나라의 최고 지도자는 누구인가?"

"네. 아직까지 두 나라는 영국 국왕이 다스리고 있습니다."

"가만히 있자. 두 나라 뒤에 영국이 있다. 알았어."

"네. 사령관님. 드릴 말씀이 있습니다. 쿠바는 무력으로 진입하지 말고 수소폭탄으로 공격하겠다고 미리 알리고 항복을 하라고 하면 어떨까요.?"

"그거 좋은 생각이오. 그렇게 하시오."

회의를 마친 후 국방부에 온 벨라 여사제는 군단장 회의를 소집하였다.

"장군 여러분, 드디어 우리는 지구에 있는 나라를 점령할 기회가 왔소. 땅속 아리아니 군대들이 버뮤다 삼각지를 자주 드나들고 있는데 우리의 공격 목표는 버뮤다 삼각지 근해에 있는 버뮤다와 바하마 두 개 섬나라입니다. 공격 일시는 3일 후, 새벽 6시입니다. 1군단장은 버뮤다를 맡고 2군단장은 바하마를 담당하고, 3군단장은 쿠바를 점령하시오. 단순히 공격하는 것이 아니라 기습 공격한 후에 두 나라를 점령하면 됩니다."

"네, 알겠습니다."

"1군단장, 어떻게 할 계획인가요?"

"네. 1단계는 미사일로 레이더 기지와 군사 시설을 폭격하고 다음에는 하늘을 나는 마병대를 동원하여 대통령 가족과 TV 방송국 그리고 발전소를 접수하겠습니다. 그리고 우리 함대 열 대에 우리 군사들을 태워 상륙하겠습니다."

"좋아요. 2군단장은 어떻게 하겠소."

"저도 같은 전략을 사용할게요."

"3군단장은 쿠바를 어떻게 점령하겠소?"

"쿠바는 공산 국가이고 큰 나라입니다. 수소폭탄을 투하하겠다고 미리 알리고 항복하라고 하면 어떨까요?"

"맞아요. 좋은 방법이오. 그런데 쿠바가 우리 요구대로 들어줄까?"

"그것은 독일의 경우, 수폭의 피해가 너무 극심하니까 어쩔

수 없이 받을 겁니다. 그런 예가 있기 때문에 쿠바는 미리 항복할 겁니다."

"그래요. 한번 시도해 봅시다. 자 그럼 돌아가서 자세한 공격 계획서를 만들어 제출하시오."

"네. 장관님."

"우리에게는 시행착오는 있을 수 없어요. 두 나라를 공격할 때 명심할 것이 있어요. 미사일 폭격 후 마병대 진입과 함대의 진입이 거의 동시에 이루어져야 한다고 생각해요. 우리 군의 전략은 기습과 신속성입니다."

"네. 명심하겠습니다."

회의가 끝나자마자 3군단장은 급히 쿠바를 수소 폭탄으로 공격하겠다는 전단지 100만 장을 만들었다.

전단지는 "온 세계의 지구인들이 우리 정부에 복종하지 않기 때문에 핵으로 다스린다. 우리에게 항복하면 살 것이고 불복하면 수소 폭탄을 선물로 받을 것이다. 쿠바 대통령은 항복하라."라는 내용이었다.

하늘을 나는 마병대 열 대가 곳곳을 빠르게 다니며 전단지를 뿌렸다. 가장 놀란 사람은 쿠바 대통령이었다. 쿠바 대통령은 긴급 국무회의를 소집하고 논의하였다.

대통령은 침통한 표정으로 입을 열었다.

"여러분, 우리에게 드디어 올 것이 왔어요. 전단지 내용이 사실이라면 정말 심각한 일이오. 우선 전단지 내용이 사실인지 아닌지 진위를 파악해야 할 것이오."

대통령이 여기까지 말하자 비서실장이 급히 쪽지를 가지고 와서 대통령에게 내밀었다. 세계 정부에서 쿠바 대통령에게 10일 이내로 항복하라는 문서가 팩스로 온 것이다.

이날 국무회의에서 거인 정부에 항복 여부를 논의했으나 결론을 내지 못하고 회의를 마쳤다.

그로부터 3일 후 새벽 6시에 거인 짐승 정부에서는 버뮤다와 바하마 두 나라를 미사일로 기습 공격하였다. 공격 목표는 레이더 진지와 군사 시설 그리고 여러 TV 방송국이었다.

두 나라는 국방력도 빈약하고 평화로운 나라이었기에 단 두 시간 만에 거인 짐승 정부군에 의하여 점령당하고 말았다.

거인 짐승 정부의 군인들은 신속하게 대통령 가족을 체포하고 장관들을 긴급 구금하였다. 이로써 버뮤다와 바하마 두 나라는 거인 정부군에 의하여 지배를 받게 되었다.

이런 소식이 매스컴에 전달되자 가장 놀란 나라는 쿠바였다. 다음에 공격 대상은 쿠바가 될 가능성이 높아졌기 때문이다.

5일 후에 쿠바 대통령은 다시 국무회의를 소집하였으나 결론을 내리지 못하고 공산당 정책 회의로 넘겼다.

쿠바 대통령은 급한 나머지 영상 전화를 통해 미국 대통령에게 구조를 요청하였다. 이에 미국 대통령은 쿠바에 아무런 도움을 줄 수 없다는 대답을 하였다.

급기야 쿠바 대통령은 쿠바 국영 TV에 나타나 거인 짐승 정부에 항복한다는 성명을 발표하였다.

이에 거인 짐승 정부군은 쿠바에 들어와 곳곳에 군사 진지를 만들고 외계인 짐승들이 거리마다 통제하였다. 이후 쿠바는 본격적으로 세계 정부의 통치를 받게 되었다.

쿠바를 점령하자 곧바로 거인 짐승 정부에서 아바나를 임시 수도로 정하였고 핵 잠수함이나 항공기 등 각종 전투 자산을 쿠바로 옮겼다.

✧ 지구인이 거인 나라에 핵 공격을 하다

다음 해 1월 중순 미국 대통령과 영국 총리와 독일 총리, 그리고 프랑스 대통령, 중국 총리 다섯 사람이 비밀리에 프랑스 대통령 관저에서 만났다.

이 자리에서 다섯 정상은 미국, 영국, 독일, 프랑스, 중국 다섯 나라에서는 경량급 핵을 하나씩 준비하기로 하였고, 공격용 우주선 드론 50대는 드론의 작동 프로그램 운용을 위하여 미국에서 일괄 개발하여 제공하기로 하였다.

이날 미국과 영국, 그리고 프랑스에서는 경량급 핵폭탄을 확보하고 있다고 말하였으며, 독일과 중국 총리도 몇 달 내로 경량급(1톤 수준) 핵폭탄 개발이 가능하다고 하였다.

미국 대통령은 한국과 협력하여 1톤을 실을 수 있는 우주선 드론 개발에 박차를 가하고 있으며 가능성이 있다고 답하였다. 그리고 미국에서 일괄 개발한 우주선 드론에 핵을 탑재하는 방법, 그리고 공격 시기에 대하여는 추후 해당 나라에 통보하기로 하였다.

그리고 최종 아리아니를 공격하는 방법이나 구체적인 일자와 시간에 대하여는 보안 관계상 영국, 독일, 프랑스 세 정상에게 맡기기로 하였다.

그 후 3월 하순 영국 총리와 독일 총리, 그리고 프랑스 대통령 세 정상은 언론에 알리지 않고 독일 총리 별장에서 비밀리에 만났다.

세 정상이 만났을 때 세계 무인 드론 페스티벌을 러시아 모스크바에서 열기로 하고 러시아 총리에게 연락하였다. 러시아 대통령은 평소 드론에 대하여 관심이 많은지라 흔쾌히 허락했다.

'세계 무인 드론 페스티벌'. 주최는 러시아에서 맡고 장소는 모스크바에 있는 루즈니키 월드컵 경기장으로 하고, 개최 일자는 그해 7월 3일부터 5일까지 열기로 하였다.

세 정상은 지구 지하 세계 아리아니 공격을 7월 7일로 예정하기로 하였다.

'국제 드론 페스티벌'이 열리는 기간에 경량급(1톤) 핵을 실은 유인 우주선 드론 다섯 대와 공격용 무인 우주선 드론 마흔다섯 대를 모스크바에 옮겨 놓고 공격 준비를 하자는 전략이었다.

그러나 동 국제 드론 페스티벌 행사 후에 아리아니 핵 공격 전략에 대하여는 당분간 러시아뿐만 아니라 다른 어떤 나라에도 알리지 않고 비밀리에 추진하기로 하였다.

영국 총리가 프랑스와 독일 두 정상에게 지구 땅속 아리아니를 공격할 전략을 말하였다.

"드디어 아리아니 지하 세계를 공격할 기회를 잡았어요. 우리 연합국에서 출동하는 50대의 우주선 드론이 모스크바에서 열리는 드론 페스티벌에 참가하게 하고 대회가 끝나면 이틀 후에 아리아니를 공격하자는 전략입니다."

독일 총리가 말하였다.

"너무 좋은 전략입니다. 이 전략에 동의합니다. 단지 핵폭탄의 하중을 아무리 줄여도 2톤 정도가 되는데 이런 핵을 탑재할 우주선 드론 개발이 가능할까요?"

프랑스 대통령이 대답하였다.

"저도 우리의 전략은 성공할 거라 믿고 있어요. 드론에 실을 하중은 걱정하지 않아도 됩니다. 드론의 크기를 더 크게 만들면 되니까요."

"잘되었어요. 그동안 독일과 프랑스에서 수고 많이 하셔서 감사드려요."

이때 영국 총리가 물었다.

"그럼 공격할 드론이 50대나 되는데 드론이 아리아니 고성능 레이더에 포착되지 않을까요?"

"네. 드론이 50미터 이하의 높이로 저공비행을 한다면 아리아니 레이더에서 포착하기 어려울 겁니다."

"그러나 아리아니 군사력이 막강하기 때문에 다소 염려가 됩니다."

이때 다시 영국 총리가 말하였다.

"모인 김에 아리아니 지하 세계 공격 일시를 정해 볼까요?"

프랑스 총리가 말하였다.

"제 의견으로는 아리아니 공격 일시는 7월 7일 7시로 하면 어떨까요?"

독일 총리가 답하였다.

"제가 그렇게 말하려고 했는데 7월 7일 7시 좋아 보여요."

"그럼 공격 일시는 '777'입니다, 마지막으로 한 가지 더 협의하겠습니다. 7월 3일에 모스크바에서 열리는 국제 드론 페스티벌에 여기 모인 세 사람이 함께 참관하면 어떨까요?"

독일과 프랑스 두 정상도 함께 동의하였다.

이때 프랑스 대통령이 말했다.

"제가 국제 드론 페스티벌 행사에 대하여 한 말씀 드립니다.

5개 나라 연합군의 50대의 드론도 참가하도록 하여 그곳까지 이동하지만, 실제 드론 페스티벌에는 500킬로그램 이하 급의 우주선 모양의 우주선 드론을 참가시키면 좋겠습니다. 그리고 공격용 드론 50대는 대회장 근처 야산에 대기시키도록 하겠습니다. 물론 러시아 측에 부탁하여 경비를 세워 일반인들의 접근을 막도록 할 것입니다."

독일 총리도 한마디 하였다.

"맞아요. 그렇게 해야 합니다. 연합군의 드론은 이틀 동안 야산에 대기할 때 소속 국적 표시를 모두 지워 버리도록 하면 좋겠습니다."

영국 총리가 물었다.

"국적 표시는 없더라도 어떤 일련번호는 있나요?" 프랑스 대통령이 대답하였다.

"그렇습니다. 드론마다 일련번호가 주어졌어요. 제1편대 드론은 A1 에서 A10으로 표기하고, 제2편대 드론은 B1에서 B10으로, 제3편대 드론은 C1 에서 C10으로 표기하고, 제4편대 드론은 D1 에서 D10으로, 그리고 제5편대 드론은 P1부터 P10까지로 표기하기로 했어요."

"아, 네. 감사합니다. 그럼 이제 공동 경비를 산출하고 20개 나라에 분담금을 정해야 하는데요. 먼저 핵탄두 다섯 개, 탄도 미사일 100개, 레이저 무기 100대, 그리고 우주선 드론 50대 개발비를 산출해야 합니다. 얼마로 하지요?"

"네 독일의 경우, 핵탄두 개발비의 반값만 받으려고 합니다."

"정말입니까? 감사드립니다. 다른 네 개 나라에서도 그렇게 양해가 되면 좋겠어요."

프랑스 대통령이 한마디 하였다.

"자세한 액수는 모르지만 핵탄두 개발비는 대략 500억 원은 넘겠지요. G20 나라 중에는 경제력이 다소 떨어진 나라도 있고 하니 독일 총리 말씀대로 핵탄두 개발비의 반을 부담하자는 안에 대하여 프랑스에서도 동의하겠습니다."

"네, 영국에서도 그렇게 하겠습니다. 그러나 다른 나라에서는 5개국에 대하여 무역에서 보상하는 방향으로 특혜를 주면 좋겠어요."

프랑스와 독일 두 정상도 영국 총리의 의견에 동감하였다.

"참으로 감사해요. 그러면 탄도 미사일과 레이저 무기와 우주선 드론 개발비는 어떻게 되지요?"

프랑스 대통령이 대답하였다.

"네 미국과 한국 대통령과 협의한 후 다음 기회에 말씀 드릴게요."

"오늘 여러 가지 매우 중요한 결정을 하게 되어 감사를 드립니다. 다음 모임은 2주일 후에 파리에 있는 저의 관저에서 모이면 어떨까요?"

"네 감사합니다. 그때 프랑스 대통령께서 미국 대통령에게 물어서 탄도 미사일 100개와 레이저 무기 100대와 우주선 드론 50대 개발비를 알려 주세요."

"네, 그렇게 할게요."

"그럼 오늘 모임에서 협의된 결정 사항을 말씀드립니다.

하나, '세계 무인 드론 페스티벌'을 러시아 모스크바에서 7월 3일부터 5일까지 열기로 하고, 세 나라 정상은 모두 참가하며 다른 G20 정상들의 참가를 권장한다.

하나, 미국 소속 우주선 드론 다섯 대와 한국소속 우주선 드론 세 대만 페스티벌에 참가하기로 하고 나머지 공격용 우주선 50대는 대회장 근처 야산에 대기시키도록 하며 러시아의 협조를 받는다.

하나, 아리아니 공격은 7월 7일에 하기로 하고 공격 시간은 극비에 부친다.

하나, 다음 모임은 2주 후에 프랑스 대통령 관저로 한다.

그로부터 2주일 후에 영국, 독일, 프랑스 세 정상은 파리에 있는 프랑스 대통령 관저에서 비밀리에 만났다. 이날 모임에서는 아리아니 공격에 대해 구체적인 점검을 하고, 공동 분담금 책정 문제를 논의했다.

우선 독일과 중국은 2톤 중량의 핵폭탄에 대한 지하 실험을 하였고, 미국은 무인 우주선 드론에 2톤 탑재가 가능한지의 여부, 무인 우주선 드론의 공격 능력을 점검했다.

20개 나라의 공동 분담금에 대하여는 실제 총 개발비의

1/2 금액만 모금하기로 하였다. 그 대신에 미국, 독일, 프랑스, 중국, 한국과 무역을 할 때에는 다른 G20 소속국가들이 특별 혜택을 주기로 결의하였다.

7월 3일 아침 10시 모스크바 루즈니키 월드컵 경기장에서는 국제 드론 페스티벌 개회식이 열렸다. 50개국에서 300대의 드론이 참가하였으며, 미국, 영국, 캐나다, 프랑스, 독일, 중국 등 12개 나라의 정상들이 참석하여 국제 어느 대회보다 비중 있는 대회라는 평을 받았다.

현대전에 있어서 드론의 비중이 커지고 있어서 각국 군사 전문가들의 비상한 관심이 이번 대회에 모아졌다.

개회식 직전에 러시아 드론의 퍼레이드와 시범 비행이 있었다. 많은 관중들이 갈채를 보냈다.

러시아 대통령은 대회사를 시작하면서 페스티벌에 참석한 12개국 정상들을 일일이 소개하였다. 이어서 다섯 명의 심판진이 소개되었고 심판 규정을 발표하였다.

이번 대회는 경연이 아니고 축제와 같은 페스티벌이므로 우수상을 세 팀에게 주고, 참가팀 모두에게 상을 주었다.

7월 3일부터 5일까지 3일 동안 각 나라에서 준비한 무인 드론을 날게 한 결과, 우수상은 500킬로그램 이상의 하중을 싣고 성공적인 비행을 했던 미국과 한국, 일본의 드론 팀이 차지했다. 입상한 드론은 120개였다.

특히 미국과 한국 두 나라에서 출품한 접시 비행기 모양의 드론은 다른 나라 참가 팀들에게 매우 큰 호응을 받았다.

사흘간의 페스티벌이 끝난 후 6개 정상은 러시아를 떠났다. 그러나 미국, 영국, 프랑스, 독일, 중국, 한국의 6개국 정상은 러시아 대통령이 준비한 저녁 만찬에 초대되었다. G20 정상회의에서 자주 만났던 사이인지라 러시아 대통령은 정상들을 매우 친밀한 친구처럼 대해 주었다. 독일 함부르크의 수폭 피해, 향후 핵전쟁에 대한 추세를 중심으로 하였다. 7개국 국방 장관과 수행원들이 동석한 만찬의 자리는 진지했다.

만찬이 끝날 때 영국 총리가 러시아 대통령에게 대통령 관저 안에 있는 정원 안을 정상들만 산책하자고 제안하였다. 일곱 정상들은 담소를 나누며 걷다가 원형 탁자에 함께 둘러앉았다

영국 총리가 말을 꺼내었다.

"러시아 대통령님께 비밀스럽게 전할 말씀이 있어서 우리 일곱 사람만 모였습니다. 지난번에 대통령께 지구 땅속 아리아니를 7, 8월에 공격한다고 전했지요? 그런데 사실 아리아니 공격은 G20에서 만든 합동 작품이고 미국의 우주군에서 주동이 되어 작전을 하도록 기획했어요. 공격일이 이틀 후인 바로 7월 7일 아침 7시입니다. 대통령께서 양해해 주시기 바랍니다."

"아, 그렇군요. 아리아니와의 전투는 극비 상황이니 저에게도 미리 알리지 않는 것이 당연하지요."라고 말하며 러시아 대

통령은 잘 이해해 주었다. 정상들은 다음 날 출정식에서 만나기로 하고 헤어졌다.

　다음 날 아침 10시 출정식에는 미국, 영국, 프랑스, 독일, 중국, 한국에서 온 참모총장과 각국 공군 장교 다섯 명이 각각 일렬횡대로 서 있었다.
　특히 핵탄두를 실은 우주선 드론은 차라리 드론이라기보다는 접시 비행기 모양의 대형 우주선이었으며 매우 묵직해 보였다.
　7개국 정상은 각 나라 참모총장과 공군 장교들이 도열해 있는 앞을 지나며 거수경례를 받는 것으로 출정 신고식을 대신하였다.
　러시아 대통령은 미국 참모총장 앞에 왔을 때 그에게 물었다.
　"총장님, 드론 열 대가 한 개 편대로 되어 있다는 말을 들었는데 적을 공격할 때, 어떻게 하나요?"
　"네, 훌륭한 질문이십니다. 맨 앞에 공격하는 우주선 드론 두 대는 직경 20미터 되는 소형 우주선으로 정찰용입니다. 이 드론은 2분마다 위치 좌표를 나머지 여덟 대에 알려 줍니다. 그러면 나머지 여덟 대는 이렇게 위치 좌표를 받은 대로 정찰 드론의 뒤를 따라 전진합니다. 모든 우주선은 50미터 높이로 저공비행을 하므로 레이더에 걸리지 않습니다.
　만약 처음 정찰용 우주선 드론 두 대가 공격을 받아 총격을 받으면 높은 건물을 향해 자동적으로 탄도 미사일이 발사되고 또한 레이저 무기에서 강력한 레이저가 발사됩니다. 타격받은 건물은 산산조각이 나며 불바다가 될 것입니다. 이와 동시에 다량의 생화학 가스를 분출하면서 큰 피해를 주지만 우주선 드론이 공격받아 추락할 때 자동적으로 폭발하므로 추락 지점 주위는 불바다가 될 것입니다."

"아, 그래요. 다음 여덟 대는 어떻게 공격하지요?"

"편대장이 타는 유인 우주선 외에 다음 일곱 대의 무인 우주선 드론은 직경 30미터 되는 중형급 드론으로 여기에는 각각 2개의 탄도 미사일과 레이저 무기가 실려 있습니다. 특히 100킬로미터 거리 내에 있는 사드 레이더망이나 레이저 발사대를 찾아 파괴함으로써 사드 공격을 무력화하는 역할을 할 것입니다.

7대의 무인 우주선 드론은 정찰용 우주선 드론과는 50미터 간격을 두고 이동하게 됩니다. 우리가 보유하는 여덟 대 우주선들은 모두가 거인 짐승의 우주선과 대등한 속력을 가지고 빠르게 움직이므로 어떤 탄도 미사일일지라도 따라잡아 타격할 수 없을 것입니다."

"만약에 공격을 받으면 어떻게 하지요?"

"만약 공격을 받으면 높은 건물이나 적군 기지가 있는 복사열 발산 지점을 향해 자동적으로 탄도 미사일과 레이저 무기가 모두 발사하도록 프로그램이 되어 있습니다. 일곱 대 드론

중 맨 마지막에 따라오는 모선 우주선 드론의 기장이 일곱 대 무인 우주선을 조정하게 됩니다. 이와 동시에 각 무인 드론에서는 생화학 가스탄도 발사하게 됩니다.

혹 일곱 대 무인 우주선 드론이 공격을 받아 추락하면 곧바로 폭발하도록 되어 있습니다. 우주선 자체가 강력한 폭발체로 되어 있으므로 추락하면 추락지점에 엄청난 피해를 줄 것입니다. 우리가 보내는 무인 우주선 드론은 모두가 일종의 자살 폭탄으로 보시면 됩니다."

"그럼 맨 마지막에 있는 모선 우주선에는 사람이 탑승하는 유인 우주선이군요."

"네, 그렇습니다. 그리고 마지막 한 대의 모선 유인 우주선은 직경 40미터 되는 중형 접시 비행체로서 여기에는 1톤 이상 되는 수폭이 실려 있습니다."

"아, 그렇군요. 우리가 보는 유인 모선의 모양이 접시 비행체인 UFO와 닮은 모습이지만 유난하게 위아래가 높게 되어 있는데 어떤 활동을 하지요?"

"유인 우주선 모선은 마치 3단 우주선과 같이 셋으로 분리하도록 되어 있습니다. 거인 짐승 군대가 매우 강력하고 방어체계가 잘되어 있기 때문에 처음에 공격을 받으면 아래 엔진 부분이 떨어져 나갑니다. 그리고 아래 엔진 부분이 떨어져 나가면서 주요 군사 시설을 레이저로 공격하면서 추락하고, 이어서 수폭이 분리되어 폭발하게 되어 있습니다. 그러면 나머지 맨 위에 있는 소형 유인 비행체는 매우 빠른 속도로 운행하다가 미국으로 돌아오도록 되어 있습니다."

"아, 정말 놀랍군요. 3단 로켓형 접시 모양의 우주선이라! 인류 역사상 가장 획기적인 발명품에 속하겠어요. 매우 훌륭해요."

"대통령님, 우리의 모선 우주선은 50미터 높이의 저공으로 빠르게 접근하다가 목표 지점에 도달하면 다른 무인 우주선과 함께 급하게 수직으로 상승하다가 약 600미터 상공에서 수폭을 폭발하도록 되어 있습니다. 그리고 귀환하는 소형 우주선은 높이를 낮추어 50미터 저공으로 빠르게 운행하여 적의 레이더망을 벗어나도록 할 예정입니다."

"그럼, 제1편대가 아리아니 지역으로 들어간다면, 어느 정도 들어가서 수폭을 터뜨리게 되나요?"

"제1편대는 가급적 아리아니 입구 쪽에 있는 적의 방어 체제를 무너뜨려야 하므로 50킬로미터 지점에서 수폭을 폭발하도록 할 예정입니다."

"그럼 제1편대의 역할이 매우 중요하겠어요."

"우리의 공격 전략은 처음 열 대의 드론이 아리아니에 들어가서 탄도 미사일을 발사하고 원폭을 터뜨려서 입구 가까이에 있는 아리아니 군대를 초토화시키는 일이 매우 중요합니다. 이어서 두 번째 편대가 더 깊숙하게 들어가고 다시 두 번째 원폭을 터뜨려서 파괴를 극대화시킨 다음, 다시 마지막 다섯 번째 편대는 더 먼 곳까지 들어가서 핵으로 공격하는 전략입니다."

"멋진 전략이오."

이때 영국 총리가 말하였다.

"우리 연합군이 승리할 수밖에 없는 몇 가지 조건이 있어요. 하나는 아리아니에는 우리의 접시형 우주선과 유사한 것들이 많기 때문에 별로 관심을 두지 않을 것이라는 점이고, 다른 하나는 프리 에너지로 장착했기 때문에 아무런 소리도 내지 않고 매우 빠르게 접근한다는 점이고, 또 가장 먼저 들어가는 정찰용 무인 우주선 드론은 크기가 작아서 장난감으로 보고 그들이 지나칠 가능성이 많다는 점입니다."

러시아 총리가 다시 물었다.

"네, 그렇군요. 한 가지 더 궁금한 것이 있어요. 그럼 아리아니에 들어가는 입구를 드론이 어떻게 찾아가지요?"

미국 대통령이 답하였다.

"미국 CIA에서 아리아니 입구에 대한 좌표를 알고 있어서 영국 총리에게 알려 주었어요. 그리고 처음에 영국의 유인 우주선이 연합군 비행체를 입구 근처까지 안내할 겁니다. 물론 모든 비행체는 50미터의 저공비행을 하여 적의 레이더망을 피하려고 합니다."

"그렇군요. 그럼 50대 드론이 일시에 함께 날아가 공격합니까?"

"아닙니다. 첫 번째 편대와 두 번째, 그리고 두 번째와 세 번째 편대 사이에는 각각 5분 간격으로 이어서 공격을 하게 됩니다."

이때 독일 총리가 질문하였다.

"내가 알기로는 거인 짐승 군대들은 이미 빛의 속도로 발사하는 강력한 레이저 무기를 보유하고 있어서 레이저 무기로 공격할 텐데요. 어떤 대비책이 있나요?"

미국 대통령이 미소를 지으며 대답하였다.

"레이저 무기 공격을 예상하고 이에 대한 대비책을 미국에서 마련했습니다. 참모총장이 대답해 주시오."

"네, 대통령님, 제가 대답하겠습니다. 레이저 무기 체제는 어느 나라보다 미국이 가장 앞서 있어요. 그래서 레이저 무기로 공격을 받을 때의 대비책도 마련했습니다. 우리의 우주선 기체의 바깥 표면은 레이저 반사체로 되어 있어서 레이저를 받으면 바로 반사되어 튕겨 나가도록 하고 있습니다."

"아아, 정말입니까? 미국은 놀라운 무기 체제를 갖추고 있군요. 그럼 이번에 우리가 가진 우주선 드론이나 비행체는 모두 레이저 반사체를 장착했군요."

"그렇습니다. 그러나 우리에게도 약점이 있어요. 우리의 우주선 엔진은 우주선 아래에 마흔여덟 개가 달려 있는데요. 엔진 부분에 정통으로 레이저를 공격받으면 대책이 없어요."

"아, 그렇군요. 아니 엔진이 왜 그렇게 많지요?"

이때 한국 대통령이 답하였다.

"네, 한국에서 만든 프리 에너지는 원래 엔진이 마흔여덟 개로 구성하여야 제대로 된 출력이 나오기 때문입니다. 현재 외계인 짐승이나 거인 짐승이 타고 다니는 우주선은 모두가 엔진이 마흔여덟 개 달려 있어요. 우리 인간들의 기술력이 그들의 기술을 따라잡은 것이지요."

"와우! 역시 코리아의 과학 기술력은 알아주어야 합니다. 원더풀!"

7개국 정상들이 이야기를 나누며 도열되어 있는 우주선들을 돌아보는 동안 맨 끝에 서 있는 조종사들을 만나게 되었다.

맨 앞에 서 있는 우주군 총사령관이 정상들에게 거수경례를 하며 신고하였다.

"대통령님, 총리님, 저는 미국 우주군 총사령관 존 대장입니다. 아리아니 공격을 위한 연합군이 이제 출동하겠습니다."

"우주군 사령관이군요. 마음 든든합니다. 꼭 승리하고 돌아오시오. 건승을 빌겠소."

각국 정상들이 조종사들과 일일이 악수를 하며 잘 다녀오라고 격려하였다.

수폭을 실은 각 유인 우주선에는 기장과 부기장, 그리고 수폭 담당관으로 세 명이 탑승하였으며 수폭 담당관은 독일 과학자이었다.

우주군 총사령관 존 대장은 모든 승무원들의 시계를 돌려자신의 시간과 동일하게 맞추도록 하였다.

드디어 출동 신고식을 마친 아리아니 공격 연합군은 30분 후에 출발하였다. 모든 연합군 편대가 1편대로부터 5편대까지 차례로 하늘로 수직으로 떠올랐으며 올림픽 경기장을 두 바퀴 돈 후에 멀리 사라졌다.

다른 일반 항공기와 달리 비행접시형 연합군 우주선들은 그 자리에서 하늘을 향해 수직으로 올라가는 동안에 큰 소리를 냈을 뿐 그 후에는 아무 소리도 들리지 않았다. 단지 각 비행체에서 한 줄기의 희미한 불빛이 나올 뿐이었다. 불과 5분 만에 연합군 우주선들은 1,000미터 상공에 진입하였으며 북쪽을 향하여 빠른 속도로 나아갔다.

이때 영국군 우주선이 연합군 비행체에 다가왔으며 연합군 앞에서 아리아니 입구 방향으로 인도하였다.

유인 우주선에 탑승한 기장들은 무인 우주선에 신호를 보내고 교신하느라 바쁘게 움직였다.

연합군 우주선들은 사람이 살지 않는 황무지가 나타나자 고도를 50미터 높이로 낮추어 레이더망에서 벗어나도록 하였다.

북극 가까운 곳에 있는 커다란 아리아니 입구로부터 후방 50킬로미터 지점에 왔을 때 모든 편대는 대열을 갖추고 땅에 착륙하였다. 우주군 총사령부 존 대장은 급히 미국 대통령에게 목표 지점에 무사히 도착하였다고 보고하였다.

밤 9시 반경에 도착하였으나 백야 현상 때문인지 대낮처럼 밝았다. 각 편대장을 위시하여 승무원들은 기내식으로 식사를 한 후 커피를 들며 휴식하였다.

10시 반에 연합군 전투대원들의 전략회의를 소집하였다.

참모총장이 일어나 사회를 보았다.

"지금으로부터 연합군 전략 회의를 시작하겠습니다. 총사령관님이 공격 명령서를 낭독하겠습니다."

총사령관 존 대장이 빨간색 1급 비밀 봉투를 개봉하더니 아리아니 공격 명령서를 낭독하였다.

> 아리아니 공격에 나선 연합군 여러분에게 작전 명령을 내린다.
>
> 제1편대 공격 목표는 아리아니 입구로부터 50킬로미터 이내 지역에 수폭을 터뜨려 국경 지역에 있는 아리아니 국경 방위군을 초토화시키는 일이다.
>
> 아리아니 지역에 들어가면 고도 50미터를 유지하며 빠른 속도로 진입하라.
>
> 모든 편대는 중앙에 유인 우주선을 중심으로 다이아몬드 대형을 유지하고 목표 지점에 도달하거든 최고 속도로 수직 상승하라.
>
> 이와 동시에 편대가 수직 상승을 시작하자마자 일곱 대의 무인 우주선은 적의 주요 군사 시설을 향해 돌진하여 목표 시설을 자살 폭파하도록 하라. 그 사이에 수폭을 탑재한 유인 우주선은 목표 지점에서 급상승하다가 고도 600미터 지점에서 수폭을 투하 폭발시켜라.
>
> 그 후 편대장은 정찰 무인선과 함께 본국으로 귀환하라. 수폭 투하 목표 지점은 1편대 입구로부터 50킬로미터 지점, 2편대 150킬로미터 지

점, 3편대 300킬로미터 지점, 4편대 400킬로미터 지점, 5편대 500킬로미터 지점으로 한다. 적기가 나타나면 무조건 레이저로 선제공격하고 적기가 대형 우주선일 경우 탄도 미사일로 공격하라.

적기가 나타나면 적기가 500미터 이내까지 접근하지 않도록 하라. 만약 유인 우주선이 목표 지점까지 수직 상승하는 도중에 공격받을 경우 그 지점에서 수폭을 투하 폭발시키도록 하라.

5개 편대는 제1편대로부터 시작하여 각각 5분 간격으로 공격한다. 온 지구촌을 살리기 위해 연합군의 명예를 위해 꼭 승리하고 돌아오기를 기원한다.

총사령관의 낭독이 끝난 후 각 편대장에게 공격 명령서를 배부하였다.

연합군 참모총장이 일어나 말하였다.

"취침 시간은 밤 11시로부터 새벽 5시까지이고 식사 후 공격 출동 시간은 오전 6시입니다. 아리아니 도착 후 최초 제1편대의 공격 시간은 아침 7시입니다. 질문 있습니까?"

제1편대장이 오른손을 들고 질문이 있다고 하였다.

"적기가 나타나면 적기가 500미터 이내까지 접근하지 않도록 하라는 말은 무슨 뜻인가요?"

"네, 좋은 질문입니다. 거인 짐승인 적군의 공군력은 상상을 초월할 만큼 과학 기술력이 뛰어 납니다. 우리 연합군 우주선에 적기가 500미터 가까이 접근하면 원격 조종하여 우리의 모든 항공기 기능을 마비시킬 수 있기 때문입니다."

"참모총장님 적기가 500미터 이내 거리에 오면 우리는 어떻게 해야 하지요?"

"네, 그와 같이 접근하기 전에 선제공격을 했으나 여전히 적기가 500미터 이내에 접근하는 경우는 적기가 매우 많이 나타날 경우일 것입니다. 그럴 때에는 최고 속도로 급상승하다가 고도 600미터에 도달 전이라도 어느 높이에서든 수폭을 폭발시키고 멀리 달아나야 합니다."

"참모총장님, 알겠습니다."

"다른 질문이 없으면 전략 회의를 마치겠습니다."

드디어 참모총장이 새벽 5시에 각 편대장에게 기상을 알리는 신호를 보냈다.

새벽 5시이지만 여전히 바깥은 대낮처럼 밝은 여름 날씨였다. 아침 6시에 총사령관 존 대장은 전투대원 전체 회의를 소집하였다.

존 대장은 차분하게 말하기 시작하였다.

"사랑하는 대원 여러분, 오늘 우리는 아무도 가 보지 못한 지구 땅속의 다른 문명 세계에 들어간다. 그래서 우리는 모두가 지구 땅속 세계를 탐험하는 개척자들이다.

땅속에 사는 거인 짐승들이나 동물은 모두 매머드급으로 덩치가 매우 크다. 거기다가 과학 기술 수준이나 군사적인 전술 능력이 매우 뛰어나기 때문에 우리가 예기치 못하는 상황을 맞이할 수 있다.

우리 편대가 목표 지점에 도착하기 전에 혹시 레이저 공격을 받아 기체에 파손이 있거나 화재가 났을 때 비상 버튼을 누른 후 최고 속도로 수직 상승하라. 그와 동시에 맨 아래 1단계 바닥체를 분리하여 버려라. 어느 높이에서든지 곧이어 수폭을 투하하여 폭파한 후, 다시 2단계 몸체를 분리하도록 하라.

비상 버튼 누름과 동시에 3단계 엔진이 작동하므로 제군들은 3단계 엔진만으로 고속 질주하여 고국으로 귀환하도록 하라. 항상 우리가 먼저 선제공격한다는 점을 명심하라.

내가 바라기는 이번 아리아니 공격은 예측 불허 상황이 많으므로 수시로 하나님께 기도하라. 아리아니 공격에는 하나님의 도우심이 필요하다.

수시로 창조의 신을 바라보라. 그리고 돌발 사태가 생길 때마다 'God help me!'를 외쳐라. 본인은 여기 있는 모든 대원들이 하나님의 도움으로 무사히 귀환하기를 기도할 것이다. 지금 시간으로부터 20분 후에 출발한다. God Bless You."

우주군 총사령관 존 대장은 대원들과 일일이 악수를 하고 포옹하며 "파이팅! 두려워 말고 담대하라. God be with You."라고 말해 주었다. 몇몇 대원들은 눈물을 글썽이기도 하였다.

존 대장은 출발 5분 전을 알리라고 참모총장에게 말하였다. 이어서 출발 1분 전을 알리는 신호를 보낸 후, 기다렸다가 존 대령은 출발 명령을 내렸다.

드디어 지하 문명 세계 아리아니를 공격하기 위해 제1편대가 출발하였다. 참모총장은 고도를 50미터로 유지하도록 말하였고, 5분 후에 제2편대에게 출발하라고 명령하였다. 그리고 1분마다 제3편대와 제4편대가 출발하였으며 마지막으로 총사령관과 참모총장이 타고 있는 제5편대가 출발하였다.

참모총장은 아리아니 입구까지 안내 할 영국 공군에 연락하였다. 맨 앞에 있는 영국 공군 소형 우주선을 따라 제1편대가 바짝 뒤따라갔으며 30분 후에 아리아니에 들어가는 커다란 공동이 보이는 지역까지 도착하였다.

영국 우주선 기장은 오른팔로 큰 원을 그리며 신호를 보낸 후 멀리 사라졌다.

총사령관은 연합군 우주선 편대가 아리아니 입구에 도착했다는 보고를 받았다. 총사령관 존 대장은 즉시 공격 명령을 내렸다.

"각 편대장은 들어라. 아리아니에 들어갈 때 고도를 50미터를 유지하고 운항 속도는 시속 1,000킬로미터 쾌속으로 빠르게 진입하라. 선두에 있는 정찰 우주선과 무인 우주선과의 거리는 500미터를 유지하라. 적기가 나타나면 레이저 무기로 선제공격하라. 유인 우주선이 피격당하면 목표 지점에 도달하지 않았을지라도 비상 버튼을 누르고 최강 속도로 수직 상승하다가 1단계 분리 후 수폭을 투하하라. 공격 개시!"

4개 편대장은 OK로 응답하며 커다란 공동 속에 있는 아리아니로 빨려 들어간 듯 질주해 들어갔다.

아리아니에서는 거인들이 아침에 기상하거나 식사하는 시간이었다. 연합군이 고도 50미터로 저공비행으로 침공했기 때문인지 적군에서는 아무런 제재도 없었다.

제1편대가 30킬로미터 정도 진입했을 때 정찰하는 아리아니 공군 우주선 두 대가 1킬로미터 전방에 나타났다.

맨 앞에 있는 무인 우주선에서 적기를 향해 레이저를 발사하자 순식간에 적기 우주선 한 대가 공중에서 폭발하며 추락하였다.

다른 적기 한 대가 멀리 사라졌으며 곧바로 50여 대의 적기 우주선이 멀리서 몰려오는 것이 제1편대장의 레이더에 포착되었다.

즉시 제1편대장은 총사령관 존 대장에게 적기가 50여 대 나타났음을 보고 하였다.

제1편대장은 비상벨을 누르고 무인 우주선 일곱 대로 하여금 정찰 레이더에 포착된 주요 군사 시설을 향해 돌진 명령을 내렸다. 각 무인 우주선은 적의 군사 시설과 사람이 많이 살고 있는 건물을 향해 돌진하였으며, 자폭하며 건물과 함께 폭발하였다.

이어서 제1편대의 유인 우주선은 최대 속력으로 수직 상승하다가 1단계 바닥부분을 분리한 후, 수폭을 투하하고 폭발시켰다.

순간 제1편대장이 계기판을 보았을 때 고도 600미터에서 수폭이 투하된 것을 확인하였으며 총사령관에게 수폭의 성공적인 투하를 보고하였다.

결국 아리아니 국경으로부터 40킬로미터 지점에서 연합군의 수소 폭탄 투하는 성공하였다. 제1편대장은 즉시 총사령관에게 국경 40킬로미터 상공에서 수폭 투하가 성공한 것을 보고하였다.

수폭이 폭발하자 강력한 불빛이 번쩍이면서 반경 100킬로미터 이내에 있는 모든 생물체는 숨을 멈추듯 죽어 갔으며 곳곳에서 화염에 휩싸였다. 한동안 지상 500미터 상공에 버섯 구름이 생겼으며 점차 방사능으로 오염된 구름이 사방으로 번져갔다. 이 사이에 제1편대 유인 우주선은 무인 정찰기 두 대와 함께 3,000미터 상공에 수직으로 올라갔다가 국경의 커다란 공동 지역을 거쳐 미국 알래스카를 향하여 비행하였다.

아리아니 국방성에서는 정체불명의 우주선으로부터 핵 공격을 받았다는 보고를 받자 경악하였다. 즉시 콩 장군에게 상황 보고를 하였으며 긴급 비상 전략 회의를 소집하였다.

비상전략 회의를 시작한 지 30분도 채 지나지 않아 급한 보고가 국방성과 콩 장군에게 보고가 다시 접수되었다.

국경 공동 지역으로부터 150킬로미터 지역과 300킬로미터 지역, 그리고 450킬로미터 지역에 각각 대형 수소 폭탄이 폭발하였으며 수백만 명이 희생되었다는 급한 보고가 접수되었다.

콩 장군은 즉시 국방 장관을 불러 국경 공동 지역에 정예부대를 급파할 것을 지시하였다.

우주군 총사령관이 탄 제5편대의 우주선이 국경으로 진입하려고 공동 지역 근처 50킬로미터 근처에 접근했을 때 레이더에 적어도 200대 이상의 적 우주선이 나타난 것을 확인하였다.

총사령관 존 대장은 긴급하게 연합군 본부에 긴급사항을 보고하였다. 그러자 본부에서는 제5편대는 공격을 중단하고 귀환하라는 연락을 하였다.

총사령관이 탄 제5편대는 아리아니 공격을 포기하고 하는 수 없이 기수를 남으로 돌려 알래스카를 향하여 저공으로 쾌속 질주하였다.

알래스카 공군 기지에 도착해 보니 제1편대로부터 제5편대 우주선과 기장들이 무사 귀환하였고 정찰 우주선은 다섯 대만 함께 돌아와 있었다. 결국 제1편대에서 제4편대의 네 개의 수소 폭탄을 아리아니 지역에 폭발시켰으며, 적어도 1000만 명 이상의 사망자가 있을 것으로 예상되었다.

결국 연합군의 아리아니 기습 공격은 대승이었고 피해는 무인 우주선 스물여덟 대와 정찰 무인 우주선 세 대였으며 인명 피해는 없었다.

미국 대통령은 급히 영국, 독일, 프랑스, 및 러시아 정상들에

게 승전 소식을 알렸으나, 당분간 언론에는 알리지 않고 관망
하기로 하였다.

　아리아니 최고 지도자 콩 장군은 긴급 안보 회의를 소집하
고 먼저 피해 상황을 파악하였으나 원체 피해 규모가 큰지라
자세한 피해 상황을 파악하는 데 여러 날이 걸렸다.
　국방 장관이 지도를 보이면서 잠정적인 피해 상황을 보고하
였다. 국방성 보고에 의하면 인구 1만 명 이상 되는 도시 50곳
이 피폭되는 피해를 입었으며, 사망 및 행방불명 1200만 명,
부상자 및 방사능 피폭자 800만 명이었으며, 아리아니 국경지
대가 피폭으로 군대 주둔 불가, 주거 불가, 농작물의 재배 불가
가 결정되었다는 내용이었다.
　이어서 거인 짐승 정부의 국가 정보국장의 보고가 있었다.
적군의 공격은 G20 정상회의에서 결의하여 추진되었으며 항
공 우주선 개발 및 경량급 핵 개발, 그리고 연합군 공격의 주
동 국가는 미국, 영국, 프랑스, 독일이라고 지목하였다.
　콩 장군은 국방 장관과 정보국장의 보고를 듣자 극도로 흥
분하면서 아래와 같이 지시하였다.
　"지구 땅에 사는 인간들이 우리 아리아니 성스러운 땅을 핵
으로 공격하다니 원통하고 분하도다. 아리아니 공격은 바로
세계 정부에 대한 도발이고 나에게 대한 도전이다. 감히 아리
아니 본국을 공격하다니 반드시 보복할 것이다. 나의 전사들

아, 지하에 숨겨 둔 수폭으로 지구 땅에 사는 인간들을 쓸어버려라.”

최고 지도자의 명령을 듣자 국방성 간부들이 3차로 나누어 G20개 나라를 수폭으로 공격할 계획을 세웠으며 콩 장군의 허락을 받았다.

아리아니 핵 공격에 대한 정보는 쌍방이 비밀에 부치고 있었으나 미국과 영국 주요 언론사에서는 어떻게 알았는지 G20 정상들이 힘을 합하여 지구 땅속에 있는 아리아니 지역에 핵 공격을 하여 엄청난 피해를 입혔다고 보도를 하였다.

그와 아울러 CNN이나 폭스 뉴스에서는 각국 시사 전문가들의 의견을 들어 세계 짐승 정부에서 한 달 내로 핵으로 보복할 것이라고 크게 보도하였다. 그리고 G20 나라와 세계 짐승 정부와 이미 세계 3차 대전이 발발한 것이며 세계에 유례없는 핵전쟁에 접어들 것이라고 대서특필하였다.

✧ 거인 짐승이 수폭으로 보복하다

핵 공격을 받은 독일의 피해는 각국의 경각심을 높였다. G20 각국에서는 핵 공격에 대한 공포로 민심이 동요했고, G20에 들지 않는 나라로 피난 가는 사람들로 북새통을 이루었다.

그해 10월 10일 10시에 세계 정부로부터 특별담화가 있었다. 거인 정부 지도자 콩 장군은 TV에 출연해서 직접 온 세계에 선전포고를 하였다.

지구에 사는 인간들은 들으라. 나의 본국 아리아니를 핵으로 공격하는 무리들이 있었다. 나에게 불복하고 내 나라를 공격하다니 반드시 그 대가를 받을 것이다. 눈에는 눈으로 핵에는 핵으로 갚아 줄 것이다. G20 나라를 핵으로 공격하여 수의로 덮을 것이다. 선전 포고를 하노라.

세계 각국 언론 매체가 총동원하여 콩 장군의 특별 담화 내용을 전하자 온 세계는 두려움과 공포에 휩싸였다. 세계정부의 특별담화를 듣자 G20 나라 정상들은 바로 5일 후에 대한민국 서울에서 모이기로 하고 긴급 임시 회의를 소집하였다.

G20 정상 회의 분위기는 암울하기만 하였다. 지난번 아리아니 핵 공격은 대성공을 거두었으나 세계정부 거인 짐승의 보복이 너무 두렵기 때문이었다.

서울 G20 정상 회담은 그 어느 때보다 침울하고 진지한 자세로 임하였다. 여러 의견이 개진되었으나 결국 거인 짐승 정부에서 G20 나라에 틀림없이 핵 공격이 있을 것이라는 의견에는 공감하였다.

독일 총리가 지난번 함부르크에 떨어진 수폭 피해를 상기하면서 G20에서 대표단을 콩 장군에게 보내어 G20 전체 나라의 항복 문서를 전달하자고 제안하였다.

그러나 여러 정상들은 거인 짐승이 완악하므로 별다른 효과가 없을 것이라고 주장하였다. 결국 핵 공격에 대비하여 어떻게 대처할 것인가에 중점을 두고 논의하였다.

캐나다 총리가 '우선 각 나라에 있는 사드를 신속하게 다른 곳으로 이동하여 짐승 정부의 공격에 대비하자'고 제안하였다.

그러자 미국 대통령이 말하였다.

"거인 짐승 정부의 접시형 우주선은 레이더에 전혀 잡히지 않아요. 거인 정부에서 수폭으로 공격한다면 다른 방비책이 없어요. 제가 생각하는 대책에는 오직 한 가지 방안밖에 없어요. 짐승 정부에서 핵을 떨어뜨린다면 사람이 밀집된 대도시나 중소 도시를 목표로 할 것입니다. 그러므로 각 정상 여러분들은 정부 각료들이 비밀리에 매우 작은 소도시로 피해 있어야 합니다. 그리고 국민들에게 알려서 G20이 아닌 다른 나라에 피하거나 섬이나 중소 도시에서 떨어진 농촌으로 피하라고 전해야 합니다."

미국 대통령의 말을 듣자 매우 일리가 있다고 하였고 미국 대통령의 방비 대책을 채택하기로 하였다.

그해 10월 20일 아침 10시경이었다. 세계 짐승 정부에서 G20 국가를 대상으로 콩 장군이 특별성명을 발표하였다.

미국, 영국, 프랑스, 독일을 위시하여 20개국 정상들은 들으라. 며칠 후에 너희 나라들은 핵으로 망하게 되리라. 우리의 우주선은 너희 레이더에 감지도 되지 않으므로 공격할 수도 없고 어떤 미사일로도 우리의 핵미사일을 떨어뜨릴 수 없을 것이다. 두고 보면 알게 되리라.

각국 언론에서는 긴급 뉴스를 통해 콩 장군의 특별 담화를 알렸다. 다급해진 것은 막상 G20 정상들이었다. 각 나라 정상들은 나라별로 긴급 안보 회의를 소집하고 대책을 협의하느라 분주하였다.

미국, 영국, 프랑스, 캐나다 등 여러 나라에서는 우선 한적한 농어촌 지역을 임시 수도로 정하고 정부 기구를 긴급 이전하기로 계획을 수립하였으며 극비에 추진하기로 하였다.

사무실로 사용할 건물이 부족할 경우 경량 건물을 긴급 가설하기로 하였다. 그리고 가족들도 이사하기로 하고 이러한 모든 일을 5일 내에 마치기로 하였다.

그리고 각국에서는 보유한 핵무기를 비밀리에 높은 산간에 있는 동굴로 긴급 이송하였으며, 군사 기지도 타 지역으로 재배치하였다.

각국 G20 정부에서는 한적한 다른 도시를 임시 수도로 정하여 긴급하게 움직이는 모습을 보면서 대도시에 거주하는 사람들이 G20 아닌 나라로 탈출하는 사람들로 공항이나 선박들은 북새통을 이루었다. 또 한적한 농어촌이나 다른 나라로 이동하는 긴 차량 행렬들로 고속도로마다 마비 상태가 되고 있었다.

✧ 미국과 거인 짐승 정부와의 핵전쟁

그달 10월 27일 오전 11시를 기하여 거인 짐승 정부의 원반형 우주선 편대 100대가 미국의 워싱턴과 뉴욕 등 동부지역을 저공비행하며 나타나 무력시위를 하였다. 이어서 이 우주선 편대는 EMP 폭탄으로 미국에 있는 레이더 기지와 군사 시설과 미사일 기지를 미사일로 집중 공격하여 초토화시켰다.

그러자 미국 국방 장관은 크게 놀라며 미국 대통령에게 보고하였다. 11시경에 워싱턴 D.C. 상공에 나타난 우주선은 레이더에 사전에 포착되지 않았다고 하면서 100여 대의 우주선은 세계 거인 정부 소속이라고 긴급 보고하였다.

세계 최강의 군사력을 가진 미국이었으나 적의 무인 우주선이 매우 빠를 뿐만 아니라 레이더에 포착이 되지 않아 공격할 수도 없었으며, 일방적으로 공격을 받을 수밖에 없었다.

하와이에 있는 태평양 함대가 미사일 공격을 받자 태평양함대 사령관은 비행사들에게 즉시 모든 항공기에 승선하여 적의 우주선을 공격하도록 하였다.

그러나 항공모함에 있던 비행기의 절반은 이미 불에 타고 있었다. 그나마 일부 200여 대의 비행기만이 공중으로 떠올랐으나 적의 비행체가 매우 빠르게 날아가기 때문에 따라잡을 수도 없었으며, 미사일로 공격하였으나 적 비행체가 미사일보다 더 빠르기 때문에 맞지도 않았다.

특히 적 비행체는 레이더에 잡히지 않기 때문에 육안으로 보이는 우주선을 레이저 무기로 공격할 수밖에 없었다. 그러다 보니 명중률이 너무 낮아 적 비행체를 한 대도 요격할 수 없었다.

결국 미국과 캐나다에 있는 모든 미사일 방어 기지와 항공모함은 80퍼센트 정도 파손이 되거나 불에 타고 말았다.

이에 미국 대통령은 백악관에서 긴급 안보 회의를 소집하고 거인 정부의 핵 공격에 대한 대책을 협의하였다. 거인 정부 임시 수도인 쿠바 아바나를 핵으로 공격하자는 측과 무조건 항복하자는 측으로 나누어졌다. 이때 부통령이 미국은 세계 최강의 나라이고 이대로는 물러설 수 없다고 주장하면서 국방 장관의 강경책에 동조함에 따라 결국 다음 날 쿠바 아바나를 수폭으로 공격하기로 하였다.

대통령이 즉시 우주군 총사령관에게 아바나를 핵 공격하라고 명령하였다. 이에 우주군 사령부 총사령관 존 대장은 하와이 주둔 핵 잠수함 함장에게 SLBM으로 즉시 공격하라고 지시하였다. 핵 잠수함 함장은 쿠바 아바나를 포함하여 4개 도시에 좌표를 맞추고 수중에서 수폭을 실은 SLBM 미사엘 4개를 연속적으로 발사하였다.

쿠바에 주둔한 거인 정부군에서는 레이더에 정체불명의 미사일이 날아오자 고고도 방어 체제를 가동하여 두 개의 미사엘을 공중 폭파시켰다. 그러나 나머지 미국의 핵 미사엘은 산타 클라라와 올긴 두 개 도시의 공중에서 폭발하면서 버섯구름을 만들며 엄청난 방사능 피해를 주었다. 그럼에도 콩 장군과 핵심 인사들의 피해는 없었다.

미국의 핵 공격에 죽음의 문턱까지 갔던 콩 장군은 분노를 참지 못했다. 그는 국방 장관을 불러 "즉시 미국에 10개의 수폭을 투하하라."라고 명령했다.

다음날 정오 12시가 되자 거인 짐승 정부군의 우주선 500대가 미국 10개 도시에 50대씩 편대를 이루며 갑자기 나타났다. 이번 우주선의 크기는 직경 50미터 되는 원반형 우주선으로서 그중 한대에는 수폭이 탑재되어 있었다.

거인 짐승의 우주선 편대가 뉴욕, 샌프란시스코, 보스톤, 뉴올리언스, 덴버, 밀워키를 포함하여 열 개 도시에 동시다발로 나타나 수소 폭탄을 각각 한 개씩 투하하였다.

5일 전에 미국 백악관에서는 긴급하게 임시 정부를 뉴올리언스로 비밀리에 이동하였으나 그곳에도 수폭이 투하되어 결국 대통령 이하 국무장관 및 대통령 참모진 전체와 가족들이 희생되는 대참사가 일어났다.

그러나 지하 30미터 벙커에 있던 백악관과 펜타곤에 숨어 있던 미국의 부통령과 일부 각료들, 국방부 장관 및 국방부 관계자들 일부가 살아남게 되었으나 바깥으로 나오지 못하여 갇힌 신세가 되었다. 미국 대법원에서는 즉시 대통령 대행자로 부통령을 임명하였다.

그와 때를 같이하여 같은 시간에 캐나다 오타와를 위시하여 세 곳에 수폭이 투하되었다. 미국과 캐나다에 수폭이 투하되자 온 세계가 큰 충격 속에 빠졌다. 두 나라 정상이 희생되고 정부 지도자들이 거의 다 목숨을 잃었기 때문에 두 나라는 무정부 상태가 되었다.

미국에 떨어진 열 곳의 수폭으로 인하여 세계 각국에서는 큰 충격에 빠졌다. 세계 최강국인 미국이 별다른 공격 한 번 못 해 보고 무너지는 모습을 보자 영국, 프랑스. 러시아. 중국 등 G20 정상들은 즉시 비상 전쟁 경보령을 발령하였다.

세계적으로 인구가 많은 뉴욕에 수폭이 떨어짐에 따라 반경 40킬로 안에 있는 뉴저지 지역에까지 피해를 주었으며 뉴욕 지역의 인명 피해는 거의 1500만 명이 넘었다. 그리고 미국 정부에서 미국의 열 개 지역에 떨어진 수폭으로 사망한 사람들을 제대로 파악도 하지 못하였다. 미국 언론에서는 어림잡아 2

억 명이 넘을 것이라는 막연한 추산을 하고 있었다.

　이번 미국과 캐나다에 떨어진 수폭 공격으로 인하여 미국과 캐나다 두 나라는 재기 불능 상태에 빠지고 말았으며 북미연합 국가가 무너지고 말았다.

　미국에 수폭이 투하된 열흘 후에 하늘을 나는 마병대 다섯 대가 하와이 바다 모래사장에 아무 소리도 없이 착륙하였다. 마병대 문을 열고 키가 4미터나 되는 거인 군인 스무 명이 레이저 총을 들고 뚜벅뚜벅 걸어 나왔다.

　해수욕을 즐기고 있던 피서객들은 모두가 혼비백산하여 도망을 쳤는데 모래사장에서 누워 있다가 잠든 젊은이들 세 사람은 거인 군인들에게 붙잡혔다. 거인 군인들은 사람을 주먹으로 쳐서 실신시키더니 산 채로 세 사람을 뜯어 먹고 있지 않은가!

　도망가던 사람들이 이러한 장면을 목격하더니 즉시 해안 경찰에 신고하였고 10분 만에 경찰차 세 대가 사이렌을 울리며 도착하였다. 경찰들은 즉시 땅에 엎드린 자세로 총을 겨누고 경찰차에서 방송을 통해 "움직이지 말고 두 손 들어!"라고 말해도 듣지 않으므로 즉시 권총 여러 발을 쏘았다.

　거인 군인들은 총을 맞아도 아무런 동요 없이 경찰차에 다가서더니 경찰들을 모두 끌어내고 끈으로 포박하였다. 거인들은 이미 특수 재질로 만든 방탄복을 입고 있었기 때문으로 보인다. 붙잡힌 경찰은 모두 열 명이었다.

거인 군인의 장교가 하와이 경찰국장에게 경찰차에서 전화를 하면서 경찰관 열 명이 붙잡혀 있으니 무장해제하고 항복하라고 명령하니 잠시 후에 그렇게 따르겠다고 하였다. 이로써 거인 짐승 군대는 하와이 섬을 점령하였다.

바로 그날 미국 부통령은 TV 방송에 나와 미국이 거인 짐승 정부에 항복한다는 내용의 특별 담화를 발표하면서 핵으로 희생된 가족들에게 큰 위로를 드리며, 본인은 핵 때문에 고통받고 있는 가족들을 위해 평생 봉사할 것이라고 말하였다.

미국 부통령의 항복한다는 담화를 듣자 우주군 총사령관 존 대장은 즉각 유튜브를 통해 미국은 영원한 나라이고 위대한 나라이기 때문에 더 이상 물러날 수 없으며 끝까지 싸우겠다는 내용의 성명을 발표하였다.

✧ 다른 G20 나라에 대한 핵 공격

미국에 수폭 투하가 있은 지 5일 후에 영국, 프랑스, 독일, 이탈리아, 러시아, 중국, 한국 등 G20 정상들은 각국 국방 장관을 대동하고 로마에서 긴급 임시 회의를 소집하였다.

정상들과 국방 장관과의 확대회의에서 세계 거인 정부의 공

격으로 인한 미국과 캐나다의 핵 공격 피해 상황을 분석하였
으며 대비책을 논의하였으나 특별한 묘안을 찾지 못하였다.

　단지 영국, 프랑스, 독일이나 이탈리아 등 유럽에 어느 한 국
가가 공격을 받으면 타국에서 동시에 출동하여 적의 공격에
대응하기로 하였다.

　미국과 캐나다에 수폭이 투하된 지 10일 후였다. 새벽 5시
경 세계 짐승 정부에서 400대의 원반형 우주선이 영국과 독
일, 프랑스와 이탈리아에 각각 100대씩 나타나서 네 나라의
레이더 기지와 미사일 기지를 폭격하여 모두 초토화시켰다.

　그러자 영국과 독일, 프랑스, 이탈리아 등 유로 가입 국가에
서는 긴급하게 적색경보를 발령하였다.

　그러자 네 나라의 공격용 최신형 비행기뿐만 아니라 스페인
과 벨기에 공군기까지 동원하여 유럽 하늘에는 1,000여 대가
순회하며 초계 비행에 들어갔다.

　그로부터 두 시간 후에 세계 짐승 정부의 접시형 우주선
100대가 영국 런던에 80미터로 저공비행하며 빠르게 날아갔
으며, 또한 적의 우주선 300대는 같은 시간에 독일 베를린과
파리와 로마 상공에 각각 100대씩 쾌속으로 저공비행을 하였
다.

　유럽 연합국 비행기가 공격하려고 하자 적 우주선 편대는

갑자기 수직 상승하며 연합군 비행기를 레이저포로 공격하였다. 연합군 비행기에서도 적의 접시형 우주선을 레이저로 공격하기는 하였으나 적의 우주선 표면이 레이저 반사체로 제작한 터라 속수무책이었다.

이로 인하여 연합군 비행기 80대가 적의 레이저포에 맞아 격추당하였으며 다른 연합군 비행기들은 멀리 도망치고 말았다.

이어서 아침 8시경에 런던과 베를린, 파리, 로마 시내 상공에 다시 100미터의 저공비행으로 나타난 적의 우주선 편대는 네 도시의 중앙에 이르자 수직 상승하였다. 우주선이 700미터 상공에 이르렀을 때 런던에 수폭 한 개를 떨어뜨려 폭발시켰으며, 동시에 거의 같은 시간에 베를린과 파리와 로마에도 각각 수폭 한 개를 떨어뜨려 폭발시켰다.

적의 우주선 300대는 다시 한 시간 후에 영국의 맨체스터와 글레스코 그리고 북아일랜드 벨파스타에 날아가 각각 수폭 한 개를 투하했고, 그로부터 한 시간 후에는 독일의 프랑크푸르트와 쾰른에, 그리고 프랑스의 리옹에 각각 수폭 한 개를 투하했다.

영국과 독일, 프랑스, 이탈리아, 네 나라에 수폭이 투하되자 온 세계가 경악을 했고 각국 언론에서 이를 크게 보도하였다. 특히 유럽의 자존심에 해당하는 런던과 베를린, 파리, 그리고 로마 네 도시가 폐허로 변하자 세계 각국 언론에서는 드디어 유럽의 해가 졌다고 대서특필하였고, 영국 왕실과 영국 총리, 독일 총리, 프랑스 대통령 이탈리아 총리의 안위에 대해 추측 보도가 난무하였다.

그러나 영국 왕과 왕실 가족들, 독일 총리, 프랑스 대통령, 그리고 이탈리아 총리와 네 나라 고위층은 각각 지하 벙커에 피하여 살아 있었으나 방사능 오염 때문에 밖으로 나올 수 없었으며 그들이 살아 있다고 발표할 수도 없었다.

이로부터 열흘 후에 세계 정부의 거인 짐승 군대가 영국과 독일, 프랑스, 이탈리아 네 나라를 차례로 점령하였다.

유럽 네 나라에 대한 수폭 공격이 있은 지 한 달 후에 세계 거인 정부에서는 스페인의 마드리드와 그라나다에 수폭을 각각 한 개씩 투하하였고, 벨기에의 브뤼셀과 브뤼헤에 수폭을 각각 한 개씩 투하하였으며, 같은 날 터키 이스탄불에 수폭을 한 개를 투하하였다. 열흘 후에 세계 거인 정부의 짐승 군대가 스페인과 벨기에, 터키를 각각 점령하였다.

다시 한 달 후에 세계 거인 정부에서는 러시아의 모스크바, 볼고그라드, 이르쿠츠크에 수폭을 각각 한 개씩 투하하였고, 중국의 북경, 천진, 상해, 광주, 중경에 수폭을 각각 한 개씩 투하하였으며, 대만의 타이베이에 수폭 한 개를 투하하였다.

그리고 다시 열흘 후에 세계 거인 정부에서 러시아와 중국과 대만에 각각 특사를 보내어 항복할 것을 종용하였으나 들지 않으므로 결국 짐승 군대가 러시아와 중국, 대만을 각각 점령하였다.

이어서 다시 두 달 후에 세계 거인 정부에서는 인도의 델리, 벵갈로르, 란치에 수폭을 각각 한 개씩 투하하였고, 일본의 토오쿄, 교토, 후쿠오카에 수폭을 각각 한 개씩 투하하였으며, 브라질의 리오데자네이로, 마나우스, 쿠이아바, 브라질리아에 수폭을 각각 한 개씩 투하하였다.

이로부터 보름 후에 세계 정부의 거인 짐승 군대가 인도와 일본 그리고 브라질을 점령하였다.

마지막으로 브라질까지 열다섯 개 나라를 점령한 세계 거인 짐승 정부에서는 더 이상의 핵 공격을 중단하고 나머지 200여 개 나라에 항복 문서를 보내어 20일 내로 송부하라고 하였다. 이렇게 하여 무서운 핵전쟁인 아마겟돈 전쟁은 막을 내렸다.

200여 개 나라 중에 세계 거인 정부에 항복 문서를 제출한 나라는 153개 나라에 달하였다.

항복 문서를 제출하지 못한 나라 중에는 대한민국도 들어 있었다. 항복하는 일이므로 국회 동의를 받아야 하지만 여야 간에 합의를 얻지 못하여 지연되고 있었다. 결국 일주일 후에 대한민국의 항복 문서가 세계 정부에 전달되었다.

드디어 지구상에는 세계 거인 짐승의 단일 정부가 들어섰다. 온 세상을 다스리는 지도자는 콩 장군이었다. 콩 장군에게는 6억 6천만 명의 유전자 복제 인간 군대와 600만 명의 인공지능을 갖춘 로봇 군대가 있었다. 6억 6천 6백만 명의 막강한 정예 부대가 그의 휘하에 있었다.

우연한 일인지 모르나 세계 정부군 6억 6천 6백만 명은 요한계시록 13장 18절 "지혜가 여기 있으니 총명 있는 자는 그 짐승의 수를 세어 보라 그것은 사람의 수니 육백육십육이니라"라는 말씀에 나오는 짐승의 수 666을 가리키는 숫자를 나타내고 있어 기독교계를 놀라게 했다.

온 세상이 거인 짐승의 세계로 변하자 세계 여러 곳에서 테러와 납치는 물론 살인과 살상이 빈번하게 일어나고 있었다.

특히 세계 정부의 키 큰 거인 군인들은 소나 돼지나 염소나 양 등 가축을 기르는 농장을 습격하여 닥치는 대로 산 채로 잡아먹는 일이 자주 일어나 농가를 쑥대밭으로 만들고 있었다.

또 외계인 짐승들이나 외계인 혼혈족들은 남자든 여자든 닥치는 대로 납치하여 성추행하는 일이 빈번하게 일어나고 있었다.

그런가 하면 유전자 복제로 태어난 인간 짐승들이 좀비가 되어 거리마다 몰려다니면서 생체칩을 받았는가를 검색하며 사람들을 잡아가고 있었다. 수십 명의 떼거리들이 부유한 집을 습격하여 부녀자를 강간하거나 불을 지르는 등 난동을 부리기도 하였다.

언론에서는 15개국의 수폭 피해로 죽은 사람이 어림잡아 20억 명이 넘었으며 방사능 오염으로 병든 사람들이 거의 30억 명에 달할 것이라고 하였다. 15개국에 대한 수폭 공격으로 인한 피해는 인명 피해에 그치지 않았다. 15개국 마흔일곱 개 도시에 투하된 수폭 공격으로 인하여 세계 곳곳에 오염된 구름이 떠있어서 항공기가 다닐 수 없게 되었고, 바다가 핵으로 오염이 되어 수산물을 먹을 수 없게 되었다.

세계의 식량을 공급해 오던 미국, 중국, 인도에서 쌀이나 콩, 밀 등의 재배가 불가능해졌고 무역이 중단이 되는 바람에 굶주리는 사람들이 속출하기 시작했다.

세계 거인 짐승 정부에서는 급기야 500원 동전 크기의 납작한 비상식량을 개발하여 공급하기 시작하였다. 그나마 이 비상식량도 가격이 비싸 가난한 사람들은 사 먹을 수도 없었다.

세계 도처에서 총을 들고 상가를 습격하고 방화하고 난동을 부리는 자들이 늘어났다. 미국이나 러시아, 중국이나 인도, 아프리카 등 여러 지역에서는 민족 간의 갈등으로 폭동이 일어났으며, 하루에도 수천 명의 사상자가 발생하였다.

거기다가 아마겟돈 전쟁 이후에 처처에 산불이 일어나고 홍수가 나고 토네이도가 발생하고, 지진이 일어났다. 특히 알류

산 열도, 필리핀 군도, 일본 열도, 뉴질랜드 및 칠레 등지에서 대규모 화산 폭발이 일어났다.

아마겟돈 전쟁이 끝나갈 무렵 계시록 연구팀 네 가족은 지리산 중턱에 있는 동굴에서 함께 살며 피난 생활을 하고 있었다. 연구팀 중에 요한과 주리엘은 세상을 떠났고 현재 데이비드와 피터 목사, 여호수아 교수, 에스더 목사, 네 사람만 남았다.

오후 2시는 매일 모여서 기도하는 시간이었다. 5월 어느 날 목요일에 네 사람이 모여 기도할 때였다. 피터가 먼저 말문을 열었다.

"반가워요. 맨날 굴속에만 있어서 힘들지요."

"기도하고 찬양하면 힘이 솟아나요." 에스더의 말이었다.

"특별히 오늘 여기에 모인 것은 데이비드 님이 하나님께로부터 받은 말씀이 있어서요."

"그래요. 아시는 대로 저는 아마겟돈 전쟁이 일어날 때부터 매일 계속해서 기도해 왔어요. 그러자 어제 드디어 하늘로부터 음성이 들려왔어요."

"매우 중대한 내용이겠지요?"

"그래요. 한번 들어 볼래요. 하나님께서 저에게 수소 폭탄으로 피폭된 몇 개 나라를 시찰하라고 말씀했어요."

"아, 그래요. 몇 개 나라를 다녀오라고 말씀했던가요?" 여호수아가 물었다.

"미국, 캐나다, 영국, 독일, 러시아 이렇게 다섯 나라요."

"거인 짐승 정부에서 칩을 받은 사람 외에는 외국 여행이 안 될 텐데요."

이 말을 듣자 피터가 웃으면서 말하였다.

"보나마나 데이비드 님은 미카엘 천사장의 흰말을 타고 다니겠지요?"

"네. 제가 오랜만에 미카엘의 영적인 말을 타고 천사들과 함께 공중으로 날아다닐 겁니다."

이어서 데이비드가 말하였다.

"하나님께서 저에게 하신 말씀이 더 있어요. 그중에 하나는 피폭된 지역에 원자병 환자가 많으니까 치료해 주라고 말씀하셨어요."

"원자병은 고칠 수 없는 병인데 무엇으로 치료해 주지요?" 여호수아가 물었다.

이 말을 듣자 피터가 대답하였다.

"원자병 치료제로는 한국에서 세계 최초로 개발한 라파수 Rapa Water와 라파고Rapa Salve를 말하는 건가요?"

"내가 처음으로 들었지만 하나님께서 분명하게 라파수 라파고를 말씀하셨어요."

이번에는 에스더가 물었다.

"피터님, 라파수와 라파고의 치료 원리는 무엇인가요?"

"아시는 대로 원자병은 방사능으로 생겨난 병입니다. 라파수 라파고에는 벌집이나 고사리 같은 식물체 등 자연에서 뽑아낸 자연 삼중수소가 들어 있다고 해요.”

“아니 피터님, 라파수 라파고 안에 삼중수소 같은 위험한 방사성 물질이 들어 있다고요?”

“그게 아니고요. 물이나 식물체에 들어 있는 자연 삼중수소는 위험하지 않아요. 그러니까 라파수 라파고에 들어 있는 자연 상태의 삼중수소가 원자병에 들어 있는 방사능을 크게 줄여 주기 때문에 치료가 가능한 겁니다.”

“나쁜 방사능을 좋은 방사능으로 잡는다는 그런 원리인가요?”

“매우 그럴듯한 설명이오. ‘일반 방사능을 자연 방사능으로 잡는다.’라는 말이 더 어울리겠죠.”

여호수아가 다시 물었다.

“데이비드에게 원자병을 치료해 주는 일을 하라고 말씀하셨는데 우리 전체에게 하신 말씀이겠지요.”

“좋은 말씀이오. 이렇게 하면 어떨까요? 우리에게 있는 마이클선교회와 세계적으로 널리 알려진 샬롬선교회가 힘을 합하여 이 사업을 추진하면 어떻겠어요?” 피터가 제안했다.

“대찬성입니다.” 여호수아가 맞장구쳤다.

이때 에스더가 물었다.

“피터님, 우리가 여기 이렇게 동굴에 갇혀 있는데 어떻게 활동하지요?”

"쉬운 일이 아닙니다. 우선 유튜브를 통해서 널리 알리고 외국 대사관에 알리고 그리고 외국에 있는 교포 교회에 알리기로 합시다."

"제 생각에는 우리에게 와 있는 천사들이 사람 몸으로 변신하여 우리와 함께 일하면 크게 도움을 받을 건데요."

데이비드가 말하였다.

"천사들의 도움을 받으려면 하나님께 허락을 받아야 해요. 제가 기도해 볼게요."

무언가 골똘히 생각하고 있던 여호수아가 입을 열었다.

"저는 금번에 10억 이상이 죽는 핵전쟁을 바라보면서 이번 전쟁이 세계 3차 대전이 아닌가 하는 생각을 했어요."

이어서 피터가 말하였다.

"저도 같은 생각입니다. 어느 매스컴에서 '아마겟돈 전쟁은 세계 3차 대전'이라는 글을 본 적이 있어요."

데이비드가 말하였다.

"제 곁에 있는 천사가 말합니다. '아마겟돈 핵전쟁은 세계 3차 대전이다.' 그렇게 말하네요."

여호수아가 말하였다.

"피터님, 창조주 하나님께서 아름다운 지구를 창조해 주셨는데 인간 짐승들이 핵으로 공격하여 아름다운 세계를 지옥과 같은 땅으로 만들어 버렸어요. 방사능으로 오염된 강이나 바다나 땅을 다시 회복시키는 방법은 없을까요?"

피터가 답하였다.

"하나님이 주신 방법이 있어요. 저는 최근에 라파수 라파고를 개발한 한국사람 폴Paul 박사와 함께 방사능으로 오염된 도시를 재건하는 방안을 논의했어요. 라파수는 방사능 오염수를 처리해 주는 효능이 강력하기 때문에 가능해요. 100여 개의 드론에 라파스를 넣은 분무기를 장착하여 주거지나 밭이나 강에 지속적으로 뿌려 주는 겁니다. 시간이 걸릴지라도 반드시 회복이 될 겁니다."

여호수아가 반문하였다.

"제가 알기로는 방사능 오염을 없앤다거나 줄여 주는 신물질은 역사상 한 번도 없었는데요. 라파수 라파고에 대한 어떤 검증이 있었나요?"

"서울에 있는 H 대학에서 핵물리학 박사 한 분이 라파수에 대한 테스트를 하고 시험 성적을 발표했어요."

"좋은 결과가 나왔나요?"

"저도 궁금했었는데 동해 바닷물에 있는 방사능 오염 수치가 90퍼센트 이상 줄어들었다고 해요. 국내외를 통틀어 방사능 오염을 줄여 주는 이런 획기적인 결과는 처음이지요."

"그런 정도의 결과라면 노벨상을 탈 수 있는 수준 아닐까요?"

"그렇지요. 국내에서 가장 신뢰도가 높은 원자력 연구 기관에 다시 의뢰하여 시험 성적을 받았다고 해요."

이때 에스더가 말하였다.

"프랑스의 세느강이나 영국의 템스강이 핵으로 무참하게 오염되어 죽음의 강으로 변한 모습을 보고 큰 충격을 받았어요. 그러한 강들을 방사능 오염으로부터 말끔하게 회복하는 길이 있을까요?"

"네. 얼마 전에 폴 박사가 국내 몇 개 강물의 방사능을 측정하고 강 상류에서 라파수를 뿌려 본 거예요. 그랬더니 좋은 결과가 나왔어요."

"아니, 정말입니까?"

"그래요. 라파수는 입자이지만 동시에 파동인지라 적은 양 가지고도 엄청난 효과가 있어요."

"그렇다면 희망이 있어 보이네요."

이때 에스더가 다시 물었다.

"현재 여러 나라에서 핵폐기물 오염수를 바다에 버리고 있는데요. 핵폐기물 오염수 처리도 라파수로 가능할까요?"

피터가 말하였다.

"제가 폴 박사를 직접 만나서 확인했어요. 오래 전에 후쿠시마 바다 근처에 바닷물을 떠다가 테스트를 했는데 방사선 수치가 현저하게 줄어든 데이터가 있다고 해요."

"정말입니까? 놀라운 일입니다."

"맞아요. 온 세계에 있는 모든 강 상류에 라파수를 뿌린다면 강도 좋아지고 어쩌면 바닷물도 좋아질 수가 있어요."

닷새 후에 네 사람은 다시 모였다.

"좋은 아침입니다."

"할렐루야!"

서로 인사를 나눈 후에 데이비드가 말하였다.

"내가 요사이 내 기분이 맑았다 흐렸다 그래요."

"혹시 기분이 흐린 날씨처럼 우울한 일이 있었다면 훌훌 털어 버리시지요."

에스더의 말이었다.

"그럴까요. 최근에 일어난 일을 털어놓을게요."

피터가 말하였다.

"데이비드 님은 우리를 속이지 못할 걸요. 최근에 미카엘의 말을 타고 여러 나라 시찰을 다녀왔지요?"

"그래요. 하루는 미국과 캐나다를 갔었고 다음 날은 영국과 독일, 그리고 셋째 날은 러시아를 다녀왔어요."

"가장 피해가 큰 곳은 어디였어요?"

"가면서 내가 예상한 대로 뉴욕이었어요. 인구 밀도가 큰 지역이라 희생자가 가장 많았어요. 방사능 피폭으로 원자병 걸린 사람이 죽은 사람보다 훨씬 많았어요."

이번에는 에스더가 물었다.

"영국과 프랑스에서는 무얼 보셨지요?"

"네. 두 나라에서는 강물이 흐르고는 있으나 방사능이 오염이 되어 미생물이나 물고기가 모두 다 죽었어요. 그야말로 죽음의 강으로 변했어요. 참 슬픈 일이지요."

"그럼 러시아는 어떻든가요?"

"러시아도 마찬가지이었어요. 흑해 근처 강물의 방사능 오염이 전보다 두 배 이상이나 심각해졌어요."

여호수아가 말하였다.

"이번 데이비드가 조사한 실태 조사는 눈으로 보는 것만으로도 크나큰 성과가 있어요."

이어서 피터가 말하였다.

"마이클 선교회에서 다른 선교회와 협력하여 원자병 환자를 고치는 일과 꼭 필요한 지역은 방사능 오염을 제거하는 프로젝트를 추진하기로 할게요."

✧ 천사와 인간 짐승과의 전쟁

성경 요한계시록 19장에 보면 주님이 재림하시기 직전에 일어날 매우 중요한 전쟁이 기록되어 있다. 인류 역사상 수많은 전쟁이 있었으나 적어도 인간 짐승과 천사와의 전쟁은 소설에나 있을 수 있는 일이다. 이러한 전쟁이 성경에 기록이 되어 있다. 계시록 19장 19~21절을 면밀하게 검토해 보자.

또 내가 보매 그 짐승과 땅의 왕들과 그들의 군대들이
함께 모여 말 타신 분과 그분의 군대를 대적하여 전쟁
을 하더라. 짐승이 잡히고 또 그 앞에서 기적들을 행하
던 거짓 대언자도 그와 함께 잡혔는데 그는 짐승의 표를
받은 자들과 그의 형상에게 경배하던 자들을 기적들로
속이던 자더라. 이 둘이 산 채로 유황으로 불타는 불 호
수에 던져지고, 그 남은 자들은 말 타신 분의 칼 곧 그
분의 입에서 나온 칼로 죽임을 당하니 모든 날짐승이 그
들의 살로 배를 채우더라.(요한계시록 19장 19~21절)

어느 날 주님이 미카엘을 불렀다. 주님은 미카엘에게 특별
명령을 내렸다.

"지구상에 있는 인간들 중에서 아담의 혈통을 받지 않은 인
간들은 한 명도 없이 모두 진멸하여라. 이들은 창조의 질서를
어지럽게 하고 아마겟돈 전쟁을 일으켜 지구에 사는 인간들
을 괴롭히고 죽인 살인자들이니라."

"주님 그렇게 하겠습니다. 이번 전쟁에는 군사 천사들을 사
람으로 변신시켜서 싸우도록 하겠습니다."

미카엘은 즉시 여러 나라에 있는 군사 천사들을 백두산으
로 소집하였다. 미카엘의 소집 명령이 떨어지자 2만 명의 군사
천사들이 모두 날개 달린 말을 타고 한자리에 모여들었다.

미카엘은 즉시로 군사 천사들의 모습을 사람들이 보이도록

사람으로 변신시켰다. 그리고 군사 천사들의 옷은 엷은 청색으로 입게 하였다.

미카엘은 천군 천사들에게 말하였다.

"하늘의 군사들아 들으라. 이제 우리는 주님의 명령을 따라 아담의 혈통을 받지 않은 인간 짐승들을 모두 없애기 위해 출동한다. 우리 하늘 군대의 이름은 '여호와 닛시'다.

오늘 나는 참모총장으로 라파엘 천사장을 임명한다. 우리의 공격 대상은 땅속에 살고 있는 거인 짐승들과 다른 별에서 온 외계인 짐승들이다. 특별히 외계인 짐승과 지구인 사이에 태어난 혼혈족 인간들도 색출하여 한 사람도 남기지 말고 모두 없애야 한다.

우리가 가장 먼저 공격할 곳은 거인 짐승들이 살고 있는 땅속 세계와 지구에 있는 거인 짐승의 지역뿐만 아니라 달이나 수성, 금성, 화성, 목성, 명왕성에 있는 외계인 기지도 포함하고 있다. 먼저 하나님께 찬송을 올려 드리고 출발한다."

백두산에는 군사 천사 2만 명 외에도 일반 천사들 3,000명이 와 있었다. 음악 대장 에스더 천사와 몇몇 천사가 오케스트라로 전주를 연주하자 모든 천사들이 찬양을 힘 있게 불렀다.

"행군 나팔 소리로 주의 호령 났으니 십자가의 군기를 높이 들고 나가세 선한 싸움 다 싸우고 의의 면류관 의의 면류관 예루살렘 성에서."

천사들의 합창 소리가 백두산 계곡에 울려 퍼졌다. 매우 우렁차고도 아름다운 찬송이었다. 천사들의 찬송은 일곱 곡 정도 더 계속되었다.

찬송이 끝나자 먼저 라파엘 천사장은 거기 모인 군사 천사 1만 명을 데리고 거인 짐승이 사는 나라 아리아니로 떠났다. 천사들의 행렬 뒤에는 수천 마리 이상의 독수리와 까마귀 떼들이 뒤를 따랐다.

다음으로 미카엘 천사장이 부하 천사들 1만 명과 함께 먼저 간 곳은 미국이었다. 군사 천사들을 미국 전 지역에 보내면서 거인짐승과 외계인, 그리고 사람과의 혼혈족을 찾아서 그 자리에서 죽게 만들었다.

천사들이 사람을 죽게 만드는 방법은 의외로 간단하였다. 천사들이 칼로 사람의 이마를 터치하면 그 자리에서 정신을 잃고 죽기 때문이다. 사람들은 천사가 눈에 보이지 않으므로 천사가 접근해 오더라도 알지 못하고 있었다.

천사들이 혼혈족 인간들을 색출하여 처리하는 일은 매우 신속하였다. 혼혈 인간이 죽으면 소리 없이 독수리와 까마귀 떼가 다가와 시신을 뼈만 남긴 채 먹어 치웠다.

군사 천사들은 미국에 이어서 캐나다, 영국, 프랑스, 독일, 이탈리아, 스위스, 스페인 등 유럽 전체를 휩쓸고 다니며 혼혈 인간들을 색출하여 죽였다.

천사들의 모습은 비록 사람 모습으로 변신하였을지라도 사람들의 눈에는 보이지 않기 때문에 사람들이 어떻게 죽는지에 대하여 가까이 있는 사람들도 전혀 알지 못하였다.

특히 미국이나 캐나다 등 여러 나라에서 일어난 살해당한 사람의 숫자가 500만 명 이상으로 늘어남에 따라 국제적인 문제로 급부상되었다. 각국 수사 당국에서는 살인자가 누구인지 흔적도 찾지 못한 점, 그리고 사람을 죽여서 시체를 훼손하는 점 등 희대의 사건이라고 여러 매스컴에서 특별 뉴스로 보도하였다.

매우 이상한 일은 사람이 죽으면 여지없이 수많은 독수리들과 까마귀 떼가 달려들어 시체를 먹어 치우고 있는 것도 이상한 일인지라 몇몇 기자는 이러한 장면을 흐리게 찍어서 동영상으로 소개하고 있었다.

미국 FBI에서 현장을 보존하고 지문이나 머리카락이나 발자국 등 증거를 찾았으나 아무런 단서를 찾지 못하고 있었다.

이렇게 하여 세계 각처에 사는 거인 짐승과, 외계인과 사람과의 혼혈 인간들은 천사들에 의해 정확하게 색출되었으며, 한 사람도 빠짐없이 모두 죽임을 당했다. 외계인과 사람과의 혼혈 인간들은 영이 없고 육만 있는 인간이기 때문에 보통 사람들은 그들을 분별하지 못하고 있으나, 천사들은 그들을 금방 알아내었다.

매우 특이한 것은 외계인과 사람과의 혼혈 인간들이 정계나 연예계, 연구 기관에도 혼혈 인간들이 많이 활동하고 있었다.

한편 참모총장 라파엘 천사장과 1만 명의 천사은 북극 가까이에 있는 땅속 세계의 커다란 구멍 속으로 들어갔다. 하늘의 군대인 여호와 닛시 군사 천사들이 빠른 속도로 1킬로미터까지 접근했을 때 땅속 거인 정부의 레이더에 포착이 되었다.

천사들의 영적인 몸을 레이더에서 포착하기는 어렵겠지만 그러나 땅속 거인 나라의 레이더는 달랐다. 천사들은 날개 달린 말을 타고 매우 빠르게 달려갔지만 거인 나라의 레이더에는 마치 벌레들이 꿈틀대며 달리듯이 보였다.

땅속 세계 아리아니 군 당국에서는 비상이 걸렸다. 국방 경비대의 아리아니 총사령관은 즉시로 레이저 기관포로 공격하라고 명령을 내렸다.

한 번에 수천 발의 레이저 기관포가 천사들에게 발사되었으나 어쩐 일인지 레이저포가 천사들의 영적인 몸에서 뚫고 나갔기 때문에 천사들이 쓰러지거나 다치는 일은 없었다.

적의 공격을 받자 라파엘은 천사들에게 즉시 사방팔방으로 흩어져서 먼저 적의 군대들을 죽이라고 명령하였다.

말을 탄 천사들은 얼마나 신속한지. 눈 깜짝할 사이에 거인 군인들에게 접근하였으며 군인들의 눈에 천사가 보이지 않으므로 천사의 칼이 머리에 닿아도 아무런 감각도 느끼지 못한 채 모두 죽어 갔다.

레이더에서는 천사의 움직임만 희미하게 포착되었을 뿐 거인 군사들의 눈에는 천사들이 보이지 않았다. 아리아니 지역에 전방을 방비하던 군대들이 아무런 저항도 해 보지 못하고 모두가 죽어 간 것도 이 때문이다.

천사들의 움직임과 동작은 너무 빨라서 하루 만에 무려 100만 명에 달하는 적의 군인들이 제거되었다. 동시에 거인 세계에 있는 수많은 독수리와 까마귀 떼들이 모여들더니 죽은 군인들의 시체를 쪼아 먹기 시작하였으며 불과 몇 시간 내로 시체들은 모두 훼손되었다.

본국에 있는 전방 군대들의 참사에 대하여 거인 정부의 국방 장관이 지구 위에 있는 세계정부의 지도자 콩 장군에게 긴급 보고되었다.

"사령관님, 오늘 4월 13일은 치욕의 날입니다. 북극 입구에 배치된 국경수비대는 모두 15만 200명인데 전원 사망입니다. 매우 특이한 것은 인공지능 로봇은 한명도 손실이 없었으나 아리아니 국민들은 모조리 골라서 죽게 만들었다는 점입니다. 군사들은 총이나 레이저를 맞은 흔적이 없고 모두가 잠을 자듯이 조용하게 죽었다는 점입니다.

다음으로 지구상에서 적으로부터 받은 피해 상황입니다. 미국과 캐나다, 영국에서 죽은 자들은 무려 1000만 명에 달하며 현재 자세한 사망자를 파악하는 중입니다. 지구상에 나타난 적도 아리아니를 침공한 적과 같은 날개 달린 인간으로 추정이 됩니다. 이상입니다."

"국방 장관, 무슨 말이오. 국방수비대가 전원 사망이고 공격한 적이 누군지도 모른다니 말이 되나! 세계 정부가 세워진 이래 이러한 굴욕은 처음이다. 반드시 적이 어떤 놈인지 누군지 밝혀내시오. 국방 장관, 우리가 숨겨둔 알파 플러스 작전을 수행하시오."

알파 플러스 작전이란 아리아니 병사 한 사람과 인공지능 로봇 한 명을 한 팀으로 해서 두 사람이 매우 기동력이 좋은 소형 UFO를 타고 적을 공격한다는 작전이다.

또 10만 대의 UFO를 하나의 여단으로 조직했다. 어떤 적이라도 맞설 수 있는 막강한 전력 자산이었다.

국방 장관 벨라 여사는 즉각적으로 UFO 한 개 여단을 땅속 세계 아리아니에 급파하였다.

소형 UFO 편대이지만 10만 대가 아리아니에서 지구로 이동하여 공중에 동시에 떠 있으므로 마치 엄청난 메뚜기 떼처럼 보였다.

외계인 UFO 편대가 마치 쥐 잡듯이 여기저기를 뒤졌으나 천사들의 군대를 찾을 수 없었다.

UFO 편대가 200킬로미터 정도 나아갔을 때였다. 맨 앞에 나는 UFO 편대의 레이더에 이상한 물체가 잡혔다. 매우 많은 작은 점들이 고물 고물거리며 수많은 물체들이 움직이는 모습이 보였다.

앞에 탄 UFO에서 편대장에게 레이더에 잡힌 영상을 보내어서 보고를 하였다. 편대장은 즉시 레이더에 포착한 물체를 향하여 사격하라고 명령하였다. 명령이 떨어지자 각 UFO에서 레이저포로 작은 물체를 향해 사격하였다.

그런데 매우 이상한 일은 레이저포가 날아오자 천사들은 날아오는 레이저포를 손으로 잡아서 UFO를 향하여 던져 UFO를 추락시켰다.

또 천사들은 조금도 물러나지 않고 도리어 UFO 안으로 들어가 비행사와 AI 로봇을 천사의 칼로 처치하였다. 이렇게 하여 10만대의 UFO 편대는 모두 비행사나 AI 로봇도 없는 채로 공중을 날다 서로 부딪혀 추락했다.

여러 천사들이 UFO 안에 나타나 비행사와 AI 로봇을 처치하는 모습이 어느 CCTV에 잡혔으며, 이는 국방부 장관 상황실에 즉시 전송이 되었다.

벨라 여사는 콩 장군에게 보고하였다.

"콩 장군님 여기 동영상을 보십시오. 우리의 적은 보시다시피 날개가 달린 인간입니다. 처음 화면에는 잠깐 희미하게 꿈틀대었으나 나중 화면에서는 이런 투명한 인간이 UFO 안에 몰래 들어온 것이 보입니다. 이것들이 칼로 기장의 머리에 터치했는데 기장은 그냥 졸도하고 죽고 말았습니다. 또 AI 로봇의 머리를 때려서 부수고 말았습니다."

"아니 정말인가? 날개 달린 투명 인간이 있다니, 이런 인간이 정말 있나? 국방 장관 더 자세히 조사해 보시오."

"네, 장군님. 지구에 사는 인간은 아닌 듯합니다."

"우리가 정말 눈에 안 보이는 적과 어떻게 싸우나? 야단났군. 우리는 모두가 다 당하게 생겼어. 무슨 대책이 없을까?"

"장군님, 아리아니 국민들이 다 죽게 생겼으니 우선 깊은 굴속으로 대피하라고 명령을 내려야 합니다."

"맞아요. 그렇게 하시오. 비상경보를 내리고 국민들을 굴속으로 대피하도록 하시오."

"네 사령관님 그렇게 하겠습니다."

국방 장관 벨라 여사는 아리아니의 모든 국민들을 굴속으로 대피하라는 비상경보를 내린 후, 이어서 긴급 고위급 군사 회의를 소집하였다.

"동지 여러분, 금번 10만 대의 UFO 편대가 적의 공격을 받아 참패를 당했소. 우리의 적은 눈에 보이지 않는 날개 달린 투명 인간들입니다. 눈에 보이기도 하고 때로는 눈에 보이지도 않는 그런 적입니다. 이러한 적의 정체를 알 수 있을까요?"

이때 참모장이 말했다.

"장관님, 날개 달린 인간이라면 지구인에 속한 사람이 아닙니다. 아마도 우주의 신이 보낸 천사가 아닐까요? 저는 그렇게 생각합니다."

"아니, 우주에 신이 있단 말이오?"

"저는 우주에 신이 있다고 믿고 있습니다. 그러나 날개 달린 사람이 있다면 그런 인간은 지구에 없는 인간입니다. 지구 인간들이 쓴 책을 읽어 본 일이 있는데, 날개 달린 천사가 현재 지구에 많이 와 있다고 기록하고 있어요. 날개 달린 천사에 대하여 심도 있게 조사해 보아야 합니다."

"그럼 날개 달린 천사를 누가 보냈다는 말이오?"

"네, 장관님 제 생각에는 날개 달린 천사를 보낸 분은 우주를 창조한 신일 것입니다. 아시는 대로 우주를 만든 신은 눈에 보이지 않는 분이며 보통 그런 분을 영적인 존재라 부릅니다."

"그러면 결국 우리가 눈에 보이지 않는 우주의 신과 싸우고 있다는 말이오?"

"그렇습니다. 만약에 우리가 우주의 신과 싸운다면 백전백패할 것입니다. 제가 만난 사람의 말로는 우주의 신이 지구 인간도 만들었고 아리아니 백성들도 만들었고 외계에서 온 장관님의 선조들도 만들었던 분이라고 합니다."

"아니, 무슨 말이오? 내가 우주의 신이 있다는 사실을 믿으라는 말이오? 우리는 초고도의 과학 기술로 세계를 제패하는 것이 우리의 꿈인데 그러한 꿈을 접으라는 말이오."

"장관님, 만약 우주의 신이 창조의 신이라면 그분은 엄청나게 큰 능력을 가진 분이므로 우리가 그분과의 전쟁에서 결코 이길 수 없을 것입니다."

"그럴까? 우주의 신이 왜 그렇게 노하셔서 우리를 죽이려고 한다는 말이오."

이때 지구 관할 제1군단장이 말하였다.

"장관님, 참모장님이 말씀하고 있는 적은 날개 달린 천사들이고 우주의 신이 보낸 것으로 보입니다. 우주의 신이 그렇게 능력이 많은 분이라면 이번 전쟁의 승산은 없어 보입니다. 더구나 우주의 신은 눈에 보이지 않는 분이기 때문에 어떻게 손을 쓸 수도 없는 상황입니다."

"다른 분들도 같은 의견이군요. 총사령관께 그렇게 보고하겠소."

며칠 후 참모장은 미국에서 유명한 한국사람 안나 장 여자 목사를 데리고 왔다. 참모장이 벨라 장관에게 장 목사를 소개시켰다. 벨라 여사는 외계인이고 영어로 대화가 안 되기 때문에 부득이 참모장이 통역을 하였다. 참모장은 외계인 혼혈족이므로 영어를 잘 하였다.

벨라 여사가 장 목사에게 말하였다.

"환영합니다. 잘 오셨어요. 날개 달린 천사가 미국에 많이 와 있다고 하는데 사실인가요?"

"그렇습니다."

"천사들은 어디에서 왔습니까?"

"매우 먼 별에 있는 천국에서 왔습니다."

"그럼 천사들을 누가 보낸 것입니까?"

"천국에 계신 하나님이 천사를 보냈습니다. 하나님은 우주와 만물을 창조하신 신이시고 눈에 보이지 않는 영적인 존재입니다. 하나님이 천사도 만드셨어요.”

“여기 참모장의 말로는 우리 같은 인간도 하나님이 창조했다는데 맞아요?”

“그렇습니다. 하나님은 능력이 많아서 해도 만들고 달도 만들고 수많은 별들도 만드신 분입니다.”

“하나님이 천사들을 보내어 왜 우리를 죽입니까?”

“잘 모르지만 제 생각으로는 지난번에 아마겟돈 전쟁 때에 많은 지구인들을 죽이지 않았습니까? 아마 그래서 우주의 신이 노하셔서 징계하시고 심판하고 계신 것으로 여겨집니다.”

“우리나라 군대들이 눈에 안 보이는 천사와 싸우면 우리가 너무 불리합니다. 어떤 대책이 있을까요?”

“하나님에게 엎드리고 잘못하였다고 용서를 빌면 어떨까요?”

“용서를 빈다는 말은 항복을 하라는 말인데요. 아마도 세계 정부에서는 항복하지는 않을 것입니다. 잘 알았습니다.”

국방부 장관 벨라 여사는 즉시로 총사령관 콩 장군을 만나러 갔다.

천사와의 전쟁이 일어난 지 이틀 후 콩 장군은 전쟁에서 참패하자 화가 나 폭음을 하고 술에 취해 있었다.

“장군님, 적이 누군지, 누가 날개 달린 천사를 보냈는지 알아냈습니다.”

“그래요? 말해 보시오.”

"우리의 적은 날개 달린 천사 맞아요. 그리고 천사를 보낸 자는 우주의 신이고 그 신의 이름은 하나님이라고 합니다."

"계속하시오."

"날개 달린 천사가 눈에 보이지 않듯이 역시 우주의 신도 눈에 보이지 않는 존재입니다. 우주의 신은 해도 만들고 달도 만들고 우주의 모든 별도 만들었다고 합니다. 그리고 우주의 신이 지구 인간도 만들고 아리아니 백성도 만들고 또 우리 같은 외계에서 온 존재도 만들었다고 합니다."

"그래요? 대단하구만."

"이번에 우주의 신이 천사들을 보내어 우리를 공격한 이유를 알아냈습니다."

"우리를 공격한 이유가 무엇인가?"

"우주의 신이 우리를 공격한 이유는 아마겟돈 전쟁에서 지구 인간들을 무차별로 많이 죽였기 때문이라고 합니다. 이러한 일로 인하여 우주의 신이 노하셔서 전쟁을 일으킨 것이라고 합니다."

"그래 맞아. 아마겟돈 전쟁에서 지구 인간들을 많이 죽였지. 그래서 보복하는 전쟁이다. 하하하, 그래서 우주의 신이라는 자가 나에게 감히 도전하는구먼."

"장군님, 그러면 어떤 대책이 있습니까?"

"아니, 이 사람아, 일 보 전진, 일 보 후퇴 그런 말이 있잖아. 저들이 우리를 공격할 때에는 우리가 잠시 후퇴하는 거야. 그리고 잠잠해졌을 때 우리가 공격하는 거지.”

"장군님, 그러면 지금처럼 전쟁을 계속하면 너무 희생자가 많아집니다. 그래도 괜찮습니까? 저로서는 뾰족한 대책이 없습니다. 왜냐하면 적들이 눈에 보이지도 않지요. 적들의 진지가 어디에 있는지 전혀 알 수 없기 때문에 막막합니다.”

"그러면 국방부 장관은 어떤 대책이 있는 거요?”

"장군님, 저는 지금까지 수많은 전쟁을 해 왔지만 이러한 전쟁은 처음입니다. 전쟁도 일종의 게임인데. 게임은 항상 적의 수와 진지의 위치를 파악하고 어떤 계략을 가지고 전투를 해야 승리할 수 있습니다. 그런데 이번 전쟁은 아무런 정보가 없습니다.”

"그래, 맞네. 맞아. 그래서 내가 술을 마시면서 무슨 대책이 있는지 연구 중이라네.”

"오늘 제가 우주의 신에 대하여 잘 안다는 어느 목사를 만났는데요. 그러나 그 사람의 말은 우주의 신에게 빌고 항복하라고 합니다.”

이때 콩 장군은 허리에서 긴 칼을 빼더니 건너편에 있는 벽을 향하여 던졌다. 긴 칼은 벽에 꽂혔다. 콩 장군은 화가 나서 식식거렸다.

"나에게는 항복이란 있을 수 없다. 내 사전에는 항복이라는 단어는 없어.”

"장군님, 현재까지 전쟁의 정세는 매우 불리합니다. 적들은 지구 인간들은 손대지 않고 있습니다. 적들은 오로지 아리아니 백성들, 그리고 외계에서 온 우리 종족들을 대상으로 죽이고 있습니다. 이대로 가다가는 아리아니의 모든 국민들과 외계에서 온 우리 종족들, 그리고 지구인과 외계인 종족과의 혼혈족은 한 사람도 없이 완전히 말살될 것입니다. 사령관님 그래도 좋습니까?"

"나도 같은 생각이야. 며칠만 더 두고 보자고. 자 이 술 한 잔을 받아요."

콩 장군이 주는 독한 술을 마시자 벨라 여사는 순간 울컥하는 감정에 복받쳐 눈물이 핑 돌았다.

어제 경계가 삼엄하기로 정평이 나 있는 네바다 벙커 기지가 적들의 공격 앞에 허망하게 무너졌기 때문이다.

벨라 여사는 결단해야 했다. 지금처럼 왕 장군 밑에서 머물러 있다가는 천사와의 전쟁에서 외계인들의 희생이 너무나 크기 때문이었다.

총사령관 콩 장군의 뜻을 따른다면 외계인들이 거의 모두 죽게 될 것이고 지구를 훌쩍 떠나 버린다면 배반자가 되기 때문에 크게 갈등하고 있었다.

벨라 여사는 콩 장군이 건네주는 술을 마시다가 취해 정신을 잃고 탁자에 엎드려 깊은 잠에 빠졌다. 그런 동안에 천사들의 공격은 잠시도 쉬지 않고 땅속 나라 아리아니에서 전개되었고 또 영국과 독일 프랑스 등 유럽으로 빠르게 확대되었다.

천사들은 잠자는 일이 없기 때문에 매일 24시간 전쟁을 수행할 수 있었다.

천사와 인간 짐승과의 전쟁을 시작한 지 열흘 만에 지구 땅속 아리아니 지역은 천사들에 의하여 완전히 정복당하고 말았다.

아리아니에서 희생당한 땅속 거인들은 무려 1억 200명이나 되었다. 나머지 아리아니의 약 1억 명의 사람들은 아직 지구에서 살고 있었다.

아리아니를 점령한 라파엘 참모총장은 미카엘 천사장에게 임무를 완성하였다고 보고하였다.

미카엘은 다시 라파엘에게 달과 수성, 금성, 화성, 목성, 명왕성에 있는 외계인 기지에 가서 외계인 짐승을 하나도 없이 모두 진멸하라고 명령하였다.

이에 라파엘은 1만 명의 부하를 데리고 먼저 달을 향하여 출발하였다. 이로부터 10일 동안에 라파엘과 부하 천사들은 달과 수성, 금성, 화성, 목성, 명왕성에 있는 외계인 기지에 다녀와서 외계인 짐승들을 모두 처리하였다고 미카엘에게 보고하였다.

한편 미카엘과 부하 천사들은 세계 여러 곳에 숨어 있는 외계인들과 온 세계에 살고 있는 외계인 혼혈족을 샅샅이 찾아내어 모두 죽여 없앴다.

이리하여 미카엘, 라파엘 두 천사장과 부하 천사들은 땅속 아리아니에 사는 거인족들이나 지구에 거주하는 모든 거인족들을 처리하였고, 외계인들과 외계인 혼혈족들을 모두 처리하였으며 또 지구 태양계의 행성 안에 있는 외계인들까지도 모두 진멸하였다.

그러나 신기하게도 천사들이 땅속 거인들을 죽이면 거인들의 혼이 사단이 되어 나타났고, 외계인과 그 혼혈족을 죽이면 그것들의 혼은 마귀로 변하여 나타났다.

이어서 하나님의 명령을 따라 미카엘 천사장은 세계 단일정부의 총사령관 콩 장군과 외계인의 지도자 벨라 여사를 잡아 죽이지 않고 감옥에 가두었다. 매우 흥미로운 일은 세계 단일정부의 우두머리 콩 장군과 외계인의 왕초 벨라 여사 두 사람을 어떻게 죽이라는 말이 요한계시록 19장에 예언되어 있다는 점이다.

> 짐승이 잡히고 그 앞에서 표적을 행하던 거짓 선지자
> 도 함께 잡혔으니 이는 짐승의 표를 받고 그의 우상에
> 게 경배하던 자들을 표적으로 미혹하던 자라 이 둘이
> 산 채로 유황불 붙는 못에 던져지고 그 나머지는 말 탄
> 자의 입으로부터 나오는 검에 죽으매 모든 새가 그들의
> 살로 배불리더라(요한계시록 19장 20~21절)

여기에서 하나님께서 미카엘을 시켜서 하나님을 대적한 자들 중에 우두머리 급에 속한 거인 짐승과 거짓 선지자 벨라

여사, 둘을 잡아서 산 채로 유황 불못에 던져 넣을 것이라는 말씀을 하고 있다.

여기에서 '짐승'이란 누구인가? 그는 계시록 13장 1절에 예언된 일곱 머리와 열뿔 달린 짐승으로서 아마겟돈 전쟁을 일으켜 온 세계 나라를 항복시킨 단일 정부의 우두머리이고 땅속 거인 짐승의 우두머리인 콩 장군을 가리킨다.

이 세계 정부의 우두머리 짐승인 콩 장군이 하나님을 대적하고 있기 때문에 하나님의 진노를 받았으며, 결국 산 채로 유황불 못에 떨어져 죽게 될 운명에 처해 있다.

거짓 선지자는 누구인가? 거짓 선지자란 바로 땅속에서 올라온 외계인 짐승의 우두머리인 벨라 여사제다. 이 외계인 짐승의 왕초인 벨라 여사는 일루나티의 배후 세력으로 활동해 왔다. 이제는 벨라 여사가 하나님을 대적하기 때문에 산 채로 유황불 못에 떨어져 죽게 될 것이다.

드디어 군대장관 미카엘은 거인 짐승의 우두머리 콩 장군과 거짓 선지자인 벨라 여사제를 포박하여 지옥 안에 있는 무저갱[2]의 유황불에 던지라고 부하 천사에게 명령하였다.

미카엘의 명령이 떨어지자 힘센 부하 천사 서른 명이 두 인간 짐승을 각각 천사의 말에 태워서 지옥으로 향하였으며, 지옥에 있는 감옥소인 무저갱에 도착하였다. 두 짐승 인간을 산

---

2) 무저갱이 지옥에 있다는 근거는 스가랴서 5장 10~11절에 있다. 여기에서 시날 땅은 지옥을, 에바는 무저갱을 가리킨다.

채로 무저갱에 있는 유황불에 던져 넣자 비명을 질렀으며 순식간에 불길에 휩싸여 죽고 말았다.

매우 특이한 것은 콩 장군과 벨라 여사제는 영은 없고 혼만 있는 존재들이므로 불 속에 던졌을 때 짐승처럼 불에 타서 소멸되었다. 그러나 콩장군의 혼은 사단이 되어 나타났고 벨라 여사제의 혼은 마귀로 변하였으나 천사들이 이것들을 잡아다가 모두 무저갱으로 보내 버렸다.

아마겟돈 핵전쟁은 전체 인류의 3분의 1 이상이 죽었기 때문에 역사적으로 가장 비참하고 무서운 전쟁이었다.

아마겟돈 전쟁과, 천사와 인간 짐승과의 전쟁은 주님 재림과 어떠한 관계가 있는가? 두 전쟁이 이어서 일어난다면 그 후에 얼마 안 있어서 주님이 재림하실 것이다. 그러므로 아마겟돈 전쟁과, 천사와 인간 짐승과의 전쟁은 주님이 재림하신다는 가장 확실한 전조 현상이다.

세상 심판과
지구 종말 시나리오

·
·
·

창조 당시에 아름다운 땅, 거룩한 땅, 백두산에 하나님께서 수많은 천사들과 함께 나타나셨다. 그때 하나님께서 직접 고운 흙으로 사람을 만드시고 콧속에 생기를 불어 넣었는데 그렇게 만든 사람이 아담이었다. 이 당시의 아담은 육적인 몸이 아니라 영생하는 영적인 몸, 신령한 몸이었다.

지금으로부터 6,000년 전에 아담과 하와는 하나님께 불순종하여 에덴동산에서 땅으로 쫓겨났고 영원히 살지 못하고 시한부로 죽어야 하는 육적인 몸으로 변하였다.

하나님께서는 온 우주 가운데서 우리 인간들을 가장 사랑하셨으므로 성자 하나님 자신이 유한한 인간의 몸으로 나타나셨다. 이것은 인간의 죄를 대신 지시고 십자가에서 죽으심으로 영원히 멸망의 불못 형벌로 고통받는 곳에서 구원의 길을 열어 주셨다.

이 구원의 길이란 무엇인가? 하나님이 만드신 처음 사람 아담처럼 신령한 몸으로 만들어 주기 위함이고, 하나님과 함께 천국에서 영원토록 살도록 해 주기 위함이다.

성경에서는 때가 되면 하나님의 아들이 세상에 다시 오신다고 한다. 정말로 주 예수님이 재림하신다면 실제로 어떤 모습으로 임하실까? 만왕의 왕 되신 주께서 심판하실 때 양羊에 속한 성도들을 어떻게 구원해 주실까? 그리고 앞으로 지구의 종말은 어떻게 전개될 것인가?

사실상 지구상의 인간들이 사라지고, 인류의 역사도 모두 사라지고, 지구라는 땅덩어리가 모두 사라지는 일은 바로 예수 그리스도의 재림 때에 일어날 일이다.

✧ 예수 그리스도가 백두산에 재림하신다

아마겟돈 전쟁이 끝나고 거인 짐승의 우두머리와 거짓 선지자를 처치한 후 2년이 지난 ○월 ○일 오전 ○시였다.

하늘에서 갑자기 천사가 부는 큰 나팔 소리가 길게 2분 동안 울려 퍼졌다. 이 나팔 소리는 온 천지를 흔들었으며 신기하게도 사람의 심금을 짜릿하게 울리는 감동이 있었다.

나팔 소리를 들은 사람들은 어디에서 나온 나팔 소리인지 몰라 당황하였고 서로의 얼굴을 쳐다보며 물어보기도 하였다.

이때 하늘에서 "The Lord has come back(주 예수님이 재림하셨다)."이라는 우렁찬 소리가 났다. 이 음성은 우렛소리 같았으나 분명하게 영어로 메아리치며 길게 울려 퍼졌다.

이와 동시에 세계 각국에 있는 TV 화면과 스마트폰 화면에 영어로 "The Lord has come back."이라고 쓰여 있었다. 모든 사람의 스마트폰 화면에 나타난 글자는 한 시간 동안이나 계속하여 새겨져 있었다.

그와 동시에 많은 사람들이 거리로 몰려나왔으며, 하늘을 쳐다보고 몸을 엎드리며 "할렐루야!"를 외쳐 댔다.

모든 전자기기가 먹통이 되자 미국, 영국, 한국 등 각국에서는 비상이 걸렸다. 영적으로 예민한 사람들은 거리를 빠르게 다니며 "주 예수님이 백두산에 재림하셨다!"라고 큰소리로 외쳤다.

이때 하늘에 눈부신 광채를 나타내며 주 예수님이 구름을 타고 나타나셨다. 광채로 인하여 얼굴은 자세하게 볼 수 없었으나 수많은 천사들이 날개 달린 말을 타고 호위하고 있는 모습이 보였다.

그러니까 요한계시록 1장 7절 "볼지어다 그가 구름을 타고 오시리라 각 사람의 눈이 그를 보겠고 그를 찌른 자들도 볼 것이요 땅에 있는 모든 족속이 그로 말미암아 애곡하리니 그러하리라 아멘"이라는 말씀대로 주 예수님이 실제로 구름을 타고 나타나셨다.

또 주 예수님이 서 있는 발아래로 뭉게구름이 둘러 있었고 주님 뒤로는 셀 수 없는 수많은 천국에 있던 영들이 꽉 차있는 모습이 멀리 희미하게 보였다.

너무 신기한 것은 온 세계 사람들이 주 예수님의 재림 모습을 동시에 세계 각 나라에서 볼 수 있었다는 사실이다. TV 화면과 스마트폰 화면에도 주 예수님의 재림 모습이 나타나 있었다.

이어서 하늘에서 우렁찬 천사장의 음성이 들렸다. 자세히 들어 보니 영어로 된 음성이었다. 음성 내용은 "The Lord judges(주님이 심판하신다)."라는 내용이었다.

재림하신 주 예수님이 백두산 위에 구름 가운데 머물러 있는 모습은 30분 동안이나 계속되다가 사라졌다.

또한 너무 신기한 것은 주 예수님이 구름을 타고 재림하신 모습이 낙원의 하늘에도 영상에 나타났고, 음부[3]에 있는 영들에게도 재림의 모습이 보였다는 것이다. 주 예수의 재림 모습을 보여 주자 당시 십자가에 못 박았던 자들과 창으로 찔렀던 자들이 음부에서 가슴을 치며 통곡하는 모습도 보였다.

주 예수 그리스도의 재림 소식이 전해지자 가장 민감한 반

---

3)   음부陰府란, 죽은 사람의 영이 백 보좌 심판을 받기 위해 대기하는 곳.

응을 보인 곳은 이스라엘이었다.

유대교에서 기독교로 전향한 메시아닉 교단에서는 즉각적으로 성명서를 발표하고 이번에 하늘에서 큰 소리가 나고 구름을 타고 나타난 예수 그리스도의 재림은 확실하다고 성명서를 발표하였다.

그러나 예수 그리스도가 재림한 곳은 대한민국 백두산이 아니고 스가랴서 14장 4절에서 예언한 대로 감람산이라고 발표하였다.

> 그 날에 그의 발이 예루살렘 앞 곧 동쪽 감람 산에 서
> 실 것이요 감람 산은 그 한 가운데가 동서로 갈라져 매
> 우 큰 골짜기가 되어서 산 절반은 북으로, 절반은 남으로
> 옮기고(스가랴 14장 4절)

이에 대하여 한국의 개신교 연합 교단과 마이클선교회 등 30개 교단에서는 기자 회견을 갖고 스가랴서 14장 4절에 나오는 예루살렘은 한국의 서울을 가리키며 동편산 감람산은 백두산으로 해석하여야 한다고 발표하였다.

그 증거로 현재 한국에는 하나님께서 보낸 군대장관 미카엘과 2만 명 이상의 천사들이 2011년부터 한국에 와 있으며 미카엘 천사장으로부터 같은 해석을 받았다고 말하였다.

이렇게 되자 메시아닉 교단에서는 마이클선교회에 연락을

하고 정말로 군대장관 미카엘 천사장이 한국에 와 있느냐고 문의하였다. 그러자 마이클선교회 측에서는 미카엘을 선교회 관에서 항상 아무 때나 만날 수 있으니 미카엘을 눈으로 보는 사람을 데리고 한국에 와서 언제든지 확인할 수 있다고 통보하였다.

그로부터 열흘 후 이스라엘에 본부를 둔 메시아닉 교단 대표와 랍비 등 열두 명이 서울에 있는 마이클선교회 회관에 왔으며 선교회관 게스트하우스에 짐을 풀었다.

다음날 선교회관에서 메시아닉 교단 대표 환영 예배를 드린 후 대화에 들어갔다.

환영 예배를 드릴 때 이스라엘에서 온 두 명의 대표 목사님이 예배당 안에 들어온 매우 키가 큰 미카엘을 보더니 후들후들 떨면서 감격하며 감사의 눈물을 흘렸다.

사회를 맡은 한국 측 피터 목사는 이스라엘에서 온 두 목사의 간증을 듣자고 제안하였다. 그중에 이름이 시몬이라는 랍비가 앞으로 나와 영어로 간증하였으며 그의 말을 여호수아 장로가 통역해 주었다.

"할렐루야, 우리는 이스라엘 수도 예루살렘에서 온 메시아닉 교단 대표들입니다. 이렇게 환영해 주셔서 참으로 감사드립니다. 오늘 환영 예배를 드리는 동안 강단 중앙에 엄청나게 키가 큰 미카엘 천사장을 저는 처음으로 보는 순간 감격하여 하나님께 감사와 찬양을 드렸습니다. 미카엘은 지금도 눈에서 불이 나오고 있어서 무서워요. 그런데 이상한 것은 잠시 있다가 미카엘의 모습이 사자로 변했어요. 제가 바르게 본 것인지 모르겠어요.

또 여기 선교 센터 안에 많은 천사가 여기저기 꽉 차 있는 것을 보고 있습니다. 저는 간혹 어쩌다가 1년에 한두 번 천사를 만날 때가 있는데 한 번에 이렇게 많은 천사는 처음 봅니다. 이렇게 많은 천사가 한국에 와 있다면 분명하게 주님이 이스라엘에 오신 것이 아니라 한국 땅에 오셨다는 증거가 됩니다. 대한민국을 축복합니다. 한국교회를 축복합니다."

"네 감사합니다. 이번에는 한국 측을 대표하여 데이비드 양님을 소개합니다."

"할렐루야! 이스라엘에서 오신 여러분들을 예수 그리스도의 이름으로 환영합니다. 제 이름은 데이비드 양입니다. 하나님께서 저에게 영적인 세계를 보는 은사를 주셨기에 제 두 눈으로 천사의 눈빛이나 생식기까지도 구석구석 자세하게 볼 수 있습니다. 조금 전 랍비님이 미카엘 얼굴을 보실 때 사람 모습과 사자 모습 두 모습만 보셨지만 사실 미카엘은 네 생물이기 때문에 네 가지 모습을 띠고 있어요. 그러니까 사람, 사자, 소모양, 독수리 모양의 얼굴이 각각 2초마다 연속적으로 바뀌고 있어요."

"할렐루야, 참으로 놀랍습니다."라고 시몬 랍비가 감격해하며 답하였다.

데이비드의 이야기는 더 계속되었다.

"오늘 이스라엘에서 오신 분들과 여기 모인 분들에게 현재 주 예수님이 어디에 머물러 계신지 알려 드립니다. 저는 지금 백두산에 머물러 계신 예수 그리스도의 모습을 영으로 보고 있습니다. 얼마 전에 예수 그리스도께서 구름을 타고 백두산에 임하셨기 때문에 더 이상 어디에 임하셨는지에 대해서 논의하는 것을 중단하시면 좋겠습니다. 감사합니다."

이때 시온 랍비가 질문하였다.

"그럼 현재 예수 그리스도께서 백두산에서 무슨 일을 하고 계시는지 알 수 있을까요?"

"네, 좋은 질문입니다. 조금 전에 보았어요. 주 예수님이 천국에서 백두산으로 오실 때 천국에 있는 영들을 모두 데리고 함께 오셨습니다. 현재 천국에는 에녹과 엘리야 두 원로 장로만 두고 왔고 천국은 비어 있는 상태입니다. 그리고 요한계시록 21장 1절 말씀에 '새 하늘과 새 땅'이라고 기록한 대로 천국을 새롭게 다시 창조할 것입니다. 현재 백두산에서는 주님이 미카엘을 시켜서 천국에서 온 영들을 한 분씩 신령한 몸으로 변화시켜 줄 것입니다."

주 예수님이 재림한 때의 백두산은 둘째 인 시대에 생긴 거대한 화산폭발로 인하여 1,050미터로 낮아졌고 백두산이 둘로 갈라져 있었다.

백두산 정상아래 평평한 곳에 거룩한 하나님의 보좌가 있었고, 보좌 앞에 미카엘, 가브리엘 등 수많은 천사들에 둘러 있었으며 좌측에는 세 증인들(멜기세덱과 두 증인), 그리고 우측에는 원로 장로들과 이십사 장로들이 서 있었다.

특히 하늘 보좌 좌우에 서 있는 세 증인들과 원로장로들, 그리고 이십사 장로들은 천국에 있을 때부터 신령한 몸을 입고 있었다.

보좌 앞에는 천국에서 온 영들이 길게 늘어서 있었는데 세 증인과 원로장로들, 그리고 이십사 장로들은 물론이고 모두가 30대 초반의 매우 젊은 모습을 하고 있었고 이마에 하나님의 인이 찍혀 있었다.

천국에서 온 영들이 한 사람씩 미카엘 천사장 앞으로 나와 서면, 부대장인 마리아엘 천사가 그 사람의 수십만 가지 DNA를 미카엘에게 주는 대로 미카엘이 천국에서 온 영을 불과 몇 초 만에 신령한 몸으로 변화시켜 주었다.

신령한 몸으로 변화를 받은 사람들은 모두가 감격하여 큰 소리로 "할렐루야!"를 부르는가 하면 춤추며 즐거워하는 분들도 많았다. 이렇게 신령한 몸으로 변화를 받는 일은 3일 만에 다 마치게 되었다.

마태복음 25장 31~33절에 인자—예수 그리스도—가 천사와 함께 재림하실 때, 모든 민족을 그 앞에 모으고 심판하신다고 예언하고 있다.

> 인자가 자기 영광으로 모든 천사와 함께 올 때에 자기
> 영광의 보좌에 앉으리니 모든 민족을 그 앞에 모으고
> 각각 구분하기를 목자가 양과 염소를 분별하는 것 같이
> 하여 양은 그 오른편에 염소는 왼편에 두리라(마태복음
> 25장 31~33절)

그러므로 주 예수님이 다시 오시면 낙원에서 대기하는 사람
들과 살아 있는 모든 사람을 대상으로 주님의 뜻대로 심판하
신다고 말씀하고 있다. 그리고 양¥에 속한 사람과 염소에 속
한 사람을 분별하는 심판이 있다고 말씀하고 있다.

✧ 그리스도인들이 낙원에서 심판받는다

낙원은 천국보다는 못하지만 광명한 빛이 있어서 항상 대낮
처럼 밝았다. 여기저기에 아름다운 꽃이 만발하였고 꽃향기가
은근하게 풍겨나고 있었다.
그러나 낙원에는 나비나 잠자리 등 꽃향기를 찾아오는 곤충
이 없었고 천사들이 타고 다니는 말 이외에 어떤 동물도 보이

지 않았다. 낙원에 와 있는 영들은 표정이 밝은 영들도 있으나 대부분은 무표정한 얼굴들이었다. 주 예수님이 오시면 과연 내가 심판에서 선택을 받을 수 있겠는가 하는 압박감 때문인 것 같았다.

특히 낙원에 있는 영들은 죽을 당시의 모습 그대로를 지니고 있었다. 말하자면 늙어서 죽은 영들은 얼굴에 주름도 많고 흰 머리를 그대로 지니고 있었다. 그러나 늙은 모습을 가지고 있을지라도 몸이 아프거나 하는 영들은 보이지 않았다.

그리고 지구에 살고 있을 때, 장애를 가진 분이나 얼굴 모습이 흉측한 사람 또는 키가 크고 작은 사람 등 다양한 사람들이 죽을 때의 모습 그대로였다.

낙원에서 가장 인기를 끌고 있는 곳은 플라워 가든Flower Garden이다. 그곳에는 꽃이 만발해 있고 경치가 좋은 곳이라 많은 영들이 자주 찾는 곳이다.

특히 여기 플라워 가든에는 서울에 있는 Y 교회, S 교회 등 큰 교회의 성도들이 때에 따라 200명 이상 모이는 곳이기도 하다. 그중에는 S 교회 담임 목사도 자주 오고 있기 때문에 성도들이 담임 목사를 만나러 오기도 한다.

S 교회 목사는 거기에 온 성도들에게 말하였다.

"여기 낙원에 오면 목사나 장로나 집사나 권사와 같은 칭호를 부르면 안 됩니다. 하나님 앞에서 다 똑같이 심판대 앞에

서기 때문입니다. 그냥 '누구누구 님'이라 부르면 좋겠어요."

그곳에 모인 성도들은 서로가 전에 교회생활을 하며 가졌던 추억을 되살리며 이야기를 나누곤 하였다. 그러나 낙원에 있는 성도들이 갖는 최대의 관심사는 주님이 낙원에 오시면 누가 심판을 하며 자신이 심판에서 선택받을 수 있느냐에 큰 관심을 두고 있었다.

이러한 여러 가지 의문점에 대하여 S 교회 목사에게 물으면 항상 잘 모른다고 하므로 답답하기만 하였다. 그들 중에서 대전에서 살았던 곽영자라는 권사는 자신이 지구상에 있었을 때, 성령께로부터 요한계시록 해석을 받았다고 하며 낙원 심판에 대하여 나름대로 설명해 주고 있었다.

곽 권사의 말로는 심판 주 되시는 분은 예수 그리스도이기 때문에 낙원에 있는 모든 영들은 주님 앞에 서서 심판을 받을 것이며, 천사들이 각 사람의 행실록을 보고 읽어 주면 믿음의 공적에 따라 주님이 합격자를 골라낼 것이라고 하였다.

그러자 S 교회 목사가 나서서 요한계시록 14장 14절에서 16절을 암송하면서 심판 주되시는 주님은 심판대 자리에 앉아 계시고 심판하는 분은 주님을 대리하여 군대장관 미카엘 천사장이 대행할 것이라고 말하였다.

S 교회 목사의 말을 듣자 낙원에 있는 사람들은 매우 그럴 듯하다고 받아들였으나 심판받는다는 생각에 큰 두려움에 사로잡혀 있었다.

주 예수님이 구름을 타고 백두산에 재림하신 후 천국에서 데리고 온 영들을 신령한 몸으로 변화시키는 일이 끝나자, 주 예수님이 이제 낙원으로 가자고 말씀하셨다.

미카엘 천사장과 그를 따르는 천사들이 먼저 낙원에 도착하였다. 나팔을 담당하는 두 천사가 기다란 나팔을 들고 세 번 길게 불었다.

이때 미카엘 천사장이 큰 소리로 "주님이 낙원에 오셨다! 주님이 심판할 때다!"라고 외쳤다. 이 소리를 듣자마자 낙원에 있던 사람들 모두가 "할렐루야!"를 외치며 크게 환호성을 질렀다.

주 예수님이 많은 천사들의 호위를 받으며 낙원 중앙에 있는 비교적 높은 산으로 가셔서 이미 예비해 둔 보좌에 앉으셨다.

보좌 우측에는 원로 장로인 아브라함과 모세가 앉았고, 이십사 장로들이 각기 보좌에 앉았으며 좌측에는 세 분의 증인이 보좌에 앉았다. 그리고 보좌 바로 앞에는 일곱 천사장이 자리하고 있었다.

예수 그리스도가 낙원에 도착하신 지 이틀이 지나자 천사의 나팔 소리가 길게 울려 퍼졌으며 주 예수님의 심판대가 있는 산 아래로 모이라고 하였다. 심판대가 있는 산 아래에는 영광의 광채가 멀리까지 환하게 비치고 있었다.

낙원에 있는 영들은 천사들이 안내하는 대로 주 예수님의 보좌가 있는 산으로 모여 들었다.

주 예수님의 보좌 앞 50미터 정도 가까이에 군대장관 미카엘 천사장이 집행관 의자에 앉아 있었고, 미카엘이 주 예수님을 대신하여 심판을 집행하고 있었다.

그곳에 모여든 영들은 키가 큰 미카엘의 무서운 모습과 위엄 앞에 얼굴을 들지 못하고 엎드리며 두려워하고 있었다. 미카엘이 매우 큰 의자에 앉아 있었으나 앉은키가 무려 4미터 정도 되었고 손바닥은 바둑판만큼 컸다. 그의 눈에서 붉은빛과 푸른빛을 뿜고 있었기 때문이었다.

미카엘 앞에 줄을 선 모습이 길게 10킬로미터 이상 뻗어 있었다. 이어서 낙원에서의 심판이 진행되었다. 미카엘 천사장의 심판을 돕고 있는 천사는 하나님의 인 가진 마리아엘 천사였다. 마리아엘 천사가 맨 앞에 서 있는 사람의 생명책을 들고 맨 앞면을 미카엘에게 보이고 있었다.

생명책 이름 앞에 동그라미 표시가 있으면 합격자였다. 미카엘이 "Right!"이라고 말하자 곁에 있는 천사가 오른편으로 데리고 갔다. 심판에서 선택받은 사람들은 "할렐루야!"를 외치고 덩실덩실 춤추며 기뻐하였다.

그리고 생명책 이름 앞에 아무 표시가 없는 사람은 미카엘이 왼편을 가리켰으며 이들은 불합격된 사람들이었다. 불합격된 사람들은 초주검이 되어 발을 내딛지도 못하고 비틀거렸다.

낙원에서의 심판은 일일이 생명책을 보고 그 자리에서 심사하여 결정하는 것이 아니었다. 마태복음 25장에 기록된 말씀대로 양과 염소를 구별하듯이 합격된 자와 불합격자를 구분하는 일만 하고 있었다.

미카엘 천사장이 진행하는 심판은 얼마나 신속한지 한 사람 심판에 걸리는 시간은 불과 5초 정도 걸렸다. 심판이 어느 정도 진행되자 오른편에 선택받은 성도들은 매우 적고 불합격된 사람들은 점점 많아졌다. 선택받은 인원은 눈으로 얼른 보아도 10퍼센트 정도밖에 되지 않았다.

이렇게 되자 심판을 기다리던 사람들은 혹여나 본인이 탈락되지 않을까 하여 불안해하는 사람들이 많아졌다. 그중에서도 특히 교회에서 존경받고 크게 활약했던 큰 교회 목사나 전도사, 그리고 장로들은 모두가 초조해 하며 긴장하고 있었다.

서울에서 온 S 교회 목사와 성도들 차례가 되었다. S교회 목사는 심판받기가 너무 두렵다고 같은 교회 성도들과 함께 심판을 받기로 하였다. 50여 명의 성도들이 서로 손을 잡고 줄을 섰고 담임 목사는 자신이 없었는지 떨면서 맨 끝에 서기로 하였다.

S 교회 성도들이 심판을 받은 결과 50명 중 장로 한 명과 여자 집사 다섯 명이 선택을 받았고 S 교회 목사는 어떻게 된 일인지 탈락을 하는 이변이 생겼다.

이렇게 되자 탈락한 S 교회 성도들 서른 명이 담임 목사 주위에 몰려와서 목사님이 왜 심판에서 탈락이 되었는지를 물었다.

이때 S 목사는 성도들에게 대답하였다.

"여러분, 저는 며칠 전부터 제가 혹시 불합격될 수도 있을 것이라고 생각했어요. 왜냐하면 주님의 심판의 기준에 대하여 제가 너무 무지했기 때문이지요. 그중 하나가 '예수 그리스도의 이름으로 합니다. 아멘.'으로 기도해야 하는데 예수님의 이름으로 기도했기 때문이라고 생각합니다."

"목사님, 저희들도 다 예수님의 이름으로 기도해 왔는데 기도를 잘못해서 우리가 탈락했군요. 오! 주님, 어리석은 우리를 용서해 주세요."

그때 탈락한 김만기 장로가 물었다.

"목사님, 저도 늘 예수님의 이름으로 기도해 왔는데 저도 그래서 탈락을 했을까요?"

"맞을 거예요. 지금 생각해 보니 천국에서 주 예수님의 이름이 예수 그리스도이니까 당연히 예수 그리스도의 이름으로 기도해야 맞지요. 저는 사실 작은 교회 어느 목사님이 나에게 두 번이나 등기를 보내고 예수 그리스도의 이름으로 기도하라고 건의했는데도 그 목사님의 권고를 받지 않았어요. '내가 총회장도 한 사람인데 나를 가르치려고 하다니'라고 생각하고 거부했어요. 참 제가 어리석었지요. 자존심 때문에 예수 그리스도의 이름으로 기도하지 못했어요."

"그렇군요. 저는 예수님의 이름으로 기도하거나 예수 그리스도의 이름으로 기도하거나 같다고 생각해 왔어요. 저도 예수님의 이름으로 기도했어요. 후회됩니다."

다음에는 1970년대 열일곱 명의 연쇄 살인범 김대두 차례가 되었다. 흉악범 김대두는 감옥 안에서 어느 여자 목사의 끈질긴 전도를 받아 회개하고 크리스천이 되었다. 그의 영은 낙원에 들어왔으며, 심판대 앞에 서게 되었다. 그러나 미카엘은 김대두에게 불합격 신호를 보냄으로 결국 음부로 가게 되었다.

이러한 일은 살인자들이 눈물로 회개하고 돌아섰을지라도 하나님께서는 살인자들은 낙원에 들어가는 구원으로 그치고, 하나님께서 영생의 자리에 들어가는 것까지는 허락하지 않는 것을 알 수 있다. 그만큼 그리스도의 심판은 엄중하다.

이번에는 칭키즈칸의 차례가 되었는데 미카엘이 "Right!" 신호를 보냄으로써 당당하게 선택을 받게 되었다. 천사의 증언에 의하면, 칭키즈칸은 임종 전에 주 예수를 영접하였고 임종 시에 가족과 친지들에게 예수 그리스도를 믿으라고 권하며 복음을 전하였기 때문에 구원을 받았다고 한다.

낙원 심판을 받기 위해 줄을 선사람 중에는 석가모니도 보였고 이순신 장군도 보였으나 두 분은 당당하게 심판에서 통과되었으며, 많은 사람의 칭송을 받기도 하였다.

주 예수님께서 보실 때에 석가모니가 도를 닦고 매우 고매한 인격을 소유한 분이라 선택받은 것이 아니었다. 당시 하나님이 다섯 명의 천사를 석가모니에게 보냈다고 한다. 석가모니를 만났던 다섯 명의 천사 이름은 가브리엘 천사장, 마리아엘 천사, 에스더 천사, 주리엘 천사, 마가 천사이었다고 한다. 그때 천사가 석가모니에게 "언젠가 하나님의 아들이 오면 내가 깨달은 도道는 기름 없는 등과 같다."라는 설법을 전하라고 했는데 석가모니가 처음에는 거부했다. 그러나 가브리엘 천사장이 다시 창조주 하나님의 말씀이니 받아 달라고 하니 석가모니는 그렇게 받았으며 설법을 전하였으므로 구원을 받게 되었으리라.

또 이순신 장군이 구원을 받은 것은 임진왜란 때에 왜적과 싸우면서 천재적인 능력과 노력을 발휘하여 일본과의 7년 전쟁 당시 생명을 걸고 존망의 위기에 빠진 조국을 지켜냈던 공적과 나라를 위한 충정심을 주님이 보셨기 때문이었을 것이다.

이번에는 종교 개혁을 이끌었던 루터와 요한 웨슬레, 캘빈이 나란히 함께 와서 미카엘 앞에 서게 되었다. 맨 먼저 미카엘이 루터를 보더니 합격의 신호를 보냈고, 요한 웨슬레도 합격이었으나 어찌 된 일인지 캘빈은 탈락한 대열로 보내졌다.

미카엘이 1억 명 정도 심판을 진행하고 있을 때, 신장이 3미터 정도 되는 키 큰 여인이 다가 왔다. 이분은 바로 인류의 시조이고 아담의 아내였던 하와였다. 미카엘은 하와가 누구인지 잘 알면서도 아무 말도 하지 않고 생명책에 표시된 대로 "Right!"을 힘차게 외치며 선택받았음을 알렸다. 그러자 하와는 "Thank you!"라고 인사하면서 만면에 웃음을 지었다.

다음으로 스바 여왕 차례였다. 아라비아 반도의 소왕국 여왕이었던 스바 여왕은 매우 아름다운 자태를 그대로 지니고 있었다. 스바 여왕은 만면에 미소를 지으며 미카엘 앞에 오더니 두 무릎을 약간 구부리는 인사를 하였다. 미카엘은 생명책을 들여다보지도 않고 우측을 가리키며 "OK!"를 외쳤다. 스바 여왕은 멀리 계신 주님을 향하여 두 손을 높이 들고 큰 소리로 "할렐루야!"를 외쳤다.

이렇게 하여 이스라엘 민족 이외의 사람들에 대한 심판은 끝이 났다. 그곳에는 선택받은 사람의 영들과 탈락한 사람의 영들, 그리고 이스라엘 사람의 영들의 세 부류로 나누어졌다.

이어서 주님이 가브리엘 천사장을 시켜서 심판하는 좌석에 원로 장로인 모세를 앉게 하였다. 주님이 모세로 하여금 이스라엘 사람들에 대한 심판을 하게 하였다.

모세가 심판하는 요령은 미카엘이 심판하는 방법과 같이 인가진 마리아엘 천사가 해당하는 사람의 생명책을 보여 주면 모세가 이것을 보고 선택받은 자는 우편을 가리키고 탈락자는 좌편을 가리켰다.

이스라엘 사람들은 모세가 심판 자리에 앉자 다소 안심하는 듯 크게 환영하였다. 그들은 이스라엘 민족의 지도자가 심판하는 자리에 앉았으니 선택하는 자들이 많아질 것이라고 기대하고 있었다.

그러나 모세가 하는 심판에는 조금도 흔들림이 없었으며, 생명책에 기록된 대로 묵묵히 심판을 진행하고 있었다. 이스라엘에 대한 심판은 구약시대 사람들에 대한 심판을 먼저 하였다.

이때 그곳에 있던 사람들 중에 긴 머리를 가진 삼손이 나타나자 여기저기서 "삼손이다."라고 수군대는 소리가 들렸다. 모세는 삼손을 만나자 다른 사람의 경우보다 매우 큰 소리로 "Right!"이라고 외치며 축복해 주었다. 이때 삼손은 "할렐루야!"로 답하며 기뻐하였다.

얼마 동안 이스라엘 사람들에 대한 심판이 진행되었으나, 역시 선택받은 사람보다 탈락한 사람들이 숫자가 월등하게 많았으며 선택받은 사람들은 10퍼센트 정도밖에 되지 않았다.

이스라엘 사람들에 대하여 절반 정도의 심판이 진행되었을 때, 이번에는 솔로몬 왕의 차례가 되었다. 솔로몬 왕이 모세 앞에 왔을 때 모세가 일어나 정중하게 맞이하였다. 솔로몬은 순간 눈을 감고 고개를 숙인 채 묵묵히 서 있었다. 모세가 우측을 가리키며 "Right!"라고 외치자 솔로몬은 눈을 번쩍 뜨면서 환하게 웃으며 기뻐하였다. 이때 선택받은 사람들이 솔로몬에게 힘찬 박수를 보내며 축하해 주었다.

많은 사람의 대열의 맨 끝에 있던 키가 매우 큰 사람이 터벅 터벅 오더니 모세 앞에 당당한 모습으로 섰다. 이 사람은 유명한 사울 왕이었다.

이때 모세는 자리에서 일어나 인사를 하고 다시 심판 자리에 앉았다. 천사가 생명책 앞면을 보이자 모세는 잠시 눈을 감고 있다가 눈을 뜨더니 두 손으로 불합격자들이 있는 좌측을 가리켰다. 그 순간 사울 왕은 땅바닥에 털썩 주저앉더니 울면서 괴성을 지르며 부르짖었다.

이렇게 하여 이스라엘 사람들에 대한 심판은 끝이 났다. 결국 낙원에 있는 영들은 선택받은 영들과 탈락한 자들의 영 둘로 나뉘어졌다.

낙원 심판이 끝나자 미카엘과 모세는 주님 앞에 나아가 낙원 심판이 끝난 일에 대하여 주님께 고하였다. 이때 주님은 미카엘에게 선택받은 성도들을 부활시키도록 하라고 명령하셨다.

미카엘은 심판 자리에 와서 부하 천사들을 시켜 그 앞에 낙원 심판에서 선택받은 성도들을 두 줄로 세웠다.

그리고는 미카엘이 한 사람씩 나오게 하고 먼저 그 사람의 몸 안에 들어 있는 가라지—사단, 마귀—를 모두 뽑아낸 다음, 큰 망에 가라지들을 잡아넣었다. 바로 그때 하나님의 인 가진 천사가 그 사람의 몇십만 개의 DNA 덩어리를 미카엘에게 주면, 그 사람의 영과 DNA 덩어리를 결합하여 부활체—신령한 몸—로 변화시켜 주었다. 신령한 몸으로 변화되자 이때 곁에 있는 천사가 천국에서 입는 세마포를 입혀 주었고 인 가진 천사를 시켜서 이마에 하나님의 인을 찍어 주었다.

이와 같이 선택받은 성도의 몸에서 가라지를 뽑아내 주고 동시에 신령한 몸으로 변화시켜주는 시간은 불과 2, 3초 정도였다. 이때 부활체로 변화한 성도들은 너무 기쁜 나머지 할렐루야 환성을 질렀다.

천사들이 신령한 몸으로 변화된 성도를 데리고 주님 앞으로 인도하였으며 주님께 인사를 드리자 주님이 30세 전의 젊은 날의 몸으로 변화시켜 주었다.

주님께 인사를 드린 후 천사들이 그들을 보좌 좌우에 있는 천국 백성들에게 데리고 가자 그곳에 있던 천국 성도들이 "축하드립니다.", "환영합니다.", "반가워요."라고 말하며 환대해 주었다.

낙원 심판 후에 심판대 앞쪽에는 탈락한 사람들만 남게 되었으며 서로가 매우 불안해하였다. 자신들이 어떻게 되는지 궁금하여 곁에 있는 영들에게 물어 보았으나 아무도 모른다고 하였다.

잠시 후에 천사들이 다가오더니 다른 곳으로 데리고 갈 것이라 말하였다. 몇몇 사람이 어디로 데리고 가느냐고 천사에게 물었더니 "여러분은 음부로 가게 됩니다."라고 말해 주었다.

음부는 백보좌 심판을 받기 위해 대기하는 곳이며 나중에 심판받은 후 모두 지옥으로 들어갈 것이다.

드디어 주님께서 탈락한 사람들을 음부로 데리고 가라는 명령이 떨어졌다. 이들을 음부로 데리고 가는 총 책임자는 라구엘 천사장이었으며 낙원에 있는 천사 중 약 5000만 명이 동원되었다.

탈락자들이 많아 천사들이 그들을 음부로 데리고 가는 데 반나절이 걸렸다. 음부에 도착하자마자 무섭게 생기고 머리에 두 개의 뿔이 난 사단들이 다가오더니 "이 녀석들 여기 음부에 잘 왔다. 너희들 내가 혼내 주겠어."라고 큰소리로 말하면서 위협을 했다.

그제야 탈락한 사람들은 자신들이 그렇게도 끔찍하게 생각하던 음부에 왔으니 기가 막힐 노릇이었다. 이들 중에 주 예수를 잘 믿고 있었던 목사들이나 장로들이나 성도들이 구원을 받을 것이라고 기대했다가 탈락을 하자 울며 이를 갈고 통곡하는 사람들이 많았다.

전에 자신을 잘 인도해 주지 못한 목사를 원망하는 사람도 있고, 이렇게 된 것은 돈에 욕심이 많아서 생긴 일이라고 하며 후회하는 사람도 있고, 자신이 교회 가는 것을 방해한 시어머니 탓을 하는 사람도 있었다. 여러 가지 핑계를 대었으나 이미 때는 늦었던 것이다.

음부에서 온 사람들은 꽃이 만발해 있고 밝고 환한 낙원에 있다가 온 사람들인지라 음침하고 다소 어두컴컴한 곳에 오자 도무지 마음에 들지 않았으며 사단들의 위협 앞에 공포와 두려움에 떨었다.

음부에 와보니 이곳에 있는 사람들은 예수를 믿었던 사람들보다 예수를 믿지 않다가 들어온 사람들이 대부분이었다. 음부에 와 있는 사람들은 10조 이상이나 되는 듯 보였으며, 매우 많은 사람들이 집결해 있었다.

✦ 재림 때 살아 있는 자의 심판 모습

우주 공간에 있는 수많은 별들과 창조물에 비하면, 창조주 하나님의 걸작 중의 하나는 인간의 창조였다. 그러나 짐승 우상에게 경배하는 죄, 동성애 등 인간들의 음행 죄, 666 표를 받은 죄, 하나님을 대적하는 적그리스도의 음모를 추종하는 자들의 죄악으로 인하여 의의 하나님께서 지구를 완전히 불로 심판하시기로 작정하셨다.

그때, 지구를 무서운 불로 심판하기 전에 주 예수 그리스도를 믿고 살아남아 있는 자들과 믿지 않던 사람들은 어떻게 될까? 성경에 보면 주 예수님이 재림하신 후에 살아 있는 모든 사람을 대상으로 심판할 것이라고 한다. 그리스도의 심판에서

합격한 사람들은 구름 속으로 끌어 올림을 받아 공중에서 주 예수님을 맞이하지만 탈락을 하면 모두 음부로 보내게 될 것이다.

주님이 미카엘과 가브리엘 두 천사장과 하나님의 인을 가진 마리아엘 천사를 부르셔서 말씀하셨다.

"이제 살아 있는 사람을 심판할 시간이다. 먼저 이마에 하나님의 인으로 낙인 받은 사람을 부활시키도록 하라."

미카엘이 말하였다.

"네. 주님 분부대로 시행하겠습니다."

세 천사는 고개 숙여 인사드리고 나왔다. 세 천사가 살아 있는 성도를 대상으로 이마에 하나님의 인을 받은 자들의 몸을 변화시켜 주기 위해 가장 먼저 말을 타고 달려간 곳은 대한민국이었다.

한국 다음으로 미국, 캐나다, 영국, 프랑스, 독일, 스위스, 이탈리아, 러시아, 호주, 브라질, 이스라엘 순으로 진행할 것이다.

백두산에서 나팔을 가진 두 천사가 길게 나팔을 불었다. 나팔 소리가 울려 퍼짐과 동시에 하늘에 큰 글자가 보였다.

"Now is the time to judge."라는 글자가 보이더니 잠시 후에 영어 아래에 "지금은 심판할 시간이다."라고 한글 표기도 있었다.

이와 동시에 한국에 있는 모든 방송국의 TV 화면에 같은 글귀가 나타났다. 모든 사람들의 휴대폰에서 경고음이 길게 세 번 나더니, 화면에도 "지금은 심판할 시간이다."라는 글자가 찍혔다.

서울 사당동에 '천국'이라는 이름의 교회가 있다. 담임 목사는 김달현 목사다. 새벽 4시 반에 일어나 새벽 기도를 가려고 세수를 하고 돌아와 보니 같은 침대에 누워 자던 사모가 보이지 않는다. 그래서 작은방에 가 보고 또 화장실에 가 봐도 보이지 않는다.

이상하다 싶어서 신발장을 보니 사모 신발은 그대로 놓여 있었다. 김 목사는 두리번거리다가 보니 침대 곁에 부인의 속옷이 있는 것을 발견하였다. "어어, 이상하다. 사람은 안 보이고 입던 잠옷하고 팬티도 있잖아. 혹시 휴거된 건가?"라고 중얼거렸다.

그는 이상한 예감이 들어 얼른 옷을 입고 교회로 달려갔다. 김 목사는 강대상에 엎드렸다. 그는 눈을 뜬 채로 큰 소리를 내며 주님을 불렀다.

"주님, 지금 정말로 심판하는 때가 맞습니까? 저희 집 사모는 왜 사라졌지요? 혹시 휴거된 건가요?"

그리고 잠시 기다렸다. 그때였다. 마음속에서 분명하게 "너의 아내는 몸이 부활하여 하늘로 올라갔다. 안심하여라." 그런 음성이 들렸다.

그러자 김 목사는 그 순간 "휴거되었다고? 아! 나는 구원받지도 못하고 탈락되었구나."라는 생각이 들었다. 그는 멍청하게 교회 천장을 쳐다보며 실의에 빠졌다.

그때였다. 교회 문을 박차고 들어오는 소녀가 있었는데 같은 교회 이종환 장로의 외동딸이었다.

"목사님 저는 어떡하지요? 아침에 일어나 보니 아버지 어머니가 보이지 않아요. 혹시 교회에 왔나 해서 달려왔어요."

"그래, 여기는 안 계신다."

"목사님 안녕히 계셔요. 다시 집에 가 볼게요."

"그래. 아버지 어머니를 찾지 못하거든 나한테 연락하여라."

"네 목사님."

김 목사는 강대상에 서서 다시 기도하기 시작했다.

"하나님 아버지 저는 죄인입니다. 제가 잘못했어요, 저를 살려 주시옵소서. 살려 주시옵소서. 저의 아내만 구원받게 하고 주님, 저는 버리는 것입니까? 지금까지 수만 명에게 복음을 전했는데 제가 구원도 받지 못하다니요. 너무 억울합니다."

김 목사가 눈물로 기도하여도 아무 답이 없었다. 김 목사는 하염없이 눈물을 흘리며 후회하여도 소용이 없었다. 하나님께 목이 터지라고 외치며 기도해도 아무런 응답이 없었다.

그때 휴대폰 벨이 울렸다. 같은 교회 이소망 권사의 전화였다.

"여보세요. 목사님이시지요?"

"네, 권사님 말씀하세요."

"목사님 저희 옆집에 이한나 집사라고 있어요. 그 집 아들이 저에게 연락이 왔어요. 아침에 일어나 보니까 어머니 아버지 누나가 갑자기 사라졌다고 그래요. 그래서 제가 그 집으로 달려갔어요. 가 보니까 이상한 일이 생겼어요. 그의 아버지의 잠옷, 어머니의 잠옷이 침대 위에 그대로 있고요. 딸 옷도 그대로 있어요. 그런데 휴대폰도 그 옆에 있고 또 귀걸이도 옆에 있었어요. 그런데 아버지 어머니 딸이 사라져 버린 거예요. 목사님 무슨 일일까요?"

"아 그래요? 권사님 그러면 그 옷을 들춰 봤어요? 팬티도 있고 브라자도 옆에 있던가요?"

"목사님 저도 궁금해서 옷을 다 들춰 봤는데요. 팬티도 있고 브라자도 다 있는 거예요."

"권사님, 며칠 전에 주님이 '지금은 심판할 때이다.' 그런 글 보셨죠? 그대로예요. 지금 주님이 정말 알곡 성도들을 이렇게 휴거시켜 가지고 하늘로 끌어올려 간 겁니다. 천사가 와서 데리고 갔을 거예요."

"목사님 정말입니까? 그러면 주님이 천사를 보내서 몸을 변화시켜 천사들이 데리고 갔다는 말이네요."

"맞아요. 권사님 댁에서는 아무도 휴거된 사람이 없나요?"

"목사님, 저희 집에는 식구들이 다 있어요."

"그렇군요."

"목사님 그러면 앞으로 저희 식구들은 어떻게 될까요? 한 사람도 휴거된 사람이 없거든요."

"권사님, 집에 지금 휴거된 사람이 없다면 아무도 구원받는 사람이 없는 겁니다."

"목사님, 저희 집 아들도 딸도 그동안 열심히 교회를 잘 다 녔는데요. 그럼 지금까지 모두가 헛 믿었네요. 목사님 방법이 없을까요? 큰일 났네요. 우리 집 식구들은 모두 다 지옥에 들 어갑니까?"

"권사님, 제가 알기로는 지금 주님이 심판하고 계십니다. 그 러니까 알곡 성도는 몸을 변화시켜서 하늘로 끌어 올리고요. 구원받지 못한 사람은 그대로 두는 거예요. 이것이 바로 심판 입니다."

"목사님, 죄송하지만 목사님 댁은 어떻게 되었어요? 다들 공 중으로 휴거되어 올라갔나요?"

"권사님, 실은 우리 집 식구들은 나만 빼놓고 다 주님 앞으 로 끌려 올라갔어요. 저도 결국 구원받지 못하게 되었네요. 부 끄럽습니다."

"목사님, 저희 가정은 그렇다고 치고 목사님이 구원을 받지 못한 것은 이해가 되지 않네요."

"…"

이 권사는 마음속으로 담임 목사가 구원을 받지 못하게 되 어 안되었지만 그나마도 다소 위로가 되었다.

김달현 목사는 얼른 목회실로 들어갔다. 그리고는 자기 노회 에 속해 있는 목사들은 어떻게 되었는지 전화를 해 보기로 하 였다. 노회 회원 일흔두 명에게 일일이 전화를 걸기로 하였다.

먼저 가까운 친구 박경도 목사에게 전화를 했다 그랬더니 전화벨만 울리고 받지 않는다. 박 목사는 휴거된 친구로 보였다. 다음으로 안산에 있는 또 다른 친구 권진리 목사에게 전화를 했는데 목사는 전화를 받는 것이 아닌가!

"권 목사님 아침 일찍 전화했어요. 잘 계시지요?"

"네, 목사님 말씀하세요."

"다름이 아니라 오늘 새벽에 일어나 보니까 저희 집에 사모가 갑자기 사라지고 없어요."

"아니 목사님, 사모님이 사라지다니요. 무슨 일인가요?"

"들어 보실래요. 글쎄, 사모가 입던 팬티, 속내의, 잠옷, 그리고 휴대폰도 그대로 있는데 사모는 어디 가고 없는 겁니다. 목사님 이해가 됩니까?"

"참으로 이상한 일입니다. 정말입니까?"

"방금 저희 교회 어느 권사님에게서 전화가 왔어요. 근처에 사는 어느 집사님 집에서도 이와 비슷한 일이 생긴 겁니다. 그 집에 아버지와 어머니 누나가 새벽 아침에 사라지고 막내아들에게서 연락이 왔다고 해요. 제가 볼 때는, 며칠 전에 주님이 '지금은 심판할 때이다.' 그런 글 본 일이 있지요? 그래서 주님이 알곡 성도들을 변화를 시켜 천사들이 공중으로 끌어 올린 거예요. 저는 그렇게 생각이 됩니다."

"아니 목사님, 그러면 주님이 오셔서 알곡 성도들의 몸을 변화시켜서 공중으로 끌어 올렸다는 말인가요?"

"맞아요. 현재 주님의 무서운 심판이 진행되고 있어요. 그러니까 우리 집 사모도 휴거되었고 권사님의 가정도 휴거되었기 때문에 찾을 수가 없는 겁니다."

"그럼 목사님은 휴거가 안 된 겁니까?"

"그래요. 권 목사님 가정에서도 휴거된 사람이 아무도 없나요?"

"네, 그렇습니다."

"목사님, 우리 노회 회원이 일흔두 명인데 제가 지금 일일이 전화를 하고 있거든요. 휴거 안 된 분들이 누군지 함께 전화해 보면 어떨까요?"

"좋아요. 그럼 제가 인천과 경기 지역에 있는 목사님들에게 전화할 테니까 목사님은 다른 지역에 전화를 해 보시죠."

"네, 그렇게 합시다. 나중에 또 통화해요."

김 목사는 아침 식사도 거른 채 커피를 한 잔 마시고 계속해서 전화를 걸었다, 전화를 받는 목사 중에 한사랑이라는 목사가 있었다, 한 목사는 하나님의 심판이 진행되고 있는지도 모른 채 지내고 있었다.

아침 11시경 김달현 목사는 두 친구인 권진리 목사와 한사랑 목사 두 사람을 불러 함께 김 목사 집에서 만났다.

세 사람은 전화했던 사람들 중에 휴거된 사람과 휴거되지 못한 사람을 체크해 보았다.

세 사람이 전화한 내용을 집계해 보니 구원을 받아 휴거된 사람은 절반 수준이었다.

김 목사는 두 사람에게 말했다.

"아니, 목사님, 이제 보니 주님의 말씀이 생각이 납니다. 두 여자가 맷돌을 갈고 있는데 한 사람은 데려가고—휴거되고—다른 여자는 버려둠을 당할 것—휴거되지 못할 것—이라는 마태복음 24장 41절의 말씀이 바로 이런 뜻이지요. 그렇게 보니까 종말 심판에서 살아 있는 사람 중에 심판을 받아서 몸이 변화를 받아 휴거된 사람은 믿는 자의 절반입니다요."

이 말을 듣던 한사랑 목사가 "맞아요. 맞아. 주님의 말씀은 너무나도 정확합니다."라고 말했다.

이 말을 듣던 권 목사는 말하였다.

"제가 의문을 갖는 것은 주님께서 구원하시는 기준이 무엇일까요? 가령 그 사람의 믿음을 보았다면 두 분 목사님도 마땅하게 휴거 대상자가 아니었을까요?"

이 말을 듣자 한 목사가 말하였다.

"저는 그렇게 생각하지 않습니다. 물론 믿음도 중요한 기준이 되지요. 제가 몇 달 전에 부산에 있는 어느 목사님을 만났는데요. 휴거받고 구원을 받으려면 이마에 하나님의 낙인을 받아야 한다는 그러한 말을 들은 적이 있어요. 어쩌면 이마에 하나님의 인 받은 사람만 이번에 몸이 변화되어 휴거되지 않았을까요?"

이 말을 듣던 김 목사가 말하였다.

"맞아요. 아내가 2년 전에 저에게 하나님의 인을 받자고 말한 적이 있어요. 그때 내가 그랬지요. '예수를 믿으면 성령으로 하나님의 인을 자동으로 받는다. 이미 인을 받았는데 무슨 인을 또 받아.'라고 내가 말했지요. 아내는 계시록 7장 2절에 보면 하나님의 인 가진 천사가 이마에 하나님의 인을 친다고 했어요. 천사를 통해 인을 받아야 진짜인 것 같아요."

이 말을 듣던 한 목사가 대답하였다.

"목사님, 사모의 말씀이 맞는 것 같습니다. 제가 얼마 전에 하나님의 인을 치는 일에 대하여 공부하고 있었는데, 종말에는 구체적으로 하나님의 도장을 가진 천사를 만나서 하나님의 인을 받아야 맞지요."

이때 김달현 목사는 한 목사의 말에 동의하였다.

"한 목사님의 말씀이 맞아요. 이제 생각이 났네요. 우리 집 사모의 말을 들을 걸 제가 고집을 부리다가 이렇게 구원도 받지 못하는 신세가 되었네요."

권 목사가 질문했다.

"그럼 하나님의 인 받는 것과 받지 않는 것은 어떤 차이가 있나요?"

한 목사가 대답했다.

"제가 알기로는 인 받을 때 천사가 몸 안에 있는 사단과 마귀 같은 가라지를 모두 몰아내고 이마에 하나님의 인을 받으면 하나님의 소유가 되므로 구원받은 자로 인정하신다고 했어요. 그리고 그의 이름이 하늘의 호적인 생명책에 등록이 된다고 했어요."

이 말을 듣던 권 목사는 말하였다.

"그럼 명확해졌네요. 성도들 누구에게나 그 몸 안에 수십 마리의 사단이나 마귀가 들어 있다면 당연히 그런 불결한 몸으로 공중에서 거룩한 주님을 만날 수 없겠네요. 그럼 휴거된 사람은 모두가 이마에 하나님의 인침 받은 사람이군요."

"그렇습니다. 그런데 저는 이 말씀을 잘 알고도 하나님의 인침 받을 기회를 놓쳤어요."

한 목사의 말을 듣던 김 목사는 다시 물었다.

"한 목사님, 그러면 살아 있는 자에 대한 심판이 끝날 경우 우리는 어떻게 될까요?"

"주님의 심판에서 탈락된 자들은 모두 음부로 보내지게 될 겁니다."

"아니 살아 있는 채로 음부에 들어갑니까?"

"아니지요. 우리의 육신은 여기에 남고 우리의 영만 음부에 들어가겠지요."

"그럼 우리가 죽어야 우리 영이 빠져나올 텐데요. 우리가 언제 죽지요?"

"거기까지는 제가 모릅니다."

세 사람의 토론은 점심 먹은 후에도 계속되고 있었다. 권 목사는 근심스러운 모습으로 말하였다.

"앞으로 성도들을 만나면 어떻게 말을 하지요? 사실대로 말해야 할까요?”

한 목사가 대답하였다.

“사실대로 말을 해야지요. 제가 알기로는 나중에 음부를 거쳐서 지옥에 들어가면 등급이 있다고 해요. 그러니까 지금부터서라도 무언가 하나님께 합당한 일을 해야 할 겁니다.”

“하나님께 합당한 일이라면 어떤 일을 말하는 겁니까?”

“예를 들면 지금이라도 가진 돈을 남에게 나누어 주기도 하고요. 또 어려운 사람을 도와주면 어떨까요?”

“좋은 생각이시네요.”

“결국 우리가 하나님의 심판에서 벗어날 길은 없네요.”

이 말을 듣자 김 목사는 두 사람의 손을 잡고 울먹거리며 말하였다.

“이 세상에서 가장 불행한 사람이 있다면 바로 복음을 전했지만 정작 본인은 지옥에 가는 우리 같은 목사들 아닐까요?”

세 사람은 함께 눈물 흘리며 큰 소리로 울었으나 이제 와서는 아무 소용도 없었다.

한편 지리산에 있는 여러 개의 굴속에 하나님의 인 받은 14만 4,000 성도들 중 일흔다섯 명이 숨어서 피난처 생활을 하고 있었다.

어느 날 그곳 굴속에 광명의 빛이 비치더니 미카엘과 다른 천사들 수십 명이 나타났다.

한 천사가 웃으면서 "안심하세요. 여러분, 지금은 휴거할 시간입니다."라고 말하였다. 그러더니 미카엘이 가장 나이가 많은 목사님 앞에 서더니 옷에 손을 대자 옷이 벗겨지고 순식간에 부활시킨 다음, 세마포를 입혀서 천사들이 공중으로 데려가는 모습을 거기 모인 무리들이 보게 되었다.

그러자 굴속에 모인 성도들이 한 목소리로 "할렐루야! 할렐루야!"를 외치며 기뻐하며 찬양하였다. 모두가 한 사람씩 차례로 부활을 시켰으며, 산 채로 공중으로 끌어 올리면서 천사들이 부활한 영을 데리고 주님 앞으로 나아갔다.

굴속에 있던 성도들 전체가 하나님의 인을 받았기 때문에 모두 신령한 몸으로 부활하게 되었다. 천사들의 안내로 주님 앞에 나아가자 주님이 젊은 날의 몸으로 변화시켜 주었다. 특히 나이 많은 목사님이 젊은 몸으로 변화되자 환호성을 질렀다. 그중에 다리를 절룩거리며 힘들어 했던 할머니도 젊은 날의 얼굴로 변화되자 주님 앞에서 덩실덩실 춤을 추며 기뻐하였다.

청송교도소 안에서 생긴 일이었다. 길거리에서 생체칩과 백신을 받지 않았다고 잡혀 온 1,500명의 그리스도인들이 잡혀 있었다. 천사들이 교도소 안에 나타나 예수 믿는 자들 중에서 이마에 하나님의 인을 받은 1,280명을 산 채로 부활을 시켜 공중으로 끌어올렸다. 그러자 교도소에서는 죄수들이 집단으로 탈옥하였다고 교도관 다섯 명이 문책을 당하는 사태가 발생하였다.

또 서울대병원에서 암 수술을 받으려고 김막내 권사가 수술대 위에 누워 있었다. 그때 갑자기 천사가 나타나 김 권사를 변화시키고 공중으로 끌어올려 갔다. 그러자 수술실에서는 환자가 갑자기 사라졌다고 경찰에 신고하였다.

미국에서 영국으로 가는 항공기 안에서도 천사가 나타나 승객 중에 하나님의 인을 받은 일곱 명을 부활시키고 공중으로 끌어 올라갔다. 승객 일곱 명이 갑자기 사라지자 비행기가 다시 뉴저지 공항으로 회항하는 사건이 벌어졌다.

FBI에서 긴급하게 조사하였다. 승객의 옷과 소지품과 가방이 그대로 있는 것으로 보아 이는 실종된 것이 아니라 살아 있는 채로 휴거된 사건이라고 결론을 내렸다. 당시 FBI 국장은 크리스천이었으므로 천사를 통한 휴거를 믿는 사람이었다.

세계 각국에서는 기상 이변으로 인하여 홍수가 나고 기온이 섭씨 50도 이상 올라가는 지역도 생겼다. 인도네시아에서는 열두 개 섬이 물에 잠겼으며 필리핀에서는 대홍수가 생겨 5,200명이나 생명을 잃었다.

특히 세계 정부에서 생체칩을 몸 안에 받은 사람들을 대상으로 마인드 컨트롤을 하였으며 이로 인하여 정신적인 고통을 호소하는 사람들과 정신 이상자들이 많이 늘어나고 있었다.

그리고 주님이 재림하여 예수 믿는 사람들만 공중으로 끌어올려 구원받게 하고 나머지 사람들은 지옥으로 들어갈 것이라는 소문이 돌면서 자살하는 사람들이 급격하게 많아졌다.

또 미국이나 영국 등 몇 나라에서는 이제는 세상이 끝난다는 생각이 들었는지 축구 경기장 주변에서 무차별 총기를 난사하는 사건이 최근만 해도 서른두 곳에서 발생하였다.

살아남아 있는 사람에 대한 심판이 끝난 후, 전국에 있는 경찰서에는 실종 신고가 잇달았다. 매우 특이한 것은 실종자는 모두가 집에 있다가 옷을 벗어 놓은 채로 사람들이 사라졌다는 점이다.

주님이 살아 있는 성도를 대상으로 하는 휴거시키는 일은 한국을 시작으로 하여 미국 캐나다, 영국, 독일, 이탈리아 등으로 확대됨에 따라 실종자는 수천 만 명에 이르렀다.

각국 매스컴에는 실종자 가족에 대한 인터뷰가 올라왔으며, 실종자는 모두가 그리스도인이라는 점에서 공통점이 있었다. 저명한 목사들의 인터뷰도 있었는데 실종자는 모두 하늘로 휴거된 사람들이라고 말하였다.

드디어 주님이 하나님의 인을 받은 성도들을 휴거하는 일은 끝이 났다. 이렇게 되자 휴거 받지 못한 사람들이 거리로 쏟아져 나왔다.

몇몇 사람들이 거리에 나온 목사들을 붙잡고 지금이 지구 종말의 때가 맞는지, 또 하나님께서 지구에 남아 있는 사람들은 어떻게 하실 것인지 등을 물어보았다.

그중에 한사랑 목사가 대답하였다.

"그렇습니다. 성경 베드로후서 3장 10절에 예언한 대로 지금은 지구의 종말의 때가 맞습니다. 하나님께서 휴거되지 못한 사람들은 모두 불로 심판받을 것입니다. 지구를 불로 심판할 때, 지구상에 있는 사람이나 생물들은 모두 죽게 될 것입니다. 우리는 무조건 하나님께 엎드려야 합니다."

길에 모인 사람들 중에 예수 믿는 어느 여자가 물었다.

"그럼 우리를 불로 심판하여 죽인다면 하나님은 사랑도 없고 아무런 자비도 없는 분 아닐까요? 말도 안 됩니다. 우리가 지금까지 하나님을 믿고 목숨을 바쳐 주의 일에 힘써 왔는데 이건 너무한 것 아닙니까? 다른 사람들은 몰라도 우리 같이 주 예수를 믿었던 사람들도 무서운 불 심판에서 모두가 불에 타 죽어야 한다는 말입니까?"

"진정하십시오. 제가 며칠 전에 하나님께로부터 받은 말씀이 있어요. 하나님께서 지구를 불로 심판하실 때 우리를 산 채로 뜨거운 불 속에서 죽게 하지는 않는다고 합니다. 지구를 불로 태워 없애기 전에 천사가 나타나 칼로 사람의 머리를 터치하면 아무 고통이 없이 편안하게 최후를 맞게 해 준다고 합니다. 제 말을 믿으시기 바랍니다."

매우 중요한 대화를 하고 있는지라 어느새 1,000명 이상의 사람들이 모여들었다. 두 사람의 말을 듣고 있던 어떤 노인 한 사람이 말하였다.

"그럼 목사님, 우리가 어차피 불로 심판을 받아 우리의 영이 음부로 들어갈 때 아무 고통이 없이 숨을 거두게 해 주신다면 이보다 더 감사한 일은 없을 겁니다. 하나님 감사합니다."

"네, 그렇습니다. 장로님이십니까?"

"아닙니다. 저는 시골 조그만 교회의 안수 집사입니다. 목사님 제가 한 말씀 더 질의해도 될까요? 제가 알기로는 종말에는 지구를 불로 태워 없앨 것이라고 알고 있어요. 그럼 지구를 불로 쓸어버리는 심판은 언제 있게 됩니까?"

"네, 하나님께서 불로 심판하실 때가 임박해 있어요. 지구의 마지막 때가 촉박해 있어요. 여기 계신 우리 모두가 세상을 떠나는 날이 너무 가까워졌거든요. 맨 먼저 알곡 성도의 휴거가 한국에서 처음 시작되었으니까 온 세계에 있는 나라에 가서 휴거하는 일을 끝내려면 적어도 한 달은 걸리지 않을까요?"

"그러면 내가 이 땅에 사는 기간은 앞으로 20일에서 한 달밖에 안 남았군요. 목사님, 이 짧은 기간에 어떻게 살아야 하나요?"

"좋은 질문입니다. 내가 가진 집이나 돈이나 재산은 얼마 있다가 모두 불로 태워 없어질 것입니다. 우리 모든 인간들은 빈손으로 왔으니까 빈손으로 돌아가야 합니다. 내가 가진 것, 내가 소유한 것은 모두 없어지기 때문에 미리 어려운 사람이나 이웃에게 나누어 주면 어떨까요?"

"지금이라도 선한 일을 하면 하나님께서 우리가 쌓은 공덕을 알아주실까요?"

"당연하지요. 저는 하늘의 비밀을 조금은 알고 있습니다. 나중에 우리가 백 보좌 심판을 받을 때, 선고를 받으면 무저갱에 있는 스물일곱 곳 중에 한 곳으로 간다고 합니다. 여기에서 무저갱이란 지옥 안에 있는 감옥소를 가리킵니다. 그런데 스물일곱 곳에는 가볍게 형벌받는 곳으로부터 가장 무서운 형벌을 받는 불못이 있는 곳까지 있다고 합니다. 그러니까 지금이라도 하나님 보시기에 이웃을 돕는 선한 일을 하면 크게 참작이 될 겁니다."

이때 어떤 여자가 질문을 하였다.

"제가 질문을 드려도 될까요? 벌써 하나님의 심판은 끝난 것이니까 이제 구원을 받는다거나 하는 일은 없겠지요?"

"그렇습니다. 살아 있는 사람에 대한 심판은 끝났어요. 자매님. 매우 서글픈 일이지만 이제는 구원도 없고 하나님의 도움도 전혀 받을 수도 없게 되었어요."

"한 가지 질문을 더 드립니다. 구원받아서 휴거되는 사람들은 몸이 변화되어 부활한다고 하는데요. 만약에 우리가 음부에 들어갈 때에도 몸이 변화되고 부활하는가요?"

"너무 좋은 질문입니다. 구원받지 못한 사람들이 받는 심판을 백 보좌 심판이라고 합니다. 백 보좌 심판 때 가장 먼저 하는 일은 천사가 그 사람이 가지고 있던 DNA와 그 사람의 영을 결합시켜 영체로 부활을 시킵니다. 그다음에는 그 사람의 생명책을 보고 무저갱에 있는 스물일곱 곳으로 각각 보내게 되지요. 백 보좌 심판에서 지옥에 들어갈 장소가 결정되면 곧바로 무섭게 생긴 저승사자 마귀가 지옥 안에 있는 감옥소인 무저갱으로 데리고 갑니다. 무저갱 안에는 용이나 사단이나 마귀 같은 악한 영들이 들어 있으며, 무저갱에 들어오는 사람들을 영원토록 괴롭히고 고문을 하게 됩니다.

그러니까 우리가 무저갱에 들어가면 영체로 부활했기 때문에 고문을 당할 때 꼬챙이로 찌르면 강한 통증을 느끼고 또 불에 가까이 가면 뜨거운 감각을 느낄 수 있습니다. 사실은 여기 계신 분들이 그렇게 무서운 곳인 무저갱에 들어가면 안 되는데 어쩌면 좋지요?"

"아이고 목사님 큰일 났습니다. 우리가 다 그렇게 무서운 무저갱에 들어가다니요. 무저갱에 들어가면 다시 나올 수도 없고 영원토록 고문을 받는다는 말이군요. 하나님 아버지, 우리를 살려 주세요. 우리를 불쌍히 여겨 주세요."

그 여자 성도는 눈물 흘리며 크게 소리 내어 울기 시작하였다. 거기에 모인 많은 사람들도 서로 껴안고 통곡하며 울부짖었다. 어떤 사람은 이를 갈면서 땅을 치고 통곡하는 사람도 있었으며 거기 모인 광장이 온통 울음바다로 변하였다.

✧ 휴거되지 못하고 남아 있는 사람들의 운명

주님이 재림하실 때 먼저 낙원에서 대기한 성도들을 심판하시고, 이어서 지구상에 살아 있는 성도들을 대상으로 심판하신다. 이때 살아 있는 성도 중에 하나님의 인을 받은 성도들은 부활의 몸으로 변화되고 공중으로 끌어올림을 받아(휴거되어) 주님을 만나게 된다.

그들은 거룩한 하나님과 함께 영원한 세계에 들어가 살게 되므로 그야말로 엄청난 축복을 받은 천국 백성들이 된다.

그렇다면 살아 있는 사람 중에 선택받지 못하고 지구에 남아 있는 사람들의 운명은 어떻게 될까? 이들은 주 예수를 믿지 않는 사람들이거나 주 예수를 믿는 사람들 중에 선택받지 못하고 남아 있는 사람들이다. 어쩌면 지구 인구의 반 이상이나 될 것이다.

성경 히브리서 9장에 보면 사람은 누구나 한 번은 죽어야 하지만, 죽은 후에는 반드시 하나님의 심판이 있다고 말씀하고 있다.

> 사람이 한 번 죽는 것은 정한 일이요, 그 뒤에는 심판이 있습니다(히브리서 9장 27절, 표준새번역)

그러니까 창조주 하나님께서 우리가 세상을 떠나면 일생 동안 살았던 삶의 기록(생명책Book of Life)을 살펴보시고 하나님의 뜻대로 사는 사람은 구원해 주시고, 구원받지 못한 사람들은 모두 음부로 보내는 심판을 하신다.

음부는 죽은 사람의 영들이 있는 곳이므로, 살아 있는 사람을 산 채로 음부로 보낼 수는 없다. 하나님께서 창조 당시에 먼저 흙으로 육을 만들고 코 속에 하나님의 생기(살아 있는 영)를 불어넣었다. 같은 이치로 살아 있는 사람을 음부로 보내려면 사람의 육과 영혼을 분리하여(죽게 하여) 육은 흙으로 돌아가게 하고 영은 음부로 보내게 된다.

심판주이신 주 예수께서 미카엘 천사장을 불러 선택받지 못하고 살아 있는 사람들을 모두 음부로 보내라는 명령을 내리셨다. 주 예수님의 복음은 사랑의 메시지였으나 마지막 심판은 그분의 의를 드러낸 엄하고도 무서운 심판이다.

그러자 만왕의 왕의 명령을 받은 미카엘이 어느 날 새벽 미명에 즉시 부하 군사 천사 2만 명과 함께 다니면서 잠자고 있는 사람들의 머리를 칼로 가볍게 터치하자, 그들은 모두 졸도하여 죽었다. 즉시로 그들의 영이 몸에서 빠져나갔다. 이때 검은 망토를 입고 검정 모자를 쓴 마귀들이 와서 그들의 영을 모두 음부로 데리고 갔다.

그나마도 하나님의 선택을 받지 못하고 살아 있는 사람들은 심판 때에 하나님의 특별한 자비하심으로 아무런 고통을 받지 않고 모두 죽어서 음부로 들어갔다.

✧ 악한 영들은 모두 무저갱에 감금한다

세상 종말을 사는 세상에는 하나님 편에 속하는 자들과 악한 영들에 속한 자들 둘로 나뉜다.

악한 영들의 총 대장은 루시퍼이고 여기에는 용과 옛 뱀, 사단 과 마귀, 그리고 귀신이 여기에 속한다.

우리는 용, 사단과 마귀에 대하여 얼마나 알고 있는가? 우리가 알기로는 용, 사단 마귀는 하나님을 대적하는 자들이고, 우리가 죄를 짓도록 미혹하는 자들이며, 우리 죄를 하나님께 참소하는 자들이라는 정도로 알고 있다.

5월 어느 날 피터는 데이비드를 만나 악한 영들이 어떻게 하여 생겨났는지에 대하여 물어보았다.

"데이비드, 오랜만이오. 용이 무엇인지는 알겠는데 옛 뱀의 정체는 무엇인가요?"

"사람들이 잘 모르고 있지요. 옛 뱀은 그 옛날 하와를 미혹했던 자이고 일종의 이무기이지요."

"이무기라면 용의 일종이고 용이 되기 직전의 것 아닌가요. 하와에게 말을 걸고 하는 걸 보면 그 이무기는 어떻게 생겼어요?"

"나는 잘 모르지만 곁에 있는 천사가 말해 주네요. 이무기의 모양은 얼굴은 사람 모양이고, 서서 다니고 말을 잘한다고 해요."

"우리가 알기로는 사단과 마귀는 천국에 있던 천사들 중에 루시퍼와 함께 쫓겨난 천사들이 사단과 마귀로 변한 것들이 있다고 알고 있어요. 그런데 뱀이나 박쥐와 같이 동물 모양을 한 마귀도 있다는데요. 이것들이 어떻게 생겨났지요?"

"좋은 질문이오. 동물은 육과 혼으로 되어 있어요. 모든 동물이 죽으면 몸체는 땅으로 돌아가 썩지만 동물의 혼은 모두가 사단이나 마귀로 변해요."

"아니 정말인가요? 그럼 마귀 중에는 박쥐 마귀, 뱀 마귀, 곰 마귀, 원숭이 마귀 한없이 많네요. 그렇다면 사탄은 무엇이고 마귀는 어떻게 다른가요?"

"동물 중에 덩치가 크고 사나운 것들은 사단으로 변하고 나머지는 마귀가 되지요."

"와 그러면 말이오. 외계인이나 땅속 거인들은 동물처럼 영이 없고 혼만 있는데 이것들도 죽으면 마귀로 변한다는 말이오?"

"맞아요. 외계인이 죽으면 마귀로 변하고 덩치가 큰 땅속 거인이 죽으면 사단으로 변하지요."

"아 그렇게 보면 사단과 마귀는 엄청나게 많은 숫자일 텐데, 이 세상과 온 우주에는 사단과 마귀로 꽉 차 있네요."

"맞아요. 영적으로 보면 우리 인간들은 무서운 악한 영들 속에서 함께 살고 있지요."

"사단과 마귀가 인간 몸 안에 들어가 살고 있고 있으니까 인간사회에는 범죄자나 정신병자가 많고 병든 자가 많은 이유가 있네요."

"맞아요. 그래서 우리 인간들이 정신적으로 영적으로 건강하게 살아가려면 신을 찾고 하나님의 도움을 받아서 살아야 해요."

"맞는 말씀이오."

그렇게 본다면 사단 마귀는 우리에게 너무 가깝게 와서 모든 영역에서 활동하고 있으나 느끼지 못할 때가 많다. 우리 성도들의 삶에서 사단 마귀는 어떤 존재일까?

성경에는 사단 마귀에 대하여 공중의 권세 잡은 자(에베소서 2장 2절)라고 말씀하고 있다. 그러니까 사단 마귀가 사람 속에 들어가 조종하며 온 세계를 지배하는 존재이기도 하다.

> 그 때에 너희가 그 가운데서 행하여 이 세상 풍조를 따르고 공중의 권세 잡은 자를 따랐으니 곧 지금 불순종의 아들들 가운데서 역사하는 영이라(에베소서 2장 2절)

사단이나 마귀의 생김새에 대하여 인터넷에서 뒤져보면 이 것들에 대한 정보는 거의 전무한 상태다. 그럴 수밖에 없다. 사단이나 마귀가 인터넷상에서 자신들의 정보를 철저하게 없 애 버렸다는 증거이기도 하다.

타락한 천사로부터 변한 사단은 대부분이 매우 건장한 남자 의 모습을 하고 있으나, 여자의 모습을 한 것들도 있다고 한다. 사단은 까만 옷을 입고 있고 얼굴 색깔은 까무잡잡하거나 창 백한 흰색이다. 눈은 하나 또는 둘을 가지고 있다. 그들의 이 마에 뿔이 하나가 나 있거나 머리에 소처럼 두 개의 뿔이 나 있는 것들도 있다.

어떤 것들은 이마에 마치 코뿔소와 같이 50~80센티미터 정 도로 길고 끝이 뾰쪽한 뿔이 달려 있는 것들도 있으며, 사람의 몸을 그 뿔로 찌르며 공격하기도 한다.

사단이나 마귀는 천사의 모습뿐만 아니라 용이나 뱀이나 박 쥐 등 각종 동물 모습을 하고 있다.

특히 사단이나 마귀는 필요하면 그들의 몸이 생쥐와 같은 크기로 작아질 수도 있다. 그러므로 마귀가 사람의 몸 안에 수백 마리가 들어가 있는 것은 그들의 몸의 크기를 매우 작게 하였기 때문이다.

마귀들 중에서 리더급에 해당하는 것이 바로 사단이다. 사 단은 마귀보다 몸집이 더 크고, 키도 2미터 이상이나 되며, 두 개의 날개가 달려 있고 매우 험상궂게 생겼다.

특히 여자의 모습을 한 마귀는 흰옷을 입고 다닐 경우, 날개도 두 개 달려 있어서 천사와 구별하기가 매우 어려운 일이다. 이들 여자 천사 모양의 마귀는 성경에서 말하듯 그야말로 '광명의 천사'로 위장하므로 천사와 너무나도 흡사하다.

예수 그리스도가 재림하시기 전에 이 땅에 있는 모든 악한 영들을 잡아 가두는 일만 남아 있었다. 요한계시록 20장 2~3절에 보면 무저갱의 열쇠와 쇠사슬을 들고 있는 미카엘은 주님께로부터 용과 옛 뱀과 사단 마귀를 모두 잡아다가 무저갱에 던져 넣으라는 명령을 받았다.

우리가 알아 둘 것은 옛 뱀은 한 마리이고 용들은 수십만 마리이지만 사단들과 마귀들의 숫자는 몇 조 이상인 것을 알아두어야 한다.

군대장관 미카엘은 지구에 와 있는 부하 천사들을 한자리에 모았다. 일반 천사들은 먼저 귀신들을 모두 잡아서 음부로 보내게 하였다. 또 칼을 찬 군사 천사들은 지구와 외계에 있던 옛 뱀과 용들과 사단들과 마귀들을 모두 잡아서 무저갱에 가두기 시작하였으며 이 일을 처리하는 데 석 달가량 걸렸다.

✧ 지구를 불로 심판하신다

인간들은 우상 숭배와 동성애와 같은 음행으로 창조주의 뜻을 거역했다. 또 적그리스도 세력의 사주를 받은 땅속 거인 짐승이 나타나 지구를 점령해 하나님의 자리에 앉아서 온 세계를 통치하였다. 이 또한 하나님을 향한 무서운 도전이었다. 특히, 사람과 외계인과의 혼혈족 인간의 등장은 하나님의 창조의 질서를 무너뜨렸다. 하나님께서는 크게 진노하셨다.

하나님께서 지구에 살고 있는 사람들을 대상으로 심판하시고 악한 영들도 모두 무저갱으로 집어넣은 다음, 맨 마지막으로 베드로후서 3장 10절 말씀대로 지구를 불로 태워 심판하시기로 작정하셨다.

> 그러나 주의 날이 밤의 도둑같이 오리니 그날에는 하늘들이 큰 소리와 함께 사라지고 원소들이 뜨거운 열에 녹으며 땅과 그 안에 있는 일들도 불태워지리라(베드로후서 3장 10절, KJV 흠정역)

여기에서 "주의 날"은 어떤 날일까? 이 날은 주 예수님이 공중 재림하시는 날, 곧 세컨드 커밍 데이Second Coming Day를 뜻한다.

"하늘들이 큰 소리와 함께 사라지고"라는 말은 무슨 뜻일까? 이 말은 지구에 가까이 접근하는 여러 개의 혜성들이 지구와 충돌을 하면서 내는 큰 소리를 말한다. 또 그중에 작은 혜성들은 공기층에 들어오면서 마찰이 생겨 뜨거운 열에너지를 받아 녹아서 사라지는 것을 뜻한다.

"원소들이 뜨거운 열에 녹으며 땅과 그 안에 있는 것들도 불태워지리라"라는 말은 수많은 화산들이 폭발하고 대지진이 생기고 엄청난 규모의 지각 변동이 생길 것이다. 또 땅속의 엄청난 양의 마그마가 분출하고 또 지구에 매장된 기름이 흘러나올 것이다.

또 지구 내부에 있는 마그마에 의한 열에너지, 땅속에 있던 기름이 타는 열에너지에 의해 지구에 숨겨져 있던 핵무기들이 모두 폭발하면서 모든 생명체들은 죽고 불로 타서 없어질 것이라는 뜻이다.

이때 지구상에 있던 물질들은 원소의 작은 입자 수준까지 타서 없어질 것이다. 아름다운 지구는 뜨거운 불덩어리로 변하고야 말 것이다. 이 모든 것이 지엄한 창조주 하나님의 뜻이다.

지구의 종말을 바라볼 때 인생들의 나아갈 길은 천국 아니면 지옥 안에 있는 무저갱으로의 두 길 밖에 없다. 과연 내가 주님이 예비하신 아름다운 천국에 들어가 하나님과 함께 영원토록 살 것인가? 아니면 사단 마귀가 영원히 고문하는 파멸의 곳으로 들어갈 것인가?

주님이 재림하시고 심판하실 때 내가 살아 있다면 어찌 될 것인가? 나는?

보라 내가 속히 오리니 내가 줄 상이 내게 있어 각 사람에게 그가 행한 대로 갚아 주리라 나는 알파와 오메가요 처음과 마지막이요 시작과 마침이라(요한계시록 22장 12~13절)

"내가 진실로 속히 오리라 하시거늘 아멘, 주 예수여 오시옵소서."